AF295061

Seit mehr als zwanzig Jahren ist **Nina Hayden**, die in Wirklichkeit Kerstin Kehl heißt, als Autorin aktiv. Sie ist Jahrgang 1967 und lebt im Hamburger Westen. Sie ist verheiratet und hat eine erwachsene Tochter. Zu ihren Hobbys zählen, neben dem Lesen, das Reiten sowie das Fotografieren. Sie hat inzwischen im Tierbuchverlag Irene Hohe diverse Romane für Jung und Alt veröffentlicht.

NINA HAYDEN

Verliebt im Ostseewind

EIN KÜSTEN-
LIEBESROMAN

Erstausgabe April 2025

Copyright © 2025 dp Verlag, ein Imprint der
dp DIGITAL PUBLISHERS GmbH
Made in Stuttgart with ♥
Alle Rechte vorbehalten

Verliebt im Ostseewind

ISBN 978-3-98998-889-7
E-Book-ISBN 978-3-98998-204-8

Covergestaltung: Jasmin Kreilmann
Umschlaggestaltung: Christin Peulecke
Unter Verwendung von Abbildungen von
shutterstock.com: © Rudmer Zwerver, © Eric Isselee,
© canadastock, © dedi57
depositphotos.com: © karandaev, © agphotography, © Tamara_k
Lektorat: Astrid Pfister
Satz: dp DIGITAL PUBLISHERS GmbH
Druck und Bindung: Books on Demand GmbH, Norderstedt

Kapitel 1

Johanna

It Never Rains in California. Der alte Song von „The Mamas and the Papas" dröhnte aus dem Lautsprecher. Johanna sang lautstark mit, während die Scheibenwischer im Akkord den Regen wegwischten. Ihr Wagen schnurrte leise vor sich hin und dank der aufgedrehten Heizung konnte sie sich fast einbilden, gerade Urlaub in Kalifornien zu machen. Nur noch wenige Minuten, dann war sie zu Hause. Vor ihr lagen drei freie Tage, ein Grund zum Freuen.

Prüfend blickte sie durch die regennasse Scheibe zum Himmel hinauf. Doch dieser war noch immer grau, die Wolken schwer von den Wassermassen. Vom angekündigten Sonnenschein am späten Nachmittag keine Spur. Es sah eher nach Dauerregen aus. Der Song endete und das aufgesetzt fröhliche Geplapper des Radiomoderators erklang. Mit halbem Ohr lauschte sie auf die nun folgenden Nachrichten, während sie erste Pläne schmiedete. *Vielleicht würde sie zusammen mit ihren beiden Töchtern einen Ausflug ins Schwimmbad unternehmen. Oder sie legte einen Schreibtischtag ein und sortierte all ihre Unterlagen.* Die angedachte Gartenarbeit konnte sie bei dem Wetter auch mühelos auf später verschieben.

Eine überraschende Böe trieb den Regen waagerecht vor sich her und drückte ihr Fahrzeug zur Seite. Erschrocken umklammerte Johanna das Lenkrad fester und trat auf die Bremse. Der Graben mit dem dunkel glitzernden Wasser kam bedrohlich näher. Nach ein paar bangen Momenten schaffte sie es, das Fahrzeug unter Kontrolle zu bekommen. Kurz drehte sich das Hinterrad im durchweichten Straßenrand, dann war sie wieder auf der Fahrbahn. Hinter ihr erklang protestierendes Hupen. Johanna zuckte mit den Schultern, froh darüber, dass nichts passiert war. Sie nickte dem Fahrer des Sportwagens freundlich zu, als er sie mit aufjaulendem Motor überholte.

Sie wollte nur noch eins: Sicher zu Hause ankommen. Die saftig grünen Getreidefelder wechselten sich mit knallgelb blühenden Rapsfeldern und kleinen Baumgruppen ab. Dazwischen gab es immer wieder schnurgerade Entwässerungsgräben, in die nun das Regenwasser lief.

Campingplatz. Der mit Brombeerranken zugewachsene Wegweiser tauchte vor ihr auf. Touristen fuhren regelmäßig daran vorbei und kurvten anschließend suchend herum. Navi hin oder her, ohne Ortskenntnis lief hier gar nichts! Johanna ließ die Abzweigung links liegen und fuhr die lang gestreckte Kurve rechtsherum.

Ein Ortsschild huschte an ihr vorbei. Selbst ohne darauf zu blicken, wusste Johanna, was dort stand.

Herzlich Willkommen in Kalifornien!

Die ersten rot geklinkerten Häuser leuchteten auf, als ein flüchtiger Sonnenstrahl sie traf. Gleich hinter der Pferdekoppel versteckte sich ein älteres Gebäude zwischen mehreren hochgewachsenen, wuscheligen Kiefern. Das war ihr Zuhause. *Wobei*, sie verdrehte die Augen. *Noch gehörte es zu großen Teilen der Bank und nicht ihr.*

Der Wagen rüttelte und schüttelte sich kräftig, während sie schneller als ratsam die Auffahrt hinauffuhr. Täuschte sie sich, oder knackte da nicht gerade einer der Stoßdämpfer gefährlich? Sie trat auf die Bremse und legte das letzte Stück im Schritttempo zurück. Im Augenblick konnte sie sich kein neues Auto leisten, also musste sie vorsichtig sein.

Sie parkte ihren Wagen direkt vor dem Walnussbaum, der seine noch kahlen Äste gen Himmel streckte. Motor aus. Das sonore Brummen erstarb und Johanna lehnte sich aufseufzend in ihrem Sitz zurück. Während sie ausstieg, stahl sich ein Sonnenstrahl zwischen den Wolken hervor. Sie lächelte versonnen, drehte sich um, blickte nach oben und schickte ihrem verstorbenen Ehemann einen kleinen Gruß.

Beladen mit drei Einkaufstaschen wankte sie die Stufen zum Wohnhaus hoch. Beim Näherkommen hörte sie bereits ihre beiden Mädchen miteinander streiten. Nein, sie wollte nicht wissen, worum es ging.

„Hallo, ihr beiden, ich bin wieder da." Sofort verstummten die Stimmen, dafür erklang fröhliches Getrappel auf der Treppe. Wenig später flog die Wohnungstür auf und zwei Arme streckten sich ihr entgegen.

„Hallo Mama! Endlich bist du da!" Johanna setzte die Taschen ab, und nahm ihre Tochter in die Arme. Liebevoll streichelte sie Mila über die Wange. Wie so oft trug sie ihre schulterlangen Haare offen. Drei winzige Spangen bemühten sich vergeblich, der Angelegenheit einen Hauch von Frisur zu verleihen. „Ich habe die Mathearbeit zurück. Eine glatte zwei!"

„Super, dann bist du ja ein echter Matheprofi." Sie hauchte Mila einen Kuss auf den Scheitel. „Zur Feier des Tages spendiere ich dir ein Eis, wie wäre es damit?"

„Gerne." Die dunkelbraunen Augen ihrer Tochter leuchteten vor Freude auf und sie tanzte übermütig auf der Stelle. „Soll ich dir die Arbeit zeigen?"

„Lass mich erst mal reinkommen." Johanna reichte ihrer Tochter eine Tasche und trat in den Flur. „Bringst du die Einkäufe bitte in die Küche?"

Einem Wirbelwind gleich flitzte Mila den Flur entlang. Mit ihren zehn Jahren war sie hochgewachsen und schlaksig. Der Beutel schien fast nichts zu wiegen, so lässig schwenkte sie ihn hin und her.

Suchend sah sich Johanna um, während sie ihre Jacke an den Haken hängte und schließlich ihrer Tochter folgte. „Wo ist Franka? Ich habe sie doch eben gehört."

„Ach, die ist noch oben. Sie wollte ihre Ruhe haben und zocken." Bei diesen Worten drehte sich Mila nicht um, sondern zuckte nur vielsagend mit den Schultern. Eindeutig, die beiden hatten sich gestritten.

„Und warum will sie ihre Ruhe haben? Konntet ihr euch mal wieder nicht einigen, wer zuerst spielen darf?" Wie erwartet erhielt sie darauf keine Antwort. Dafür hatte Mila die Eispackung entdeckt und riss sie entschlossen auf. Eine Großpackung ihres geliebten

Kaugummi-Eis! Glücklich strahlte Mila sie an, murmelte ein Dankeschön und huschte durch die Hintertür in den Garten. Hatte sie also mal wieder die geheimen Wünsche ihrer Tochter erfüllt.

Jetzt brauchte sie erst einmal einen Kaffee. Johanna drückte den Knopf der Kaffeemaschine und während diese zum Leben erwachte, räumte sie die Einkäufe weg. Drei lange, freie Tage lagen vor ihr. Eine Pause für den immer zwickenden Rücken und die schmerzenden Füße.

***

„Ich bin bei den Pferden, und helfe Monja beim Füttern." Die Stimme von Franka hallte durch den Flur. Noch bevor Johanna etwas erwidern konnte, hörte sie nur noch das Knallen der Haustür und das beinahe unvermeidliche Klirren der Butzenscheiben. Diese Tür wurde eindeutig mit mehr Elan zugeschlagen, als es das alte Holz vertrug. Das Trappeln von Füßen erklang auf den steinernen Stufen.

Auch gut. Ein kleines Lächeln huschte über ihre Lippen, während sie den Schritten ihrer ältesten Tochter lauschte. Sollte sie ruhig noch vor dem Abendessen an die frische Luft und sich nützlich machen.

Johanna strich sich eine vorwitzige Haarsträhne aus dem Gesicht und stellte den Kaffeebecher auf den Beistelltisch. Sie erhob sich von ihrem abgewetzten, aber unschlagbar bequemen Ohrensessel und lief in die Küche. Ihr Blick fiel auf die Anrichte und sie betrachtete nachdenklich das Bild ihres Mannes. Es zeigte ihn, wie er mit der Sense zwischen den Apfelbäumen stand und sie anlachte. Ein verwegenes, abenteuerliches Grinsen, so als ob er es jederzeit mit den Stürmen des Lebens aufnehmen würde. Eine kleine Träne stahl sich aus ihrem Augenwinkel und rann über ihre Wange. Die Traurigkeit traf sie unvorbereitet und mit aller Wucht. Das Bild war kurz vor seinem überraschenden Tod entstanden.

„Mama, wann gibt es was zu essen? Monja hat mich geschickt. Sie meinte, ich soll fragen, damit ich nicht zu spät zum Essen komme." Franka, die eine schmutzige Jeans und noch dreckigere Schuhe trug, tauchte überraschend in der Küche auf.

Johanna zuckte zusammen und wischte mit einem Finger die Träne fort. Franka sollte nicht sehen, dass sie geweint hatte. Doch darum kümmerte sich ihre Tochter gar nicht. Vielmehr schweifte ihr Blick über den Tisch, wo die Zutaten für einen Salat lagen.

„Machst du uns einen bunten Nudelsalat? Mit ganz viel Paprika und noch mehr Nudeln?"

„Ja und Würstchen, Mais und ..." Sie zuckte mit den Schultern und freute sich darüber, dass zumindest Franka zur Gemüsefraktion gehörte. „... und natürlich, was ich sonst noch so finde. In einer halben Stunde können wir essen."

Offenbar zufrieden mit der Antwort schnappte sich Franka eine Scheibe Fleischwurst und flitzte wieder hinaus.

„Warte!" Vergebens. Ihre Tochter war schon außer Hörweite. Sie hatte eine unübersehbare Spur aus Heu und Sand hinterlassen. Johanna seufzte und griff nach dem Besen, der in der Ecke stand und kehrte den Dreck zusammen. Aus leidvoller Erfahrung wusste sie, dass ein bisschen Dreck ganz viel weiteren anzog. Und nein, sie wollte in ihrer Wohnung nicht ständig das Gefühl haben, auf einer Pferdekoppel zu leben.

Das Nudelwasser kochte, die eingelegte Paprika war geschnitten. Zufrieden atmete Johanna auf. Gerade lief alles nach Plan und sie freute sich schon auf einen gemütlichen Abend auf dem Sofa.

Im Dachgeschoss hörte sie ihre Töchter rumoren. In Kürze würden sie hungrig und müde eintreffen. Es wurde also Zeit, dass das Essen auf den Tisch kam.

Sie schob die Paprika in die Schüssel, nahm eine Dose Mais und wollte sie gerade öffnen, als es an der Küchentür klopfte. Sie verharrte in der Bewegung und noch bevor sie ein flottes Ja rufen konnte, ging die Tür auf. Wie erwartet war es Monja, ihre Untermieterin.

Johanna stockte und musterte ihre Untermieterin genauer. Monja war Anfang zwanzig und eine zierliche, hochgewachsene Frau mit dunklen Augen. Sie konnte anpacken und auf sie war stets Verlass. Nichts wies darauf hin, dass sie als Programmiererin Rollenspiele schrieb, in denen Elfen und knuffige Einhörner gegen böse Monster kämpfen.

Anders als sonst, hatte sie dieses Mal keine übermütig blitzenden Augen und kein forsches Grinsen auf den Lippen. Selbst ihre schulterlangen Haare, häufig von Wind und Wetter zerzaust, lagen brav am Kopf.

Was war los? Eine eiskalte Hand schien nach ihrem Herzen zu greifen und hielt es fest, sodass jeder Schlag einem Kampf gleichkam.

„Moin Monja, du kommst genau richtig. Das Essen ist gleich fertig." Sie gab sich fröhlich und ungezwungen, doch das ungute Gefühl blieb. Besonders als Monja sich anders als gewohnt nicht auf ihren Stammplatz setzte, sondern mitten in der Küche stehen blieb.

„Nein, heute nicht. Ich muss gleich weiter." Sie rieb ihre Hände an der Jeans ab, deren Flecken davon zeugten, dass sie geradewegs vom Stall gekommen war und trat nervös von einem Fuß auf den anderen.

„Ich habe einen Job als Programmiererin gefunden."

„Das ist doch schön." Johanna goss das Nudelwasser ab, der aufsteigende Wasserdampf vernebelte ihr die Sicht. Das beklemmende Gefühl löste sich leider nicht in Luft auf.

„Ja, ich freue auch sehr."

Johanna lauschte auf die Stimme und versuchte, zu erkennen, *was* Monja ihr damit sagen wollte. „Es ist die Chance für mich. Ich darf ein Projekt von Anfang an leiten!"

Nun klang Begeisterung in ihrer Stimme mit. So viel Begeisterung, dass sich ihre Stimme überschlug. „Das bedeutet aber auch, dass ich nach München umziehen muss."

Beinahe wäre Johanna vor Schreck die Schüssel aus der Hand gefallen. München! Das lag am anderen Ende der Republik.

Die Stimme von Monja verlor an Kraft, aber sie musste nicht weiterhören, um zu verstehen, was das für sie bedeutete.

„Ich muss die Wohnung kündigen, und zwar so schnell wie möglich. So leid es mir tut. Bitte, bitte komm mir entgegen, damit ich zum Monatsende schon ausziehen kann. Ich zahle dir auch eine Monatsmiete als Entschädigung, denn ich werde schon in gut zehn Tagen in München erwartet."

Ein dicker Kloß bildete sich in Johannas Hals. Diese Nachricht kam mehr als überraschend für sie. Sie räusperte sich kräftig und rührte scheinbar konzentriert die Nudeln in den Salat.

„Das ist ja super für dich. Was für eine Chance." An ihr war eine Schauspielerin verloren gegangen, wie Johanna in einem Anfall von Ironie dachte. Sie hob den Kopf, sah Monja in die Augen und verzog die Mundwinkel zu einem Grinsen, obwohl sie das Gefühl hatte, dass ihr Gesicht einer verzerrten Grimasse glich.

Die Erleichterung auf Monjas Gesicht war unübersehbar. „Du bist mir nicht böse?"

„Nein, warum sollte ich? Du bist meine Mieterin und dir steht es frei, jederzeit auszuziehen. Abgesehen davon, du bist jung und hast noch das ganze Leben vor dir. Warum solltest du hier fern ab jeglicher Zivilisation deine Jahre verbringen?"

„Danke." Mit zwei Schritten war Monja bei ihr und umarmte sie spontan. Eine dichte Wolke aus Pferdemist umfing sie. Unbewusst trat Johanna einen Schritt zurück.

„Bitte Abstand, ich koche Essen und möchte nicht nach Stall riechen."

„Kein Problem. Und wie gesagt, ich zahle dir eine Monatsmiete als Entschädigung, dann ist es auch für dich leichter."

Dass soeben eine Welt für sie zusammenbrach, verschwieg Johanna lieber. Wie sollte sie ihr auch erklären, dass sie Monja als Untermieterin nicht nur schätzte, sondern auch froh darüber war, dass diese sich regelmäßig um ihre Kinder kümmerte, wenn sie mal wieder länger arbeiten musste?

„Hast du den Mädchen schon davon erzählt?" Johanna stellte die Schüssel auf den Tisch und drehte ihrer Mitbewohnerin den Rücken zu, um ihn zu decken. Dabei rannen zwei einzelne Tränen über ihre Wangen. Hoffentlich bemerkte Monja nicht, wie nahe ihr diese Nachricht ging.

„Nein, bis jetzt noch nicht. Ich wollte zuerst mit dir sprechen. Wenn es für dich in Ordnung ist, dann rede ich morgen mit ihnen, wenn sie mir im Stall helfen."

***

„Und nun bitte ins Bad und Zähne putzen." Johanna legte die Gabel beiseite und sah ihre Töchter auffordernd an. Ein unterdrücktes Seufzen und leise klirrendes Geschirr waren zu hören. Die Stühle ihrer Kinder ratschten über den Boden.

„Aber ich möchte noch ein bisschen lesen", murmelte Franka und warf ihrer Mutter einen flehentlichen Blick zu. Dabei wippten ihre hellblau gefärbten Strähnen auf und ab. „Ich bin doch kein Baby mehr, das bei Einbruch der Dunkelheit in die Heia muss. Bitte Mama."

„Schon klar." Mila fischte sich eine Nudel aus der Schüssel, legte den Kopf in den Nacken und verspeiste diese genüsslich. Eine dünne Dressingspur blieb auf ihrem Kinn zurück. „Im Gegensatz zu dir habe ich meine Hausaufgaben auch schon erledigt."

„Sei still, du Petze." Franka ballte die Hand zur Faust und sah ihre jüngere Schwester böse an. Bevor es zu einem handfesten Streit kam, klatschte Johanna in die Hände. Ihr Kopf dröhnte vom langen Arbeitstag und den unvermeidbaren Änderungen im Leben. Sie wollte eigentlich nur noch eins: Sich aufs Sofa setzen und Meditationsmusik hören. Mehr nicht. *Doch noch etwas,* sie ergänzte ihre Liste in Gedanken. *Früh ins Bett gehen.*

„Ruhe, kein Streit. Ihr geht jetzt beide ins Bad und macht euch bettfertig. Ich komme gleich und sehe mir eure Hausaufgaben an."

Das Gemurmel von Franka verstand Johanna zum Glück nicht. Der gekrausten Stirn und den unwillig verzogenen Mundwinkeln nach, war das aber garantiert nichts Nettes gewesen. Johanna zog vor, es zu ignorieren.

Endlich marschierten die Mädchen in Richtung Bad und das Rauschen von Wasser wurde nur noch vom Schimpfen ihrer Ältesten übertönt. Johanna fuhr sich mit dem Handrücken über die Stirn, ignorierte mit zusammengebissenen Zähnen die schmerzenden Füße. Nur noch schnell die Küche aufräumen, dann wartete das Sofa auf sie!

Während sie den Tisch abräumte, hing sie ihren Gedanken nach. Sie überlegte, seit wann die junge Frau bei ihnen lebte. Sie rechnete nach und kam auf gut zwei Jahre, in denen Monja ihr mehr als einmal unter die Arme gegriffen hatte. Wenn Monja auszog, musste sie sich notgedrungen eine neue Mieterin suchen. Die Frage war nur, ob sie jemals wieder jemanden fand, der so unkompliziert und hilfsbereit, wie Monja war. Wohl kaum. Abgesehen davon brauchte sie dringend das Geld, das sie durch die Vermietung verdiente.

Die Schüsseln klapperten laut, während sie die Spüle fütterte. Beinahe hätte sie das Telefon nicht gehört. Sie hielt inne, lauschte und stellte den Teller zur Seite.

Wer rief um diese Zeit noch an? Sie nahm das Handy an sich, drückte auf den grünen Knopf und bereute es im gleichen Augenblick. Der Anzeige nach hatte sie den Marktleiter höchstpersönlich in der Leitung. Fast hätte sie das Telefon fallen gelassen wie eine heiße Kartoffel. Doch sie beherrschte sich und gab nur einen kurzen Gruß von sich.

„Hallo Frau Petersen, wie gut, dass ich Sie gleich erreiche." Diese aufgesetzte Höflichkeit, diese leicht näselnde Stimme. Johanna schüttelte sich und bedauerte seine Ehefrau. *Gab es überhaupt eine Frau an seiner Seite?* Bis jetzt hatte er nie etwas in der Art verlauten lassen.

Wieder streifte ihr Blick das Foto ihres Mannes und für einen kurzen Moment fühlte sie sich nicht alleingelassen, sondern geliebt. *Warum nur hatte ein Herzinfarkt ihn so früh aus dem Leben gerissen?*

„Es sind gerade noch zwei Krankmeldungen eingetroffen und ausgerechnet morgen erhalten wir eine große Fuhre Tiefkühlware." Eine kurze Pause folgte, die wohl die Dramatik der Sache verdeutlichen sollte. „Kann ich auf Sie zählen? Nur für ein paar Stunden. Sie wissen doch, die Sachen müssen gleich in die TK-Schränke. Es sind einige Sonderangebote darunter und wir wollen unsere Kunden doch nicht enttäuschen."

„Aber ich habe drei Tage frei." Johanna versuchte zumindest Widerspruch einzulegen, doch Herr Frey ging nicht einmal darauf ein.

„Gleich morgen früh um sechs Uhr. Danke und noch einen schönen Abend."

Dieser Wichser! Johanna starrte ihr Handy an. Beinahe hätte sie es mit voller Wucht in die Ecke geschmissen. Kurz dachte sie darüber nach, sich ebenfalls krank zu melden. Doch sie brauchte das Geld, das sie mit ihrer Tätigkeit im Supermarkt verdiente. In Kalifornien lagen die gut bezahlten Tätigkeiten nicht auf der Straße.

Was für ein bescheidener Tag! Sie nahm ihr Handy erneut zur Hand und schrieb Monja eine kurze Nachricht. Wenn sie so früh außer Haus ging, achtete ihre Untermieterin immer darauf, dass Franka und Mila pünktlich zur Schule aufbrachen.

Schon jetzt fehlte ihr Monja auf ganzer Länge. Sie hatte die Nachricht abgeschickt, die zwei vertrauten Häkchen erschienen. Mit ein paar raschen Handgriffen hatte sie die Küche aufgeräumt. Jetzt nur noch ihren Kindern gute Nacht sagen. Auf die Hausaufgabenkontrolle verzichtete sie.

Kapitel 2

Antony

Die Schulglocke läutete. Sie klang schrill in seinen Ohren und holte Antony unsanft aus seinen Erklärungen. Ungeduldig scharrten seine Schüler mit den Füßen, klappten die Bücher zusammen und räumten die Stifte in die Mappe. Erste Stimmen erklangen, zwei der Jungs aus der hinteren Reihe erhoben sich schon.

Bevor sie nach draußen strömten und die wohlverdiente Pause genossen, stand er auf. Schlagartig trat Stille ein. Er räusperte sich und holte noch einmal Luft. „Bitte nicht vergessen, bis Montag möchte ich die Arbeitsblätter fertig ausgefüllt haben. Und denkt daran", er sah in viele aufmerksame Augenpaare, „ich habe noch nicht alle Berichte über das Brutverhalten der Seemöwen vorliegen. Auch diese möchte ich bis Montag haben. Ich wünsche dir ein schönes Wochenende."

Das Murren einiger Kinder überhörte er. Dies gehörte zum täglichen Spiel zwischen Lehrer und Schüler mit dazu. Er nahm sein Handy und überflog die Nachrichten im Lehrerchat. Nichts Wichtiges für ihn. Außer, dass die Kollegin Köhler ab jetzt in Mutterschutz ging. Schön für sie. Er zuckte unbewusst mit den Schultern. Er selbst würde auch gern heiraten und ein Kind haben. Er liebte die malerische Landschaft an der Ostseeküste und lebte gerne hier. Mit Grausen dachte er an die vergangenen Wochen, als er sich mit seiner Ehefrau fast täglich gestritten hatte. Das leidige Thema – fort aus dieser Provinz und ab in die Großstadt München, Berlin oder Frankfurt. Dass Kiel direkt um die Ecke lag, das interessierte sie nicht. Auch nicht, dass sie jeden Tag ans Wasser konnten. Wenn er sich gegenüber ehrlich war, hatten er und sie nichts mehr gemeinsam gehabt.

Deshalb hatte sie vor ein paar Wochen einen Schlussstrich gezogen und war aus ihrer gemeinsamen Wohnung ausgezogen. Sie hatte sich in Kiel – als Übergangslösung, wie sie sagte - eine kleine Wohnung genommen und lebte nun allein. Der Schmerz und die Wut über diese Trennung brannten dennoch in seiner Seele.

Das leere Klassenzimmer schien in diesem Augenblick wie ein Symbol. Er rieb sich die Augen, stopfte seine Unterlagen in einen Korb und verließ den Raum.

Noch eine Doppelstunde Mathe, dann hatte er für heute Feierabend.

Die Gänge des Schulgebäudes lagen ruhig vor ihm. Das Echo seiner Schritte begleitete ihn, bis er vor dem Lehrerzimmer stehen blieb. Mit dem Ellenbogen öffnete er die Tür, gab ihr einen Stoß und ging, den Korb mit Unterlagen voraus, hinein.

Anders als sonst saßen seine Kollegen nicht auf ihren Plätzen und waren in ihre Arbeit vertieft. Nein, heute standen sie um den Aktenschrank herum, auf dem nicht nur die Kaffeemaschine, sondern auch eine Schale mit Obst und Süßigkeiten stand.

Im ganzen Raum lag eine fröhliche und entspannte Stimmung. Er hörte Gläser klirren und vereinzeltes Lachen. Er steuerte auf seinen Platz zu und stellte den Korb ab.

„Da bist du ja endlich." Peter Flaser, der Direktor der Gemeinschaftsschule, ein etwas fülligerer Mann mit gepflegtem Bart und grau-melierten Haaren, kam mit zwei Gläsern rötlich perlenden Sekt auf ihn zu. „Ich habe schon auf dich gewartet."

Er reichte Antony ein Glas und mit einem flüchtigen Nicken nahm dieser es ihm ab. Etwas Alkoholisches wollte er jetzt nicht trinken, aber gleichzeitig wollte er nicht unhöflich sein und so blieb ihm nichts anders übrig, als es entgegenzunehmen. Doch was wollte Peter von ihm?

Antony runzelte die Stirn und überlegte fieberhaft. Hatte er einen runden Geburtstag vergessen? Nein, es fehlte der sonst übliche Geburtstagskuchen.

„Meine lieben Kollegen und Kolleginnen, darf ich um eure Aufmerksamkeit bitten?"

Es dauerte ein Weilchen, bis Ruhe einkehrte und sich gut zwei Dutzend Augenpaare auf den erfahrenen Rektor richteten. „Wie ihr wisst, geht unsere geschätzte Kollegin Silke in den Mutterschutz. Dies kommt sicher überraschend für euch alle." Sein Blick schweifte über die Reihe der anwesenden Kollegen. „Aus gesundheitlichen Gründen muss Silke früher als geplant vom Schuldienst Abstand nehmen. Das heißt, ihre Klasse braucht eine Vertretung."

Eine längere Pause trat ein und Antony trat ungeduldig von einem Fuß auf den anderen. Er hasste solche Veranstaltungen und wenn er gewusst hätte, dass jetzt

Abschied gefeiert werden würde, wäre er so lange nach draußen gegangen und hätte sich die Füße vertreten.

„Nach langem Planen und unzähligen Konferenzen ist jetzt klar, wer die Klasse übernimmt." Zwei Sekunden Pause, zur Steigerung der Spannung folgten. Antony verdrehte die Augen. Das war mal wieder typisch für Flaser. Dabei waren alle Fakten längst bekannt. „Es wird nicht unsere geschätzte Kollegin Brigitte sein, sondern Antony!"

Fast wäre ihm das Glas aus der Hand gefallen, doch er schaffte es gerade noch, sich zu beherrschen. *Warum hatte man ihm vorher nichts davon gesagt?*

Kapitel 3

Johanna

Der Wind pfiff um das Haus, spielte mit den knospenden Bäumen und Sträuchern und ließ die Zweige tanzen. Die ganze Nacht über hatte er für die so vertraute Untermalung gesorgt. Wenn man an der Ostseeküste lebte, gehörte der Wind einfach mit dazu. Mal stärker, mal schwächer aber immer anwesend.

Johanna konnte nicht mehr schlafen, gestern hatte sie mehr als die angekündigten vier Stunden gearbeitet und die Müdigkeit saß ihr noch immer in den Knochen. Sie blinzelte träge und rieb sich die Augen. Nein, an Schlaf war nicht mehr zu denken, eine innere Unruhe trieb sie an. Zwischen den Vorhängen sah sie einen ersten Schimmer Tageslicht. Ihrem Gefühl nach war es sechs Uhr, vielleicht auch etwas früher. Kurz entschlossen warf sie die Bettdecke zur Seite und setzte sich hin. Dabei fiel ihr Blick, wie jeden Morgen, auf das Foto auf ihrem Nachttisch. Es zeigte sie vier als glückliche Familie bei einem Ausflug in den Harz. Wie perfekt doch ihr Leben damals gewesen war. Ein Seufzer schlüpfte über ihre Lippen und sie rieb sich entschlossen über das Gesicht. Es half alles nichts, außer der Erinnerung an ihren Mann war ihr nichts geblieben. Nun war sie allein und musste zusehen, wie sie über die Runden kam.

Johanna griff nach ihrer Jogginghose und einen warmen Pullover und zog beides über. So früh an einem Samstagmorgen war im Haus noch alles ruhig. Die Kinder schliefen und auch Monja lag garantiert noch in den Federn. Ein seltener und damit wertvoller Moment für sie. Auf Zehenspitzen stieg sie die Treppe hinunter und bemühte sich redlich, so leise wie möglich zu sein.

An der Haustür zog sie ihre robusten Halbschuhe an und streifte ihre warme Jacke über. Kaum trat sie vor die Tür, traf sie der Wind mit aller Wucht. Beinahe hätte er ihr die Tür aus der Hand gerissen, doch dank der jahrelangen Erfahrung verhinderte sie ein Zuknallen gekonnt. Johanna holte ihre Mütze aus der Jackentasche und zog sie tief ins Genick. So gewappnet freute sie sich auf einen Spaziergang am Strand. Diese halbe Stunde allein mit den Elementen gehörte zu den schönsten für sie. Sehr zu ihrem Leidwesen fand sie diese Zeit nur selten.

Ein letzter, prüfender Blick auf die helle Hausfassade. Nein, es brannte kein Licht. Sie hatte noch Zeit für sich. Froh und erleichtert darüber stapfte sie die still vor ihr liegende Landstraße entlang. Es waren einige Hundert Meter vorbei an dem großen, noch vollkommen verwaisten Parkplatz, der Touristen-Information und dem Hotel. Dann erspähte sie den Deich im Morgengrauen. Johanna beschleunigte ihre Schritte und stieg die Stufen hinauf. Oben angekommen nahm der Wind an Kraft zu. Er pustete um ihre Ohren und spielte mit den wenigen Haarsträhnen, die nicht von der Mütze gebändigt wurden. Endlich erblickte sie das Wellenspiel der Ostsee. Der sanft abfallende Deich ging in einen mit Strandhafer bewachsenen Abschnitt über. Dahinter lag der schneeweiße Sandstrand. Menschenleer und einsam befand er sich vor ihr, vom beständigen Luftzug glatt poliert. Nur ein paar Möwen trieben im Wind und ließen sich von ihm auf und nieder tragen. Johanna stellte sich so, dass sie den Wind im Rücken hatte und schaute in die Ferne. Tief inhalierte sie die salzhaltige Luft und genoss jeden Atemzug.

Bis Brasilien, wo es den Wohnmobilstellplatz gab, lief sie über den festen Sandstrand. Jeder Schritt kam einer Befreiung von den täglichen Herausforderungen gleich. Es schien so, als ob der Wind ihre Sorgen davontrug. Dann, als die Sonne als rosaroter Ball am Horizont stand, und sie ordentlich durchgepustet war, verließ sie den Strandabschnitt.

Jeder ihrer Schritte war ihr vertraut. Brasilien bestand aus einer Ansammlung von Einfamilienhäusern. Manche wie das ihre ständig bewohnt, andere wurden regelmäßig an Feriengäste vermietet. Langsam kam nun Leben auf die ruhig da liegenden Straßen. Ein Jogger kreuzte keuchend ihren Weg. Ein paar Hundebesitzer drehten die erste Runde des Tages. Johanna beschleunigte ihre Schritte. Auch wenn ihre Kinder schon etwas größer waren, wollte sie diese nicht länger als nötig allein lassen. Besonders, da ihr Handy zu Hause auf dem Küchentisch lag.

Was war das? Linker Hand befand sich ein verlassenes Ferienhaus, dessen lieblos gestaltetes Pappschild verkündete, dass es zu vermieten sei. Darunter eine flüchtig hingeschmierte, aber immerhin lesbare Handynummer – mehr nicht. Offenbar reichte das schon, um interessierte Mieter zu finden – oder auch nicht.

Nein, das hatte nicht ihre Aufmerksamkeit geweckt. Auch nicht die übermütig tschilpenden Spatzen, die in den Büschen herumhüpften. Vielmehr war es die Bewegung hinter dem Holzstapel, der an einem Schuppen lehnte. Johanna blieb stehen, strich sich eine Haarsträhne aus dem Gesicht und sah genauer hin. Tatsächlich, da bewegte sich etwas. Ein größerer Schatten. Fast wollte sie auf eine Katze tippen, doch das Poltern von Holzscheiten kam definitiv nicht von einem Tier, sondern von einem Menschen.

„Franka, was machst du denn hier?", rief sie erschrocken und ein Stich ging durch ihr Herz. Bis eben hatte sie gedacht, dass ihre Kinder wohlbehalten in ihren Betten lagen und schliefen. Aber das hier war eindeutig ihre Tochter. Sie drückte ihre Hand an die Brust und versuchte so, ihr aufgeregt klopfendes Herz zu beruhigen.

„Hallo Mama." Mit gesenktem Kopf kam Franka näher und blieb schließlich vor ihr stehen. Außer einer Fleece-Jacke und Jeans trug sie nichts, was dem rauen Wetter angemessen war. Während ihr Blick über ihre Tochter schweifte, stellte sie fest, dass deren Hose eindeutig zu kurz war. Ihre an sich relativ große Tochter musste in der letzten Zeit noch einen weiteren Wachstumsschub gemacht haben. In Gedanken notierte sie sich einen Besuch beim nächsten Kleiderflohmarkt.

„Seit wann bist du denn hier draußen?" Sie nahm ihre Tochter in die Arme und drückte sie an sich. Voller Schrecken stellte sie fest, dass Franka eiskalt war. „Was ist denn los?"

Franka antwortete nicht. Sie zitterte vor Kälte und ein paar Tränen rannen über ihre Wangen.

„Stimmt es, dass Monja weggeht?" Schluchzend kam diese Frage über ihre Lippen. „Warum müssen uns alle verlassen, die ich liebe?"

„Ja, leider ist das Leben manchmal sehr ungerecht. Monja wird leider bald abreisen. Sie hat ein tolles Berufsangebot erhalten und kann es nicht ablehnen." Johanna strich ihrer Tochter tröstend über die Stirn, hielt sie fest und hauchte ihr einen Kuss auf die Wange. „Ich bin auch traurig darüber. Für mich war sie mehr als nur eine Mieterin, sie war auch eine gute Freundin."

Johanna hielt inne und versuchte, ihrer Tochter Trost und Halt zu geben, doch im Augenblick fiel ihr das sehr schwer. Schließlich wusste sie selbst noch nicht, wie es in der nächsten Zeit weitergehen sollte. Der Verlust ihres Mannes, auch wenn er schon einige Zeit zurücklag, machte sich gerade in solchen Augenblicken doppelt schmerzhaft bemerkbar. „Aber weißt du was ... darüber reden wir später. Lass uns jetzt erst mal nach Hause gehen und einen Kakao trinken. Garantiert ist Mila inzwischen auch schon wach geworden und vermisst uns."

Sie nahm ihre Tochter bei der Hand. Zuerst sträubte sich Franka, mitzukommen, doch dann liefen sie im Gleichschritt nach Hause.

Kapitel 4

Johanna

Die Hufe klapperten auf der Rampe des Pferdeanhängers. Die letzte Woche mit Monja als Untermieterin war wie im Flug vergangen und heute war der Tag des Abschieds gekommen.

Mit einem Kloß im Hals stand Johanna da und sah Monja zu, wie diese routiniert ihre beiden Haflinger verlud. Anschließend klappte die junge Frau die Rampe hoch und verschloss sie. Nun stand der endgültige Abschied bevor. Mehrfach schluckte Johanna kräftig und versuchte, ein fröhliches Gesicht zu machen, doch ob es ihr wirklich gelang?

Wenig später stand Monja vor ihr und rieb sich die Hände an der Jeans ab. Ihre typische Geste, wenn sie eine Arbeit abgeschlossen hatte. Ihr Gesicht war vor Aufregung gerötet, in ihren Augen spiegelte sich ein vergnügtes Leuchten. Und doch sah Johanna, dass auch die junge Frau mit ihren Gefühlen kämpfte.

„Ich bin so weit." Spontan umarmte sie Johanna und drückte sie so fest, dass ihr der Atem stockte. „Ich melde mich, sobald ich angekommen bin, versprochen. Und danke noch mal für alles!"

Johanna konnte nicht antworten, und so nickte sie ihrer ehemaligen Mieterin zum Abschied nur stumm zu. Ein Trupp Touristen, der dick eingemummelt an ihnen

vorbeilief, blieb stehen und musterte die Abschieds-
szene interessiert. Zum Glück liefen sie kurz darauf
weiter und unterhielten sich lautstark über ihre Aus-
flugspläne am Nachmittag.

Zum Schluss drehte sich Monja zu den beiden Mädchen um, die ihr gerade noch ein paar Kleinigkeiten aus
dem Stall mitgebracht und im Wagen verstaut hatten.
Nun standen beide neben dem Hänger und streichelten
durch die vordere, offene Luke die weichen Pferdena-
sen.

„Ihr beiden …", sagte Monja und ging in die Hocke. Sie
nahm die Kinder in den Arm. „… macht es gut. Ich melde
mich heute Abend und schicke euch ein Foto von Peter
und Paul. Natürlich werden wir regelmäßig chatten
und ich berichte euch vom Leben in München."

Monja erhob sich und griff in ihre Jackentasche. „Ich
habe hier noch eine kleine Überraschung für euch." Sie
überreichte den Mädchen zwei Päckchen. „Aber erst
öffnen, wenn ich fort bin – versprochen?"

Einhellig und ohne miteinander zu streiten, nickten
die Beiden. Unschlüssig drehten sie die in buntes Papier
gewickelten Päckchen in ihren Händen. Verblüfft sah
Johanna, wie Mila ihre Schwester in die Seite stieß.

„Monja, wir haben auch noch etwas zum Abschied für
dich." Franka sprintete zum Gartenzaun, wo offenbar
ein flüchtig hineingestopfter Umschlag im Briefkasten
steckte. Erst als Johanna genauer hinsah, erkannte sie,
dass ihre Kinder darauf unzählige Blümchen und
kleine rote Herzchen gemalt hatten.

„Damit du uns nicht vergisst", sagte ihre ältere Tochter und überreichte Monja den Umschlag. „Wir haben
in den letzten Tagen nach Bernstein gesucht …" Sie hielt

den Kopf gesenkt und Johanna entdeckte eine Träne, die langsam über ihr Gesicht kullerte.

„Danke." Verlegen hielt Monja den Umschlag fest und drehte ihn unschlüssig hin und her. Mit dieser Art der Liebesbekundung hatte sie bestimmt nicht gerechnet. Nacheinander drückte sie die beiden Mädchen noch einmal an sich. „Danke für alles. Sobald ich mich eingelebt habe, dürft ihr mich besuchen kommen – versprochen."

Der bis eben todtraurige Blick der Mädchen hellte sich auf. Die Aussicht auf einen Besuch in einer großen, fremden Stadt klang für sie sehr vielversprechend.

Vom Hänger aus erklang das Poltern von Hufen und ungeduldiges Scharren. Die beiden Pferde, von denen Johanna nur den goldfarbenen Rücken und die hellen Schweife sah, zeigten deutlich, was sie von der Verzögerung hielten.

„Ich muss los. Die Fahrt wird lang und ich werde erwartet." Bei diesen Worten warf sie einen letzten, prüfenden Blick vorne rein und schloss die Klappe. Das Klacken hatte etwas Endgültiges und schmerzte Johanna mehr, als sie es sich im Augenblick eingestehen wollte.

Zum Abschied winkte Monja ihnen noch einmal zu und flüchtete dann regelrecht ins Fahrzeug. Johanna ging zu ihren Töchtern und legte ihre Arme um sie. Schweigend standen sie da und sahen dem Wagen hinterher, als er sich seinen Weg durch die erwachende Frühlingslandschaft bahnte. Erst als das Gespann nur noch ein dunkelbrauner Tupfen in der hellgrünen Landschaft war, hörten die Mädchen auf zu winken.

Die verlassene Weide, das offene Gatter, das im beständigen Wind hin und her schwang ... Johanna wandte den Blick ab. Es tat weh.

Langsamen Schrittes wanderte Johanna durch die Einliegerwohnung. Sie hatte die Arme um den Oberkörper geschlungen und sich in ihre warme Strickjacke gekuschelt. Ihr war kalt, obwohl die Sonne lachte und die wärmenden Strahlen dem Raum etwas Gemütlichkeit verliehen. Noch immer konnte sie nicht glauben, dass Monja gerade eben ausgezogen war.

Ihre Mieterin hatte die Räume sauber und ordentlich hinterlassen. Die wenigen Möbel, die zur Wohnung gehörten, und nun leer geräumt waren, verstärkten den Eindruck von Trostlosigkeit nur noch.

So sehr sich Johanna auch bemühte, sie fand nichts zu bemängeln. Selbst die Fenster hatte ihre ehemalige Untermieterin noch geputzt. Bei dem beständigen Wind und der salzhaltigen Luft war es mehr als eine Herausforderung.

Und doch war Johanna froh darüber, keine Zeit in die Aufbereitung der Räume investieren zu müssen. Zugegeben, das geräumige Zimmer mit dem Panoramafenster zur Auffahrt hin, der einfachen Küche und dem winzigen Bad, war nicht gerade modern, aber praktisch. Die Einrichtung hatte den Charme der späten Siebziger, aber bis jetzt hatte sich noch niemand daran gestört. Früher, gefühlt vor Jahrzehnten, hatte sie die Räume als Büro genutzt und hier gearbeitet. Damals waren sie und ihr Mann voller Pläne gewesen, wie sie das Haus gestalten könnten. Doch der Tod hatte seine eigenen Pläne gehabt und so war vieles anders gekommen. Tränen stiegen in ihr auf und Johanna biss sich auf die geballte Faust, um nicht weinen zu müssen.

Als sie die Küche betrat, bemerkte sie das bunte Papier sofort. Hatte Monja etwas vergessen? Nein, das passte eigentlich nicht zu ihr. Neugierig trat sie näher an die Küchenablage heran und entdeckte das Schildchen, auf dem ihr Name stand. *Hatte ihre ehemalige Mieterin etwa auch an sie gedacht?* Mit zitternden Fingern hob sie das Päckchen hoch und betastete es neugierig. *Was war das?*

Vorsichtig entfernte sie das Papier und noch, während sie das Päckchen in den Händen hielt, vernahm sie ein zartes Klingeln. Ihr Herz machte einen Freudenhüpfer, denn sie ahnte nun, womit Monja sie hatte überraschen wollen. Wenig später hielt sie ihr Geschenk in der Hand. Es war ein Windspiel, dessen oberer Teil aus filigranen, silbrig glänzenden Metallblüten und die Klangkörper aus poliertem Edelstahl bestand. Ein robustes und dennoch wunderschön klingendes Windspiel, das dem launischen Wetter garantiert standhalten würde. Sie lächelte glücklich. Dieses Geschenk würde sie gleich heute noch in den Apfelbaum unter ihrem Schlafzimmerfenster hängen. Wie lieb von Monja, dass sie daran gedacht hatte. Ihr altes, aus gebranntem Ton gefertigtes, hatte den letzten Herbststurm nicht überstanden und dabei liebte Johanna das sanfte Klingen, wenn sie abends im Bett lag und dem Wind lauschte.

„Mama, bist du in Monjas Wohnung?" Eine helle Kinderstimme erklang und sie drehte sich um.

„Ja, Mila. Ich bin hier, in der Küche." Johanna nahm das Geschenk an sich und ging ihrer Tochter entgegen. Aufmerksam sah sich Mila in der Wohnung um und legte spontan ein paar Tanzschritte ein.

„Es ist alles so öde und traurig." Milas Stimme hallte in dem leeren Raum wider, während sie neugierig die Schubladen der Kommode öffnete und diese inspizierte. Doch außer etwas Staub fand sie nichts darin. „Es gibt nichts mehr, dass mich an Monja erinnert."

„Ja, so ist es leider nun einmal", sagte Johanna und holte ihr Handy aus der Hosentasche, das gerade unheilvoll vibriert hatte. Mit gemischten Gefühlen blickte sie auf das Display. Zu ihrer Erleichterung war es jedoch nicht ihr Chef, sondern es gab eine weitere Reaktion auf ihre Anzeige. Johanna rief die App auf und antwortete rasch. Bis jetzt hatten sich zwei Interessenten gemeldet, ein oder zwei weitere wären nicht schlecht.

„Kommt wieder jemand mit Pferden?" Ein neugieriger Blick ihrer Tochter folgte, sie sah deutlich die Hoffnung auf eine Fortsetzung der vorherigen Zeit in ihren Augen. Ungeduldig sprang Mila von einem Bein auf das andere. Ihre Augen blitzten freudig und bei jeder Bewegung wippten die Haare auf und ab. „Das wäre so toll, dann dürften wir bestimmt wieder beim Versorgen der Pferde helfen."

„Leider nein. So viele Mieter, die Pferde besitzen, gibt es nicht. Monja mit ihren Haflingern war eine absolute Ausnahme. Heute Nachmittag hat sich ein Mann angemeldet, der sich die Wohnung ansehen will." Johanna schüttelte bedauernd den Kopf, steckte das Handy zurück und umarmte ihre Tochter. „Von Pferden war nicht die Rede."

Schon wieder dieser entsetzte Blick. Obwohl Mila es nicht mehr so gern mochte, wenn Johanna sie in den Arm nahm, akzeptierte sie es. „Muss das sein? Ein Mann?"

„Ja, leider. Ich hätte auch gerne wieder eine Mieterin gehabt, aber so schnell findet man niemanden. Ich bin froh, dass sich überhaupt jemand gemeldet hat." Das Geld, welches durch die Vermietung hereinkam, war ein wichtiger Baustein in ihrer Finanzplanung. Sie konnte daher nicht zwei oder drei Monate darauf warten, dass sich die perfekte Mieterin meldete. Der kleinen finanziellen Entschädigung von Monja zum Trotz.

Ablehnend schüttelte Mila den Kopf. Ihre Haare flogen wild um ihren Kopf und sie löste sich aus der Umarmung.

„Ich will aber nicht."

„Wir können es uns leider nicht aussuchen. Aber ich gebe dir recht – eine so liebe Mieterin wie Monja finden wir garantiert nicht wieder", sagte Johanna und dirigierte ihre Tochter aus der Wohnung. „Doch jetzt warten wir erst einmal ab."

***

„Vielen Dank, dass Sie so spontan kommen konnten, Herr Kleinwort", sagte Johanna und deutete zum Küchentisch. Auch wenn sie ein schönes und geräumiges Wohnzimmer hatte, so gehörte es bei ihr zur lieb gewordenen Tradition, sich in der Küche zu treffen und dort die wichtigen Dinge zu klären. Im Hintergrund blubberte die Kaffeemaschine und der Duft von frisch

aufgebrühtem Kaffee zog durch den Raum. „Möchten
Sie sich nicht setzen?"

„Danke, gern. Und bitte nennen Sie mich Mario."
Seine Stimme klang angenehm, die Hände, mit denen
er den Stuhl ein Stück zur Seite schob, wirkten gepflegt.
Aufmerksam betrachtete Johanna ihren möglichen zukünftigen Untermieter. Auch das Äußere konnte sich
blicken lassen, wie sie feststellte. Vielleicht war er nicht
gerade eine Sportskanone und er hatte sicher ein paar
Pfund zu viel auf den Rippen, doch es passte zu seinem
Erscheinungsbild. Mario Kleinwort trug die Haare etwas länger als üblich, seine Augen waren dunkel und
der Blick entspannt und freundlich. An seiner rechten
Hand trug er keinen Ring. Also war er offenbar nicht
verheiratet.

„Haben Sie Ihre Unterlagen dabei?", erkundigte sich
Johanna nach der ersten Musterung ihres Besuchers.
Sie nahm die Mappe entgegen, die ihr Mario überreichte und blätterte neugierig die Seiten um. Ein besonderes Augenmerk schenkte sie dem Gehaltszettel,
der von der Kurklinik ausgestellt worden war. Ebenfalls sehr wichtig, war die Bestätigung des vorherigen
Vermieters, dass es keine Probleme mit dem Herrn gegeben hatte. Ganz genauso, wie es im Ratgeber für si-
cheres Vermieten empfohlen wurde.

Peng! Ein Knall dröhnte durch das ganze Haus und Johanna zuckte erschrocken zusammen. Ihr Herz raste
und im ersten Augenblick wusste sie nicht, woher das
Geräusch kam. Suchend blickte sie sich um. *War ein
Fenster offen gewesen und nun zugefallen?* Dann hörte
sie das Getrappel von Kinderfüßen auf der Treppe und

sprang auf. Lautstark stritten sich ihre Kinder und sie vernahm mehr als nur ein Schimpfwort.

Ihr Stuhl schabte über den Küchenboden. *Was trieben die Mädchen da nur?* Sie hatte die beiden doch extra darum gebeten, ein paar Augenblicke Ruhe zu geben, damit sie mit dem möglichen Mieter alles klären konnte. Und nun das.

„Bitte warten Sie kurz." Johanna öffnete die Tür und sofort nahm die Lautstärke zu. Jetzt verstand sie jedes Wort, das den beiden Mädchen über die Lippen kam. Verärgert eilte sie aus der Küche und sah aus dem Augenwinkel, wie Mario ihr verwundert hinterher blickte. Offenbar wusste er nicht, dass auch Mädchen sehr laut sein konnten. Manchmal fand Johanna, dass Mädchen sogar für mehr Unruhe sorgten als Jungs.

Schon nach wenigen Schritten erblickte sie, im schummerigen Licht des Flurs, die Übeltäterinnen. Sie standen am Fuß der Treppe und rangelten um die Spielkonsole. Gerade beschimpfte Mila ihre große Schwester und zerrte mit aller Kraft an der Konsole. Diese wollte nicht nachgeben und antwortete in voller Lautstärke.

Warum ausgerechnet jetzt? Diese Frage lag ihr auf der Zunge und am liebsten hätte sie die beiden an den Schultern gepackt und geschüttelt. *Hätten die zwei nicht noch warten können?*

„Was fällt euch ein?" Sie schnappte sich das Objekt der Begierde und hob es hoch in die Luft. Schlagartig trat Ruhe ein und zwei betroffene Kindergesichter blickten sie an. „Ich hatte euch gebeten, ein paar Minuten ruhig zu spielen, und nun das! Wir haben einen interessierten Mietkandidaten und ihr benehmt euch unmöglich! Geht sofort hoch in eure Zimmer! Ich möchte jetzt nichts mehr von euch hören und sehen. Und nein, die Spielekonsole bleibt bei mir!"

So wütend erlebten die Mädchen ihre Mutter nur selten und daher wagten sie auch keinen Widerspruch. Mit gesenkten Köpfen stiegen sie die knarrende Treppe hoch. „Garantiert habt ihr noch Hausaufgaben zu erledigen. Die macht ihr jetzt – sofort!"

Wie peinlich. Als sie sich sicher sein konnte, dass sich beide in ihre Zimmer verzogen hatten, kehrte sie zu ihrem Gast zurück. Sie zog die Küchentür fest hinter sich zu und lief zur Kaffeemaschine. Jetzt brauchte sie erst einmal einen Kaffee. Sie holte zwei Becher aus dem Schrank und sah ihren Gast fragend an.

„Möchten Sie auch einen Kaffee?"

Er nickte zustimmend und mit zwei gut gefüllten Pötten kehrte sie zurück zum Tisch. So unauffällig wie möglich versuchte sie, die Stimmung ihres zukünftigen Mieters einzuschätzen. Hatte ihn der Streit verschreckt? Nein, offenbar nicht. Er saß weiterhin entspannt da und checkte die Nachrichten auf seinem Handy.

Rasch noch Milch und Zucker hinstellen, dann blieb ihr noch ein bisschen Zeit, um seine Unterlagen zu studieren. Sie setzte sich hin, trank einen großen Schluck und blätterte sie zu Ende durch.

„Das klingt alles sehr gut." Sie legte die Mappe beiseite und ließ ihren Blick noch einmal über ihren Besucher schweifen. Dokumente waren schön und gut. Ihr war der persönliche Eindruck viel wichtiger. „Ihrer E-Mail habe ich entnommen, dass Sie seit ein paar Wochen in der Kurklinik arbeiten."

Zustimmendes Nicken und ein leises Räuspern folgte. Dann trank er einen Schluck Kaffee und schien zu überlegen. *Woran er wohl dachte?* Am liebsten hätte sie sich erkundigt, doch sie schwieg lieber, da sie nicht aufdringlich erscheinen wollte. Ob er Familie hatte oder eine Freundin?

„Ja, ich bin Koch und habe vor zwei Monaten angefangen, in der Kurklinik zu arbeiten. Auf die Schnelle habe ich nur ein möbliertes Zimmer gefunden, das aber langfristig meine finanziellen Möglichkeiten sprengt. Deshalb würde ich gern kurzfristig umziehen. Abgesehen davon gefällt mir Ihr Angebot. Die Wohnung ist nur einen Steinwurf von meinem Arbeitsplatz entfernt."

Er deutete aus dem Fenster, von wo aus man die Bäume und das erste, zarte Grün erblicken konnte und ein Hochhaus. Johanna wusste sofort, was er meinte. Wenn man in Kalifornien vor die Tür trat, erblickte man das hohe Gebäude der Klinik mühelos, ob man nun wollte oder nicht. In der ansonsten vollkommen flachen Umgebung glich es einem Leuchtturm der etwas anderen Art. Das Wahrzeichen war eckig und weiß gestrichen. Ein Hingucker, besonders für die Touristen, waren die hellblauen Möwen im Großformat. Sie schwebten auf der dem Wasser zugewandten Seite der Fassade.

„Und Ihre Anzeige kam genau im rechten Augenblick." Ihr Besucher hustete und räusperte sich hinter vorgehaltener Hand.

Johanna schrak aus ihren Gedanken auf, jetzt hatte sie einen Augenblick lang nicht zugehört. Wie peinlich.

„Entschuldigen Sie bitte." Johanna sprang auf und eilte zum Waschbecken hinüber. „Ich bin total unhöflich. Möchten Sie etwas trinken?" Noch während sie fragte, drehte sie den Hahn auf. Das Geräusch des Wassers überdeckte das Rauschen des Blutes in ihren Ohren. Sie nahm zwei Gläser und einen Krug aus dem Schrank und füllte ihn randvoll.

„Danke, das wäre doch nicht nötig gewesen", meinte Mario und schenkte sich dennoch sofort ein. In großen Schlucken trank er das Glas leer. „Die Arbeit als Koch ist anstrengend und irgendwie muss ich mich wohl verkühlt haben. Dieser ständige Lufthauch ob nun drinnen oder draußen ..." Während er das sagte, griff er in die Hosentasche, kramte ein Bonbon hervor und steckte es sich in den Mund.

Zustimmend nickte Johanna und nahm den Geruch von Eukalyptus wahr. Ihr erging es ähnlich. Gerade in der kühlen Jahreszeit war der beständige Wind äußerst anstrengend und ging gefühlt bis auf die Knochen. An manchen Tagen hasste sie ihn sogar.

Erneut räusperte sich Mario und füllte sich das Glas wieder bis zum Rand voll. Dieses Mal dachte er auch daran, ihr etwas einzuschenken, und sie dankte ihm mit einem Nicken.

***

„Das hier ist die Küche", meinte Johanna und zeigte ihm die schlichte Einrichtung. *Ob ihm diese wohl ge-*

fiel? Als Koch war er bestimmt hochwertige und moderne Geräte gewöhnt. Da konnte diese Einrichtung wahrlich nicht mithalten. „Die Elektrogeräte sind leider nicht modern, aber sie funktionieren einwandfrei."

„Das ist doch vollkommen ausreichend", meinte Mario zufrieden, während er die Kühlschranktür öffnete und hineinspähte. „Wenn ich den ganzen Tag auf den Beinen war, bin ich froh nicht mehr viel machen zu müssen. Meistens esse ich in der Kurklinik. Das Essen dort ist vorzüglich."

Er lachte kurz auf und schloss die Tür wieder. Er sah sie an und schwieg dann übergangslos. Johanna wurde es abwechselnd heiß und kalt. *Ob ihm die Küche wirklich gefiel?* Die glatten Oberflächen waren olivgrün und die Kacheln weiß. Unsicher knetete Johanna ihre Finger. Irgendwie war sie sich plötzlich nicht mehr so sicher. Unter dem kritischen Blick eines Profis wirkte sie garantiert extrem altmodisch und abgenutzt.

Diese unangenehme Stille hielt sie einfach nicht mehr länger aus. Sie verließ die Küche, lief durch den kleinen Flur und stieß die gegenüberliegende Tür auf.

„Und direkt nebenan ist das Bad." Zu ihrer Erleichterung folgte ihr Mario, ohne etwas zu sagen. „Ein unschätzbares Plus - Sie haben in allen Zimmern Tageslicht."

Während sie das sagte, öffnete sie das Fenster und die Einfahrt, die schmale Landstraße sowie die dahinter liegenden Wiesen wurden sichtbar. Die Weide von Monja, der verlassene Unterstand und das sanft hin und her schwankende Gatter waren zu erkennen. Sie musste heute Nachmittag unbedingt noch das Tor schließen, und ihre ehemalige Mieterin auf WhatsApp anschreiben und sich erkundigen, wie es ihr ging.

„Das Weideland, was Sie auf der anderen Straßenseite sehen, gehört ebenfalls noch zu meinem Besitz. Die frühere Mieterin hatte dort ihre Pferde stehen."

„Interessant." Er nickte, interessierte sich aber nicht wirklich für diese Informationen. Stattdessen probierte er den Wasserhahn aus. Laut rauschend lief das Wasser ins Waschbecken und staute sich dort. In Sekundenschnelle stieg es an, strudelte und wirbelte, sodass ihr beinahe schwindlig wurde. „Der Abfluss ist verstopft."

„Das stimmt. Die Vormieterin hatte mich darüber informiert. Ich bin nur noch nicht dazugekommen, einen Handwerker zu holen." Verlegen rang Johanna mit den Händen. Wie peinlich, dass ihr das nicht aufgefallen war.

Er drehte den Wasserhahn wieder zu und schüttelte den Kopf. Gluckernd lief das Wasser ab und sorgte dafür, dass das verlegene Schweigen lautstark untermalt wurde. Ein letztes Mal rülpste der Abfluss und Johanna zuckte zusammen.

„Das ist kein Problem für mich. Wenn Sie möchten, kümmere ich mich selbst darum." Ein Stein fiel ihr vom Herzen und sie sah ihn erfreut an. Ein hilfsbereiter Mieter war Gold wert und eine echte Entlastung. Denn nicht immer fand sie Zeit für die vielen Kleinigkeiten, die in einem älteren Haus anfielen und für jede Reparatur einen Handwerker zu holen, belastete ihre Haushaltskasse unnötig.

„Das wars", sagte Johanna wenig später, als sie die Besichtigung beendet hatten und im Wohnraum standen.

Durch das große Fenster fiel ein Lichtstrahl und sie sah darin Staubpartikel tanzen. „Haben Sie noch Fragen?"

Ihr Besucher schüttelte den Kopf und deutete durch die angelehnte Eingangstür auf die Holzbank, die sich in ein paar Metern Entfernung um den Walnussbaum schmiegte. „Darf ich den Garten ebenfalls nutzen?"

„Ja, natürlich. Er ist ein bisschen verwildert und die Obstbäume sind nicht beschnitten, dennoch bringen die Apfelbäume jedes Jahr ein paar Früchte hervor. Sie sind klein und sauer, aber für ein leckeres Kompott perfekt."

„Das klingt gut", sagte er, strich sich durch die Haare und betrachtete den Raum ein letztes Mal interessiert. „Mir gefällt es hier und wenn Sie möchten, helfe ich Ihnen auch gern im Garten."

Das klang fast zu perfekt und ging ihr ein bisschen zu schnell. Dennoch nickte Johanna zustimmend. Hilfe konnte sie jederzeit gebrauchen. Sie ging zur Tür ... eine plötzliche Unruhe trieb sie an. Im Haus war es ungewöhnlich still. Sie musste dringend herausfinden, was die beiden Mädchen trieben.

„Dann machen wir das so", meinte Johanna zufrieden mit der Entwicklung. „Ich melde mich im Laufe der Woche bei Ihnen. Heute Nachmittag erwarte ich noch zwei weitere Interessenten, die sich die Wohnung ansehen möchten."

Bevor er antworten konnte, plagte ihn ein weiterer Hustenanfall und sein Gesicht bekam eine ungesunde rote Farbe. Noch immer hustend fischte er nach einem weiteren Bonbon, wickelte es aus und steckte es in den Mund.

„Hoffentlich ist es nichts Ernstes", meinte Johanna und betrachtete ihren Besucher besorgt. Der Mann schüttelte nur den Kopf und räusperte sich hinter vorgehaltener Hand.

„Nein, alles gut. Das ist nur der kühle Wind hier an der Küste und dazu diese ständigen Regenschauer. Selten habe ich einen so ungemütlichen April erlebt. Ich habe vorher in Freiburg gelebt und dort war das Wetter deutlich milder."

Er hustete erneut und ihr entging nicht, dass er sich bemühte, den Hustenreiz in den Griff zu bekommen. Unbewusst trat sie einen Schritt zurück, denn so ganz geheuer war ihr die Sache nicht.

„Ja, an die Meeresbrise muss man sich erst gewöhnen. Deshalb kommen auch so viele Leute zu uns und machen hier Urlaub. Die salzhaltige Luft ist die beste Kur für vielerlei Beschwerden."

„Danke für Ihre Zeit", sagte Mario und reichte ihr zum Abschied die Hand. Diese fühlte sich angenehm warm und kräftig an. „Ich würde mich sehr freuen, wenn ich die Wohnung bekommen würde."

Ein weiterer Hustenanfall plagte Mario, als er flotten Schrittes über die Auffahrt zu seinem Fahrzeug lief. Nachdenklich sah Johanna ihm hinterher.

Kapitel 5

Antony

„Achtung, er kommt!"

Der Ruf hallte durch die zweckmäßigen Gänge der Gemeinschaftsschule Probstei und Antony sah noch flüchtig einen Blondschopf, der um die Ecke verschwand.

Obwohl er die Klasse von vereinzelten Vertretungsstunden her kannte, klopfte sein Herz schneller als sonst und ein ungewohntes Kribbeln breitete sich in seinem Magen aus. Nach der Trennung von seiner Frau freute er sich auf die Herausforderung, aber gleichzeitig belastete sie ihn auch mehr, als ihm lieb war. Er hätte sich gern in Ruhe auf die Übernahme der Klasse vorbereitet und nicht gleichzeitig mit seiner Frau über ihre gescheiterte Beziehung diskutiert.

Die Leitung dieser Klasse war eine Chance für ihn, nachdem er erst seit Kurzem an der Gemeinschaftsschule unterrichtete und er wollte die Gelegenheit natürlich beim Schopfe packen. Daher atmete er noch einmal tief durch, bevor er die Tür des Klassenzimmers öffnete und eintrat.

Zwei Mädchen saßen auf den Tischen und quatschten, als er seinen Blick durch das Klassenzimmer schweifen ließ. Andere huschten gerade auf ihren Platz und schlugen schnell die Bücher auf, als er sich zu ihnen umdrehte. Die meisten Kinder der 7. Klasse saßen aber aufmerksam da und warteten darauf, dass er mit dem Unterricht begann.

Er stellte seine Tasche geräuschvoll auf dem Pult ab und schlagartig wurde es still. Die Letzten setzten sich auf ihre Plätze. Keines der Kinder scharrte mehr mit den Füßen oder spielte mit seinem Stift. Alle Augen richteten sich auf ihn. Das war die erste Klasse an der Schule, bei der er die Leitung übernehmen durfte. Nun kam doch so etwas wie Vorfreude auf die Herausforderung in ihm auf.

„Guten Morgen", sagte er und ein mehr als verschlafener Chor antwortete ihm. „Noch einmal bitte, das klang noch sehr müde." Vereinzelt lachten die Kinder, manche verdrehten genervt die Augen. „Guten Morgen liebe Klasse 7c!"

Dieses Mal antworteten ihm die Kinder deutlich tatkräftiger und er wusste, dass er nun viele aufmerksame Schüler um sich haben würde. In den letzten Tagen hatte er die Unterlagen genau studiert, die Arbeitshefte korrigiert und mit seiner Kollegin über die einzelnen Kinder gesprochen. Dennoch hatte er das Gefühl, noch vollkommen unvorbereitet an die Aufgabe heranzugehen.

„Ich freue mich sehr darüber, ab jetzt die neue Klassenleitung zu haben. Ihr wisst ja, dass Frau Köhler schwanger und ab jetzt in Mutterschutz ist."

Die meisten Kinder zeigten sich freudig interessiert, andere schauten lieber aus dem Fenster, als ihm zuzuhören. Nur ein Mädchen ... er brauchte ein bisschen, bis ihm der Name einfiel ... sah ihn finster an. Aus ihren Augen schienen Blitze zu sprühen und der Bleistift, den sie in ihren Fingern hielt, zerbrach in zwei Teile. Franka! Sie beide waren auf dem Schulhof schon mehrfach aneinandergeraten, weil sie sich nicht an Regeln und Absprachen hielt. Er wusste von dem tragischen Tod ihres Vaters und dass ihre Mutter sich nun allein durchkämpfte. Dennoch war er sich nicht sicher, ob es nur Verzweiflung oder auch Wut war, die das Kind zu solchen Ausbrüchen verleitete.

„Auch wenn ich dich", dabei er betrachtete jedes Kind einmal intensiv, „schon ganz gut kenne, würde ich vorschlagen, dass wir die Stunde mit einem kleinen Spiel beginnen. So habe ich die Chance, mir eure Namen besser einprägen zu können."

Seine Worte gingen in einem vielstimmigen Jubelschrei unter. Selbst Franka schien ihre innere Anspannung abzulegen. Ein freudiges Aufleuchten erschien auf ihrem Gesicht.

Das Eis war gebrochen.

Kapitel 6

Johanna

Da stand es, das Erinnerungsfoto von ihrem Mann. Auf dieser Aufnahme war nur er zu sehen, wie er sein Kiteboard in den Händen hielt und scheinbar gedankenverloren in die Ferne schaute. Johanna hatte das Bild auf dem Schränkchen so ausgerichtet, dass sie es jedes Mal sah, wenn sie die Haustür öffnete und den Flur betrat. Wie so oft hielt sie jetzt einen Augenblick inne und lächelte ihm zu.

Anschließend legte Johanna den Schlüsselbund neben das Bild und holte ihr Handy hervor. Die Interessentin, die seit zwanzig Minuten da sein sollte, hatte sich nicht gemeldet. Keine Absage, keine Info, kein einziges Lebenszeichen. Dabei hatte die junge Frau bei ihrem kurzen Mailaustausch äußerst interessiert gewirkt. Wie ärgerlich. Etwas schwungvoller als gewollt, schubste sie ihr Handy über die Ablagefläche. Es rutschte ein Stück über die polierte Fläche und blieb dann neben dem Bild liegen. Eine gute halbe Stunde hatte sie im vorderen Bereich des Gartens verbracht und Unkraut gejätet. Dabei hatte sie die Zufahrt ständig im Blick gehabt, und jedes Auto interessiert gemustert, in der stillen Hoffnung, dass die mögliche Mieterin endlich auftauchen würde.

Nun gut. Unbewusst zuckte Johanna mit den Schultern. Vielleicht meldete sich in den nächsten Tagen ja noch jemand bei ihr. Ansonsten hatte sie zumindest einen potenziellen Mieter und darüber war sie mehr als froh.

Die Erkenntnis, dass sie dringend noch bei Frau Fabky klingeln musste, traf sie wie ein Schlag. Ohne Monja war sie auf die Hilfe der älteren Nachbarin angewiesen, die sich gerne mal um die Kinder kümmerte, wenn sie verhindert war. Johanna mochte die Rentnerin, die bald auf die achtzig zuging, sehr gern. Auch sie hatte es in ihrem Leben nicht immer leicht gehabt, dennoch nie den Lebensmut verloren. Johanna schnappte sich die Haustürschlüssel und stieg die wenigen Stufen in den Garten hinunter. Selbst auf dem Weg zum Nachbarhaus konnte sie es nicht lassen, alle Fahrzeuge prüfend zu mustern, die am Grundstück entlangfuhren.

***

Der Besuch bei ihrer Nachbarin hatte deutlich länger gedauert als geplant. Johanna schloss die Wohnungstür auf und trat in den Flur. Eigentlich hatte sie ja nur ein paar Worte mit Frau Fabky wechseln wollen, doch beim Blick auf ihr Handy erschrak sie zutiefst, als sie feststellte, wie spät es schon war. Bis sie zur Arbeit musste, standen ihr gerade noch zwei Stunden zur Verfügung. Eigentlich viel zu wenig, um all das zu erledigen, was tagtäglich auf dem Programm stand. Dennoch hatte ihr das Gespräch mit der mütterlich wirkenden Frau Fabky gutgetan und sie bereute keine einzige Minute davon. Trotzdem saß ihr jetzt die Zeit im Nacken und so huschte sie gleich, nachdem sie sich die Hände gewaschen hatte, in die Küche.

Sie öffnete die Kühlschranktür und kühle Luft vermischt mit dem intensiven Geruch nach Tilsiter schlug ihr entgegen. *Warum liebte Franka diesen Stinkekäse nur so?* Fast war sie versucht, den Rest in den Müll zu werfen, doch im letzten Augenblick zuckten ihre Finger zurück.

Kritisch inspizierte sie den Inhalt des Kühlschranks. Zum Glück warteten noch ein paar gekochte Kartoffeln und Eier auf eine weitere Verwertung. Für ein anständiges Bauernfrühstück konnte sie ihre Mädchen zum Glück immer begeistern und so nahm sie die Sachen heraus und begann mit dem Kartoffelschälen.

„Hallo Mama." Mit geröteten Wangen, vom Wind zerzausten Haaren und voller Elan, rauschte Mila in die Küche. Achtlos warf sie ihren Ranzen in eine Ecke und zog einen Stuhl hervor. All dies ging nicht ohne lautstarkes Gepolter über die Bühne. „Ich habe wieder eine Eins in Sachkunde."

Ohne ihre Arbeit zu unterbrechen, drehte sich Johanna zu ihrer Tochter um. „Das ist ja super. Glückwunsch kleine Maus. Du entwickelst du dich zu einem echten Profi."

Doch plötzlich huschte ein Schatten über das Gesicht ihrer Tochter und sie wirkte niedergeschlagen.

„Meinst du, Papa hätte sich auch gefreut?"

Johanna legte die geschälte Kartoffel zur Seite, drückte ihre Tochter an sich und nickte. „Natürlich Mila! Ich bin mir sicher, dass er da oben im Himmel alles mitbekommt und sich freut."

Sie strich liebevoll über ihr verwuscheltes Haar. „Möchtest du zum Nachtisch ein Eis?" Sie zwinkerte ihrer Tochter zu und stellte die Pfanne auf den Herd.

„Aber immer doch!"

Dabei sprang sie vom Stuhl auf. Ihre Traurigkeit war so schnell verflogen, wie sie gekommen war.

Aus den Augenwinkeln beobachtete Johanna, wie Mila sich ein Glas schnappte und sich eine Apfelsaftschorle einschenkte. Sie ging so schwungvoll zu Werke, dass das Glas überlief.

„Verflixt", nuschelte ihre Tochter und versuchte, das Missgeschick mit einem gebrauchten Taschentuch zu beheben. Doch sie verteilte die klebrige Flüssigkeit nur noch weiter auf dem Tisch, wie Johanna aufseufzend feststellte.

„Mila Stopp! So machst du alles nur noch schlimmer. Ich würde vorschlagen, du gehst dir die Hände waschen und räumst deine Sachen auf. Die Schuhe ins Regal und den Ranzen in dein Zimmer. So wie immer." Noch während Johanna dies sagte, sprang ihre Tochter auf und verschwand. Ihre Sachen, achtlos hingeschmissen, blieben natürlich liegen und ähnelten einem abstrakten Kunstwerk.

Ob Mila den Rest des Satzes überhaupt mitbekommen hatte? Kopfschüttelnd sah sie ihrer Tochter hinterher. Selbst nach einem langen Schultag hatte sie noch Hummeln im Hintern.

***

„Heute Abend wird es spät bei mir." Johanna legte das Besteck zusammen und sah erst ihrer großen Tochter, dann der jüngeren in die Augen. „Nach der Arbeit muss ich noch zum Elternabend von Franka. Ihr müsst also allein zurechtkommen. Frau Fabky ist so lieb und wird zwischendurch mal nach euch gucken und ist jederzeit erreichbar. Mein Handy ist natürlich auch an und ihr könnt mich im Notfall anrufen. Aber das wisst ihr ja alles."

Gerade in solchen Augenblicken vermisste Johanna nicht nur ihren Mann, sondern auch Monja schmerzlich. Früher hatte sie bei solchen Terminüberschneidungen stets auf ihre ehemalige Mieterin zählen können. Zu dritt hatten sie sich um die Pferde gekümmert oder im Garten gespielt.

Siedend heiß kam ihr in den Sinn, dass sie Monja dringend einmal anrufen und sich erkundigen musste, wie es ihr in der neuen Heimat erging. Bis auf eine kurze Antwort auf ihre Sprachnachricht hatte sie schon seit Tagen nichts mehr von ihr gehört.

„Nein. Muss das sein?" Franka sprang auf und riss Johanna unsanft aus ihren Überlegungen. Der Tisch wackelte bedrohlich und der Pfefferminztee schwappte in den Gläsern hin und her. Frankas Stirn lag in unzähligen Falten und ein trotziger Ausdruck lag auf ihrem Gesicht. Fast meinte Johanna Wut im Blick ihrer Tochter lesen zu können. Aber diesbezüglich täuschte sie sich garantiert.

„Bestimmt musst du wegen unseres neuen Klassenlehrers dorthin. Der ist doof und du gehst auch noch zu diesem Elternabend. Nein, ich will das nicht! Warum nur bekommt Frau Köhler ein Kind?"

Bevor Johanna noch etwas erwidern konnte, verschwand Franka mit laut polternden Schritten. Die Küchentür schlug sie lautstark hinter sich zu und nicht nur Mila zuckte erschrocken zusammen. Fassungslos sah Johanna ihr hinterher. *Was ging nur gerade in ihrer älteren Tochter vor?*

„Die spinnt." Milas Kommentar war durchaus passend und irgendwie zutreffend, doch Johanna musste wissen, was ihre Tochter beschäftigte. *Warum regte diese sich über den Besuch eines Elternabends so sehr auf?* Schließlich gab es mindestens einmal im Halbjahr einen. Lag es vielleicht daran, dass nun ein fremder Lehrer die Klasse übernommen hatte und sie ihre Lieblingslehrerin nicht mehr sah? Johanna trank den letzten Schluck Tee und stieg bewusst langsam die Treppe hoch. Sie wollte ihrer Tochter noch einen Augenblick Zeit geben, bevor sie das Gespräch suchte.

Auf dem Treppenabsatz blieb sie kurz stehen. Vom winzigen Flur gingen vier Türen ab. Direkt vor ihr lagen die beiden Kinderzimmer, auf der rechten Seite befand sich ihr Schlafzimmer und auf der gegenüberliegenden Seite das Bad. Eigentlich hatte sie damals mit ihrem verstorbenen Mann geplant, einen Teil der Wände herauszureißen und auf diese Weise zwei große Zimmer zu erstellen. Doch dann war alles anders gekommen und inzwischen war sie froh über diese Raumaufteilung. So hatte jeder von ihnen ein eigenes, wenn auch kleines Reich.

Zwischen den Türen befanden sich Regale, in denen sie Bücher, Spiele und viele andere Kleinigkeiten aufbewahrten, die sie immer mal wieder benötigten.

Zwei Schritte und sie stand vor dem Zimmer ihrer ältesten Tochter. Die Tür von Franka war verschlossen, und sie vernahm das Dröhnen von Bässen. Offenbar hatte Franka ihre Musikbox aufgedreht, lag auf dem Bett und versuchte, sich zu beruhigen. Einen Augenblick stand Johanna da, die Hand zur lockeren Faust geballt und bereit, anzuklopfen, doch noch zögerte sie. *Ob es richtig war, wenn sie ihre Tochter jetzt störte?* Ihre Hand sank ein Stück nach unten, doch dann hob sie diese wieder und klopfte ganz sachte an.

Keine Antwort erklang. Vielleicht hatte Franka es nicht gehört. Sie klopfte erneut, dieses Mal etwas nachdrücklicher und wartete einen Moment. Keine Reaktion. Weder wurde die Musik leiser gestellt, noch erhielt sie eine Antwort. Nachdenklich knabberte Johanna an ihrer Unterlippe. Dass Franka so heftig reagiert hatte, war ihr ein Rätsel. Sie wusste, dass ihre Älteste ihren Vater sehr vermisste. Dazu der überraschende Auszug von Monja. Und nun noch der Lehrerwechsel. Vielleicht waren all die Verluste zu viel für ihre Tochter?

Nun klopfte Johanna etwas kräftiger und länger. Inzwischen war sie sich nicht sicher, ob Franka überhaupt mitbekommen hatte, dass sie vor der Tür stand. Sie drückte die Klinke herunter und stellte fest, dass die Tür verschlossen war. So sehr Johanna auch am Griff rüttelte, sie kam nicht herein.

Was sollte sie tun? Nachdenklich kratzte sich Johanna am Kopf. Ihr rannte die Zeit weg und wenn sie nicht zu spät zur Arbeit kommen wollte, musste sie jetzt los.

„Wir reden später miteinander", rief sie durch die Tür und stieg die Treppe hinunter. Der Refrain von *Komet* folgte ihr.

Kapitel 7

Antony

Erneut blickte er auf sein Handy. *Raste die Zeit wirklich so sehr? Eben waren es noch gut vierzig Minuten gewesen und nun?* Nun waren es gerade noch zehn und dabei hatte er noch so viel erledigen wollen. Sein prüfender Blick schweifte durch den Klassenraum. Die Kinder hatten ordentlich aufgeräumt, sowohl unter ihren Tischen als auch in der Leseecke und draußen an der Garderobe. An den Fenstern hatten sie hübsche Mosaike aufgehängt, die im Tageslicht schimmerten. Nun, bei Einbruch der Dämmerung kamen sie nicht ganz so sehr zur Wirkung, aber er hatte ein paar Fotos geschossen und wollte sie, zusammen mit ein paar anderen Aufnahmen, im Laufe des Abends zeigen.

Jemand rüttelte an der großen Eingangstür. Antony nahm sein Handy, schaute kurz darauf und biss sich auf die Unterlippe. Es half alles nichts. Die ersten Eltern standen an der Eingangstür und warteten, und dem Lärm nach zu urteilen, waren sie ungeduldig und wollten herein.

Bei dem mehr als ungemütlichen Wetter verstand er das ausgesprochen gut. Ein letzter Blick, ob auch wirklich alles an Ort und Stelle war, dann eilte er den verwaisten Gang entlang zur Tür. Den Schlüssel hatte er stecken lassen, so konnte er direkt aufschließen und die Besucher begrüßen.

„Hallo und guten Abend. Schön, dass Sie den Weg hierher gefunden haben." Er reichte den ersten drei Frauen die Hand, nickte zu jeder Vorstellung und zu seiner Erleichterung schaffte er es sofort, jede Mutter dem entsprechenden Kind zuzuordnen. Bis jetzt funktionierte alles ohne Zwischenfälle. „Bitte gehen Sie schon einmal vor in die Klasse." Er deutete in die Richtung. An den zielgerichteten Schritten der Mütter erkannte er sofort, dass diese schon häufiger hier in der Schule gewesen waren.

Mit einem Keil blockierte er die Eingangstür, sodass sie weit offenstand und zog den Schlüssel heraus. Das von seinen Schülern gebastelte Schild *Hier gehts zum Elternabend,* hängte er gut sichtbar auf und kehrte zurück in seine Klasse. *Seine Klasse,* dachte er und spürte nun doch ein freudiges, aufgeregtes Kribbeln in der Bauchgegend. *Seine Klasse für die nächsten Jahre.*

Noch standen die Eltern entspannt in kleinen Gruppen da und unterhielten sich. Einige Mütter befanden sich an der Wand, wo das aktuelle Sachkundethema und die Grammatikregeln erklärt wurden, und studierten diese aufmerksam.

„Warum darf mein Florian nicht neben seinem besten Freund sitzen?" Ohne ihn zu begrüßen, kam Frau Miller auf ihn zu und redete auf ihn ein. Sie versuchte, ihn mit ihrer ganzen, körperlichen Fülle, davon zu überzeugen, dass Florian und Markus dringend nebeneinandersitzen *mussten,* weil es ja beste Freunde waren. Und nein, sie ärgerten sich nicht gegenseitig im Unterricht oder störten.

Antony legte die Fingerspitzen seiner Hände gegeneinander und zählte beim Einatmen langsam bis vier. Luftanhalten, zählen und wieder ausatmen. Eine Entspannungsübung, die er vor vielen Jahren beim Psychologen gelernt hatte und die er inzwischen gern und regelmäßig anwandte. Besonders bei Eltern, die immer nur das Beste für ihr Kind wollten.

„Frau Miller, in der Schule geht es nicht darum, dass die Kinder ihren Spaß haben, sondern um die Mitarbeit im Unterricht. Und Florian bekommt es ausgesprochen gut, wenn er neben Mathilde sitzt. Sie arbeitet ruhig und konzentriert und für Florian ist das eine große Hilfe."

„Aber …", versuchte es Frau Miller erneut.

„Frau Miller, wir tauschen die Sitzplätze regelmäßig. Ich bemühe mich stets darum, jedem Kind gerecht zu werden. Aber wenn es zu unruhig in der Klasse ist, fällt ihnen das Lernen schwerer." Er biss sich fast auf die Zunge, denn liebend gern hätte er den Satz noch ergänzt. Doch die fortschreitende Uhrzeit erlöste ihn – zum Glück – von der übervorsorglichen Mutter. „Wir sollten jetzt anfangen."

Fünf nach acht. Jetzt würde niemand mehr kommen. Drei Elternpaare hatten sich bei ihm per Mail abgemeldet und sich entschuldigt. Einzig Frau Petersen fehlte, was ihn wenig überraschte. Von seiner Kollegin wusste er, dass die Mutter Witwe und alleinerziehend war. Der plötzliche Tod von Frankas Vater war sicher auch einer der Gründe, warum Franka sich im Schulalltag so schwertat.

Er ging zur Tür, spähte noch einmal in den hell erleuchteten Gang und schloss sie anschließend. Mit einem tiefen Atemzug, der seine Lunge bis in die Spitzen füllte, lief er nach vorne zum Pult. Dabei war er sich der Anwesenheit der Eltern überdeutlich bewusst und spürte all die Augenpaare beinahe körperlich, wie ein Kribbeln von Ameisen auf seinem Rücken.

Gespannte Stille. Vereinzelt räusperte sich jemand oder scharrte mit den Füßen. Ein ungewohntes Bild bot sich ihm nun. Statt der dreiundzwanzig Kinder saßen jetzt neunzehn Erwachsene vor ihm. Wie gewünscht hatten sich die Elternteile auf die entsprechenden Kinderplätze gesetzt. Ein Anblick, den er jedes Mal gewöhnungsbedürftig fand. Zumeist waren es die Mütter, die den wichtigen Job *Besuch des Elternabends* wahrnahmen, während die Väter vermutlich zu Hause die Kinder hüteten und am Computer saßen und die freie Zeit genossen. Manche der Frauen hielten noch ihr Handy in der Hand, lasen die News oder tippten hektisch Nachrichten. Zwei Mütter, die sich offenbar gut kannten, unterhielten sich leise. Er schmunzelte. Deshalb saßen die beiden Mädchen auch im Unterricht nebeneinander.

„Guten Abend, und schön, dass Sie so zahlreich erschienen sind."

Vor Beginn des Elternabends hatte er seinen Stuhl schräg vor das Pult gestellt, sodass er jederzeit auf seine Unterlagen zurückgreifen konnte und gleichzeitig mit der Fernbedienung den Beamer bedienen konnte. Zum Einstieg hatte er ein paar Fotos ausgewählt, die die Kinder bei den unterschiedlichen Arbeiten und Projekten in der Schule zeigten. Damit wollte er die Neugierde der

Eltern stillen und gleichzeitig einen entspannten Einstieg in den Elternabend finden.

„Guten Abend und noch einmal herzlich Willkommen zum ersten Elternabend, den ich in dieser Klasse leite. Die meisten Kinder in diesem Alter gehören der Gattung *schweigendes Pubertier* an, was Ihnen garantiert hinlänglich bekannt ist. Deshalb habe ich Ihnen ein paar Aufnahmen zusammengestellt, an denen Sie wunderbar erkennen können, wie wir manche Themen erarbeiten."

Erheitertes Lachen folgte und einige Mütter steckten die Köpfe zusammen und tuschelten. Die Idee mit den Bildern kam gut an. Entspannt lehnte er sich zurück und beobachtete die Reaktionen der Eltern.

Dieser gehetzte Blick, die wirren Haare in der Stirn, die Flecken im Gesicht ... im ersten Augenblick glaubte er Franka vor sich zu sehen. Eine ältere, reifere Franka. Doch dann wurde ihm klar, dass er in das Gesicht ihrer Mutter blickte. Sie trug ihr Haare, anders als ihre Tochter, zu einem lockeren Dutt geschlungen und offensichtlich hatte sie kein Make-up aufgelegt. Dazu waren die Wangen eine Spur zu blass, die Augenbrauen nicht gezupft und die ausgeprägten Augenringe zeugten von vielen schlaflosen Nächten.

„Entschuldigen Sie bitte die Verspätung", sagte sie und suchte sich den nächstbesten freien Sitzplatz. Dort verstaute sie umständlich ihre Beine unter dem Tisch und legte ihre Handtasche ab. Bei ihrer Jacke öffnete sie nur die obersten Knöpfe, obwohl es sehr warm im Klassenraum war.

Die Elternvertreter hatten vor Beginn der Veranstaltung ein paar Getränke sowie Becher auf den Tischen verteilt. Sofort und ohne genau zu gucken, griff sie nach einer der Flaschen mit Apfelsaft-Schorle und schenkte sich ein.

War sie also doch noch gekommen. In ihm hallten die Worte ihrer hastig vorgebrachten Entschuldigung nach - *viel Arbeit und Stress.* Das überraschende Eintreffen von Frau Petersen hatte ihn aus dem Konzept gebracht. Sein Gehirn war übergangslos wie leer gefegt. Dabei warteten die Eltern darauf, dass es weiterging. Er blätterte in den Unterlagen und bemühte sich redlich, die Fassung und den Faden wiederzufinden. Alle starrten ihn an, selbst Frankas Mutter, die nun mit gefalteten Händen dasaß.

Ein dicker Frosch steckte in seinem Hals und er räusperte sich kräftig. *Warum hatte er sich nicht auch etwas zu trinken hingestellt?* Er stand auf, nutzte die gewonnene Zeit, um auf das Thema zu kommen, das als Erstes auf dem Programm stand. Er griff nach dem erstbesten Plastikbecher, dessen Rillen und Scharten ihm verrieten, dass er schon länger im Einsatz war.

Die Klassenfahrt! Jetzt wusste er wieder, welche Themen er mit den Eltern durchgehen wollte.

Kapitel 8

Johanna

Die Türklingel erklang. Johanna stockte mitten in der Bewegung und drehte sich auf dem Absatz um. *Wer störte denn jetzt? Kam eine Freundin von Mila zu Besuch? Oder hatte Frau Fabky noch etwas auf dem Herzen?*

Langsam stieg sie die Stufen herab, ihre Knie steif und unbeweglich. Das eigentlich kurze Stück bis in den Flur wirkte plötzlich unendlich lang auf sie. Der gestrige Tag, als sie beim Elternabend auf dem kleinen Stuhl in der Schule gesessen hatte ... ihre Arbeit im Supermarkt, wo sie stundenlang die Tiefkühltruhen eingeräumt hatte ... all das hatte seine Spuren hinterlassen. Noch immer fror sie und fühlte sich wie ein Eisklotz, obwohl sie schon die Heizung aufgedreht und sich einen langen, warmen Pullover angezogen hatte. Sie musste dringend mit ihrem Chef darüber reden, dass sie in einem anderen Bereich arbeiten wollte. Die Obst- und Gemüseabteilung wäre ein Traum für sie. Doch leider leitete diesen Bereich eine jüngere Kollegin, die es immer wieder schaffte, sich beim Chef einzuschleimen.

Erneut erklang die Klingel und Johanna entdeckte hinter den Butzenglasscheiben eine hochgewachsene Person mit langen, dunklen Haaren. Also keine Freundin von Mila und Frau Fabky war es auch nicht.

„Moment." Die letzten Meter legte Johanna im Eilschritt zurück und riss die Tür auf.

„Hallo, ich komme ja …"

Sie war garantiert nicht von irgendeiner Sekte. Das war Johanna sofort klar, als sie die Frau auf dem Treppenabsatz musterte. Diese war schlank, fast schon hager und ihr Gesicht von täglicher Arbeit an der frischen Luft gebräunt. Sie trug eine voluminöse Strickjacke, die sie fest um den Oberkörper gewickelt hatte und eine Jeans, die an den Oberschenkeln durchgescheuert war. Ihr Erscheinungsbild wurde durch ausgelatschte Schuhe abgerundet. Ein schwacher Geruch nach Stall ging von der jungen Frau aus.

„Tut mir leid, aber die Wohnung ist schon vergeben. Ich muss jetzt auch weiterarbeiten. Einen schönen Tag noch." Johanna wollte die Tür gerade wieder schließen, doch die Frau war schneller und schob einen Fuß dazwischen. Was war denn das für ein Gebaren? Johanna blitzte den ungebetenen Gast wütend an und versuchte erneut, die Tür zu schließen. Doch die Unbekannte ließ sich nicht von ihrem abweisenden Verhalten beeindrucken.

„Ich bin nicht auf der Suche nach einer Wohnung, ich habe ein Zuhause. Bitte hören Sie mir zu. Ich möchte doch nur etwas fragen."

Hatte sie überreagiert? Johanna trat einen Schritt zurück, blieb aber misstrauisch. Kurz lauschte sie nach hinten, in den Flur. *Handelte es sich hierbei um einen Trick, um sie abzulenken? Gingen jetzt gerade Einbrecher hinter ihrem Rücken ans Werk und räumten die Wohnung leer?* Nein, es blieb auch weiterhin alles still.

„Danke." Die Fremde zog ihren Fuß wieder zurück und nun wäre es ein leichtes für Johanna gewesen, die Tür zu schließend, doch ihr Interesse war geweckt.

„Warum kommen Sie dann zu mir? Bitte fassen Sie sich kurz. Meine Zeit ist knapp."

„Dann noch einmal von vorne. Danke jedenfalls, dass Sie mir zuhören. Ich heiße Viola und gehöre zum Zirkus Fabulus. Wir gastieren in den nächsten Tagen in Kalifornien und später in Schönberg. Einen Platz für den Auftritt haben wir schon, aber die Flächen sind relativ klein und daher besitzen wir kaum Auslauf für unsere Tiere." Bei diesen Worten wedelte sie mit ein paar buntbedruckten Papierstreifen vor Johannas Nase herum, als wollte sie damit ihre Aussage untermalen. „Deshalb haben wir uns vorhin bei der Touristen-Information erkundigt und da wurden wir an Sie verwiesen."

Nun verstand Johanna überhaupt nichts mehr. Ratlos zuckte sie mit den Schultern und überlegte kurz, ob heute der erste April war. Sie hatte keine Ferienwohnung im Angebot und bot auch keine Kurse an, die für Touristen interessant waren. Sie wollte die Tür schon schließen, denn ihr Rücken schmerzte und sie hatte einfach keine Lust, sich weiter mit einer Fremden zu unterhalten.

„Mama, wer ist da?" Die Stimme von Franka und rasches Getrappel von Füßen auf der hölzernen Treppe waren zu hören. „Mit wem redest du? Wem gehört das Auto, das an der Straße steht?" Ohne sich umzudrehen, wusste Johanna, dass ihre Tochter näherkam und neugierig hinter ihrem Rücken hervorspähte.

„Hallo, ich bin Viola. Ich bin vom Zirkus Fabulus und ich wollte euch fragen ..." Dieses Mal sah sie zu Franka hinüber und - täuschte sie sich, oder blinzelte die Fremde ihrer Tochter gerade zu? Abwechselnd sah Johanna zwischen den beiden hin und her. „... ob wir euer Weideland nutzen dürfen. Frau Müller-Fährenkamp ..." Dieses Mal machte es bei Johanna klick und sie wusste endlich, wer der Zirkusfrau den Tipp gegeben hatte. „... sagte, dass ihr genug Weideland zur Verfügung habt und momentan kein Vieh."

Nun verstand Johanna, woher Viola ihre Information hatte. Eine alte Freundin hatte sie weitervermittelt. Dass die Weide genutzt wurde, konnte ihr nur recht sein. Unter diesen Umständen musste sie sich nämlich nicht darum kümmern, dass das Gras später im Jahr gemäht wurde.

„Ja, das stimmt. Wir hatten bis vor Kurzem eine Mieterin, die ihre Pferde auf der Weide stehen hatte." Bei diesen Worten deutete Johanna auf die gegenüberliegende Straßenseite, wo das offene Gatter immer noch im Wind schwankte. Das Grün der Weidefläche stach zwischen den goldgelben Rapsfeldern hervor, die es einem Rahmen gleich, schützend umfingen. „Es ist allerdings nur ein knapper Hektar. Ob das reicht?"

„Ob ein Hektar reicht?" Auf dem Gesicht der Frau erschien ein glückliches Lächeln und sie wirkte plötzlich vollkommen energiegeladen. „Natürlich. Wir sind über jedes Stück Land froh, auf dem wir unsere Ponys weiden lassen können. Abgesehen davon", sie machte eine wegwerfende Handbewegung, „haben wir eh nicht viele Tiere." Sie hob die Finger und begann zu zählen.

„Also, wir besitzen fünf Shettys, vier Ziegen, zwei Esel und drei Alpakas. Das ist doch überschaubar, oder?"

„Mama, bitte sag ja." Franka hüpfte neben ihr aufgeregt auf und ab. Auf ihrem Gesicht war ein begeistertes Leuchten zu sehen, wie sie es seit dem Tod ihres Mannes nicht mehr erblickt hatte. „Bitte Mama, bitte. Endlich ist mal etwas los in diesem langweiligen Kaff. Was meinst du, wie die anderen in meiner Klasse staunen werden?"

Johanna legte den Arm um die Schultern ihrer Tochter und spürte ihr aufgeregt klopfendes Herz. Wenn sie mit dieser Entscheidung ihre Tochter glücklich machen konnte – warum nicht?

***

Endlich wieder Leben auf der Weide! Kaum hatte Johanna ihre Zustimmung gegeben, hatte Viola auch schon Nägel mit Köpfen gemacht.

Jetzt wusste sie, was sie die ganze Zeit über vermisst hatte. Mit klopfendem Herzen stand Johanna im Hauseingang und beobachtete, von dem leicht erhöhten Punkt aus, die gegenüberliegende Straßenseite. Dort hielt gerade ein älterer Kombi, an den ein Viehanhänger angekoppelt war. Eigentlich hatte Johanna erwartet, dass eine ganze Kolonne aus bunt bemalten Fahrzeugen samt Anhängern bei ihr auf dem Hof anhielt und die Tiere auslud.

Aber anders als die Wohnwagen mit ihrem verspielten Schriftzug *Zirkus Fabulus*, der über die ganze Breite ging, kam dieser Pkw sehr schlicht und mitgenommen daher. Auch der Anhänger erinnerte sie in seinem Erscheinungsbild mehr an die Fahrzeuge der benachbarten Landwirte als an ein Gefährt für Tiere aus dem Zirkus. Zwei weitere Wagen samt Anhängern hielten jetzt an der Straße.

„Franka, Mila, wollt ihr nicht runterkommen?" Johanna drehte sich um und rief in den verlassenen Flur nach ihren Kindern. Der angekündigte Besuch hatte zuverlässig dafür gesorgt, dass sich die Mädchen brav an ihre Hausaufgaben gesetzt hatten. Schließlich wollten sie den langen Nachmittag damit verbringen, die neuen Bewohner zu bewundern. Doch nun, nachdem sie nach ihnen gerufen hatte, hielt sie nichts mehr. Die aufgeregte Stimme von Mila erklang als Erstes. Vermutlich hatte sie schon am Fenster gestanden und Ausschau gehalten, damit sie die Neuankömmlinge sofort begrüßen konnte. Zuerst leise, wie aus der Ferne, dann kurz darauf laut und übermütig erklangen ihre Schritte, bis sie am Treppenabsatz erschien und hinunterhüpfte.

Vorhin hatten ihre Töchter noch darüber spekuliert, wie es wohl war, wenn sie morgens als Erstes hinüberhuschten und beim Füttern halfen. So gut es ging, hatte Johanna die beiden Mädchen gebremst und sie darauf aufmerksam gemacht, dass es nicht ihre Tiere waren. Aber ob das ausreichte? Sie wusste es nicht und hoffte zutiefst, dass ihre Kinder hinterher nicht enttäuscht waren, weil ihre Mitarbeit nicht gebraucht wurde.

„Endlich." Mila hüpfte auf einem Bein und versuchte, im Laufen, sich die Gummistiefel anzuziehen. Doch da sie die Socken vom letzten Mal vergessen hatte herauszunehmen, gelang es ihr nicht. Ohne große Umstände ließ sie sich auf die unterste Stufe plumpsen und griff in den Stiefel hinein. Zum Vorschein kamen kurz darauf zwei graue, vermutlich ehemals rosa Socken, und ein ganzer Schwung Sand. Die beiden zerknüllten Socken landeten ohne große Umstände auf der Treppenstufe. Gewohnheitsmäßig hob Johanna sie auf, zog sie glatt und ertrug den Sandregen mit der Gelassenheit, die wohl so typisch war, wenn man direkt an einem Sandstrand lebte. Sie griff nach dem Handfeger, wünschte sich zum x-ten Mal einen Saugroboter und kehrte die helle Spur aus feinstem Sand zusammen. Die Socken legte sie an die Küchentür, von wo aus sie die Reise in die Waschmaschine antreten würden.

Franka folgte nur wenig später. Mit majestätischen Schritten stieg sie die Treppe herunter, darum bemüht, nicht den Eindruck zu erwecken, dass sie es eilig hatte. Sie hatte die Haare zu einem flotten Pferdeschwanz gebunden und sich eine Sporthose angezogen. Dennoch verriet sie sich, denn fast wäre sie in Hausschuhen hinausgerannt. Johanna, die gerade mit allem rechnete, stoppte sie im letzten Augenblick.

„Sie haben die Transporter ja erst an der Straße abgestellt und kontrollieren gerade den Weidezaun. Ihr könnt also langsam machen. Glaubt mir, die Tiere bleiben ein bisschen bei uns." Beruhigend legte Johanna ihre Hände auf die Schultern ihrer beiden Kinder. „Wir gehen als Erstes zu ihnen und begrüßen sie. Dann, wenn ihr nicht stört, dürft ihr aus sicherer Entfernung zusehen."

Das bis eben freudige Gesicht ihrer jüngsten Tochter verdunkelte sich und schon wollte sie den Mund für einen Widerspruch öffnen.

„Später dürft ihr sie gern fragen, ob ihr helfen dürft“, kam sie einem Widerspruch zuvor. „Seid ihr so weit und können wir jetzt *zusammen* rübergehen?“ Sie betonte das ganz bewusst und erntete ein zustimmendes Nicken ihrer Töchter.

Die Ansammlung an Fahrzeugen und Hängern sorgte für einen Stau zum Schönberger Strand. Egal wer auf dieser Straße fuhr, er wurde langsamer und beobachtete das Treiben. Fast schon so, als ob sie einen Unfall vermuteten. Doch es gab zum Glück keinen Unfall, sondern einfach nur ein paar Tiere, die bei ihnen Urlaub machen durften. Fröhlich nickte Johanna den vorbeifahrenden Wagen zu, aus denen sie mehr als ein neugieriges Gesicht anblickte. Außerhalb der Saison hatte es Seltenheitswert, wenn sich etwas Erwähnenswertes im Ort ereignete.

Gerade stiegen fünf nachtschwarze zottelige Ponys von der Laderampe. Gehalten wurden sie von Viola, die die Vierbeiner geschickt dirigierte, bis sie an der Straße standen. Kurz sahen sich die Vierbeiner um, ihre Ohren, die Johanna unter der dichten Mähne kaum sehen konnte, zuckten aufmerksam. Der Autoverkehr schien sie nicht zu stören ebenso wenig wie die Aufmerksamkeit, die sie verursachten. Vielmehr ließen sie gleich die Köpfe sinken und rupften Gras. Neben ihr schnaufte Mila lautstark durch die Nase. Sie schien mehr als beeindruckt davon zu sein, dass jemand fünf Ponys gleichzeitig halten konnte.

„Wie cool. Hast du eine Ahnung, wie die Zirkusfamilie die Ponys auseinanderhalten kann? Die sehen doch alle gleich aus.“

„Keine Ahnung, wie sie das machen. Du kannst sie ja später fragen." Zustimmend nickte Johanna und war gleichzeitig froh darüber, dass das nicht ihr Problem war. Die fünf Ponys standen inzwischen quer auf der Fahrbahn und zwangen die Autofahrer dazu, einen Bogen zu fahren. Dies verstärkte den stockenden Verkehr noch zusätzlich. Die ersten Autos blieben stehen und ein paar Kinder hüpften übergangslos herum. Auch das noch! Johannas Herz schien einen Augenblick zu stocken, und in ihren Gedanken sah sie das erste Kind schon schwer verletzt auf der Straße liegen. Doch die Mitarbeiter des Zirkusses wussten ganz genau, was zu tun war und nach wenigen Augenblicken lief der Verkehr wieder und die Fußgänger auf der Straße verschwanden genauso schnell, wie sie aufgetaucht waren.

„Johanna, darf ich dir meinen Vater Franco vorstellen?" Viola hob den Arm und winkte ihr zu. Neben ihr stand ein Mann, mit einer untersetzten Statur und einer ausgeprägten Glatze. „Er ist im Hauptberuf Zirkusdirektor und managt unser Unternehmen." Tief in ihrem Innersten war Johanna enttäuscht. Bei einem Zirkusdirektor hatte sie automatisch an einen schlanken, athletischen Mann gedacht, der allein mit einem Fingerschnipsen alle Aufmerksamkeit auf sich zog.

„Freut mich, Sie kennenzulernen." Franco verbeugte sich vor ihr, zog einen imaginären Zylinder und hauchte ihr einen Kuss auf den Handrücken. Ganz so, wie es früher üblich war. „Vielen Dank für Ihr Angebot."

„Aber das war doch selbstverständlich", antwortete Johanna geschmeichelt und straffte unbewusst die

Schultern. Die Aufmerksamkeit tat ihr gut und sie ärgerte sich jetzt darüber, dass sie im Jogginganzug vor die Tür getreten war. „Sie dürfen die Weide gern so lange nutzen, wie Sie in der Nähe gastieren."

„Danke, das ist sehr großzügig von Ihnen." Dieses Lächeln! Franco wusste, wie man mit charmanten Gesten auf Kundenfang ging. „Sie und Ihre Kinder dürfen natürlich jederzeit unsere Vorstellung als Ehrengäste besuchen."

Wieder deutete er an, dass er seinen nicht vorhandenen Zylinder vom Kopf zog und beobachtete das Entladen seiner Tiere aufmerksam. „Entschuldigen Sie mich bitte. Jetzt sind die Alpakas an der Reihe, und bei ihnen wird es manchmal kritisch."

Mit diesen Worten verschwand er schneller, als Johanna es ihm bei seiner fülligen Figur zugetraut hätte.

Lange seidige Wimpern, dunkle Knopfaugen, die neugierig in die Welt blickten. Ein schmaler kurzer Kopf mit spitzen Ohren und geweitete Nüstern, die die vielfältigen Düfte der Weide aufnahmen. Andächtig blieb Johanna stehen. Es war das erste Mal, dass sie einem Alpaka Auge in Auge gegenüberstand. Die Haflinger von Monja hatte sie hin und wieder mal geführt oder gehalten und im Umgang mit den kräftigen Pferden stets Respekt gehabt. Dagegen wirkten die Alpakas deutlich zierlicher, kleiner und weniger respekteinflößend.

Langsam hob Johanna die Hand. Der sanfte Ausdruck der Augen sagte ihr, dass es sich bei dem Hellgrauen um ein ganz ruhiges Tier handelte.

„Darf ich ihn streicheln?"

„Salt? Ja, natürlich. Er ist zwar ein bisschen schüchtern, aber das legt sich noch." Viola blieb mit Salt vor ihr stehen und Johanna strich ihm vorsichtig über das Fell. Oh, wie weich und zart es sich anfühlte. Viel angenehmer als das Fell der beiden Haflinger. Dies war zwar auch weich, aber nicht so flauschig. Sie musste dringend mit Monja telefonieren! Den so blitzartig auftauchenden Gedanken schob Johanna hastig weit weg von sich. Jetzt wollte sie als Erstes Zeit mit ihrem vierbeinigen Besuch verbringen. Mit langsamen Bewegungen strich sie über dieses Flauschfell, fasziniert von diesem Erlebnis. Nun verstand sie langsam, warum sich so viele Leute für Alpakas begeisterten. Nicht nur weil sie so umwerfend sympathisch aussahen, sondern auch weil das Fell einer Offenbarung gleichkam.

„Wenn du möchtest, darfst du ihn freilassen." Ohne auf eine Antwort zu warten, drückte Viola ihr den Strick in die Hand. Salt schien dieser Wechsel nicht weiter zu stören. Johanna zupfte vorsichtig am Seil und dirigierte das Alpaka von der Einfahrt auf die Weide. Dabei achtete sie sehr darauf, den Füßen nicht zu nahe zu kommen. Einmal hatte sie mit dem Vorderhuf von Peter Bekanntschaft geschlossen und tagelang einen geschwollenen kleinen Zeh gehabt. Darauf verzichtete sie dankend. Auch wenn die Trampeltierfüße von Salt längst nicht so imponierend auf sie wirkten.

Neben ihr liefen Mila und Franka. Auch sie hatten die Ehre erhalten, die Neuankömmlinge auf die Weide führen zu dürfen. Den begeisterten Gesichtern nach gefiel den beiden das Abenteuer. Auch wenn ihre Töchter, genau wie sie, äußerst vorsichtig beim Agieren waren.

Die Ohren von Salt zuckten hin und her, als sie mitten auf der Weide standen. Er hob den Kopf und sah sich misstrauisch um. Johanna zupfte am Führstrick, doch Salt beachtete sie nicht.

Dabei war er ein hübscher Kerl mit hellgrauem Fell und vereinzelten Punkten, die auf dem ganzen Körper verteilt waren.

„Moment." Viola sprang ihr hilfreich zur Seite und löste den Strick mit geübten Griffen. Salt gab leise schimpfende Laute von sich und ging zwei Schritte. Besorgt sah sich Johanna nach ihren Mädchen um. Hoffentlich hielten sie keine verrückt gewordenen Alpakas fest. Oder noch schlimmer, wurden von ihnen über die Weide gezogen und waren den Tieren hilflos ausgeliefert.

Nein, ihre Sorge war unbegründet, wie sie mit einem erleichterten Aufschnaufen feststellte. Viola hatte inzwischen auch ihren beiden Töchtern geholfen. Mila stand nun neben einem schneeweißen Alpaka mit schwarzen Sprenkeln und unterhielt sich fröhlich mit ihr, während Franka einfach nur mit einem seligen Ausdruck im Gesicht dastand und die Tiere beobachtete.

„Mama, siehst du Caramel?" Franka deutete auf ein bräunliches Alpaka, das mit hocherhobenem Kopf und wachem Blick in die Landschaft schaute. Der kleine Puschelschwanz zuckte leicht. Die zierlichen Nüstern blähten sich auf und nahmen all die fremden Gerüche auf, die der Wind ihnen zutrug.

Wenig später, auch als die Alpakas begriffen hatten, dass sie niemand mehr festhielt, blickten sie über die

Weide. Freuten sie sich nicht darüber, frei zu sein? Immerhin konnte sie ihre neuen Besucher nun gut betrachten. Sie erinnerten sie an kleine, zu heiß gewaschene Wüstenschiffe in Sonderlackierung und am liebsten hätte sie gleich eines davon mit ins Wohnzimmer genommen.

Dafür starteten die fünf Ponys umgehend in einem flotten Galopp, als sie niemand mehr hielt. Die nachtschwarzen Shettys glichen plüschigen Kanonenkugeln, die mit ihren kurzen Beinen durch das Gras huschten. Der Boden vibrierte unter den Hufen, ein beständiges Dröhnen lag in der Luft. Von dem Übermut ließen sich auch die beiden Esel anstecken und schlossen sich dem Trupp an. Einzig die Ziegen, kümmerten sich nicht um den Trubel. Sie blieben beim Unterstand und blickten mit großen Augen zu ihnen hinüber.

Minutenlang ging das Treiben über die große Weide und neben sich hörte Johanna ihre beiden Töchter aus vollem Herzen lachen. Schon allein dafür hatte sich die Zusage gelohnt. Johanna umarmte ihre Kinder und drückte sie an sich. Sie genoss die so selten gewordenen fünf Minuten Familienglück.

Erst als alle Vierbeiner zufrieden den Kopf in das Gras steckten, sah sich Johanna nach der Zirkusfamilie um. *Wo steckten sie?* Von den drei Gespannen stand nur noch eines am Straßenrand. Die anderen waren offenbar schon vor einiger Zeit, unbemerkt von ihnen, aufgebrochen.

Ließ man sie gänzlich ohne Informationen mit den ganzen Tieren allein? Eine eiskalte Hand schien nach ihrem Herzen zu greifen und aufgewühlt schaute sie über die grüne, flache Landschaft. Allerdings war sich

Johanna sicher, den Wagen samt Anhänger ließen sie garantiert nicht zurück und tatsächlich, als sie etwas genauer hinsah, entdeckte sie Vater und Tochter.

Sie standen etwas versteckt beim Wagen und waren offenbar in ein Gespräch vertieft. Zumindest sah es aus dieser Entfernung so aus. Hin und wieder schüttelte Viola den Kopf und schien nicht einverstanden zu sein mit dem, was ihr Vater sagte.

„Mila, Franka, kommt ihr?" Johanna nahm ihre beiden Töchter an die Hand und lief mit ihnen über die Weide. Ein Shetty stellte sich ihnen neugierig in den Weg und sie kamen erst daran vorbei, als Franka ihm durch die Mähne gewuschelt hatte. Viola winkte ihnen zu, als sie erkannte, dass sie zu ihnen liefen.

„Wollen Sie aufbrechen?" Johanna öffnete das Gatter und achtete darauf, dass der Spalt nicht zu groß wurde, als ihre Mädchen hindurch schlüpften.

„Ja, wir werden uns für heute verabschieden." Franco reichte ihr die Hand, deutete erneut eine Verbeugung an und nickte den Mädchen zu. „Es sieht alles bestens aus. Im Namen meines Zirkusses danke ich Ihnen. Für uns gibt es nichts Wichtigeres, als glückliche Tiere."

„Aber dafür doch nicht." Johanna ließ ihren Blick über die Weide schweifen und betrachtete die entspannt fressenden Tiere. Langsam brach der Abend herein. Die Sonne leuchtete die bedächtig vorbeiziehenden Wolken an, die rosa-golden leuchteten und an ein himmlisches Wellenmeer erinnerten. Kitsch pur. Sie rieb sich kräftig über die Augen, um zu verhindern, dass ihr die Tränen kamen. „Ich freue mich, wenn ich helfen konnte."

„Morgen früh kommt ein Mitarbeiter und kontrolliert, ob alles in Ordnung ist. Er verteilt auch das Futter und füllt die Tränke wieder auf. Am frühen Nachmittag holen wir die Esel und die Ponys für ihren Auftritt und bringen sie später wieder zurück. Sie brauchen sich um nichts zu kümmern."

Das hörte Johanna nur zu gerne. Anders als ihre zwei Töchter. Aufgeregt hüpften Mila und Franka vor Franco auf und nieder.

„Dürfen wir helfen?", fragte Mila und sah dabei fragend von Viola zu deren Vater. „Bitte. Wir können mit Pferden umgehen und wissen auch, wie wir sie putzen müssen."

Vater und Tochter wechselten einen kurzen Blick, dann nickten beide zustimmend. „Natürlich. Wichtig ist nur, dass ihr die Weide nur dann betretet, wenn jemand von uns dabei ist. Ansonsten können wir jede Hilfe gebrauchen."

Viola und ihr Vater winkten ihnen noch einmal zum Abschied zu, dann stiegen sie in ihr Fahrzeug und verschwanden kurz darauf hinter der nächsten Kurve.

Johanna legte ihre Hände auf die Schultern ihrer Kinder und schob sie sanft vorwärts.

„Nun kommt ihr beiden. Es wird Zeit fürs Abendessen und hinterher rufen wir Monja an und erzählen ihr, was bei uns los ist. Einverstanden?"

***

An diesem Abend musste ihr Handy herhalten. Auch wenn das Display etwas schwächelte, für einen Videoanruf bei ihrer ehemaligen Mieterin reichte es vollkommen. Zu dritt saßen sie auf dem Sofa und warteten gespannt darauf, dass Monja das Gespräch annahm. Sie hatten sich extra eng zusammengekuschelt, damit Monja sie auch wirklich alle auf einmal sah.

Das Tuten klang laut und eindringlich. *Warum ging Monja nicht ran? Hatte sie das Handy ausgeschaltet oder war sie nicht in der Nähe?* Gerade als Johannas Finger über dem Display schwebte, um den Anruf zu beenden, erschien das Gesicht von Monja.

„Hallo, schön euch zu sehen. Wie geht es euch?" Monja hob die Hand und winkte aufgeregt. *Sie hatte sich in den wenigen Tagen total verändert*, dachte Johanna verblüfft. In Erinnerung hatte sie eine junge Frau, bei der die Natürlichkeit stets im Vordergrund gestanden hatte. Doch heute? Sie hatte sich die Haare zu einem flotten Kurzhaarschnitt schneiden lassen. Dazu trug sie ein dezentes Make-up und hochwertige, modische Kleidung. Vor ihr stand eine Monja, die das Stadtleben offensichtlich in vollen Zügen genoss. Aus dem Hintergrund vernahm Johanna Gesprächsfetzen und Musik. Offenbar hatte ihre ehemalige Mieterin gerade Besuch.

Bevor Johanna nur ein Wort sagen konnte, legte Mila auch schon los und berichtete von den Tieren, die jetzt bei ihnen lebten. Franka, die nicht zurückstehen wollte, ergänzte jeden einzelnen Satz ihrer Schwester. Am liebsten hätte sich Johanna die Ohren zugehalten, so unverständlich war das, was die beiden da gerade erzählten. Offenbar erging es Monja ähnlich. Sie lachte und schüttelte dabei den Kopf.

„Ihr Lieben, wenn ihr gleichzeitig redet, verstehe ich kein Wort. Kann mir nicht einer von euch beiden erzählen, was sich ereignet hat?“

„Nein, das geht nicht“, schrie Franka und blickte ihre Schwester dabei böse an. „Ich möchte erzählen.“

Mila zog eine Schnute und schüttelte den Kopf. „Ich will auch.“

Bevor es zu einem handfesten Streit kam, unterbrach Monja sie. „Passt mal auf, lasst uns morgen Nachmittag in Ruhe telefonieren. Ich bin gerade auf dem Sprung. Ein paar Arbeitskollegen wollen noch feiern gehen und ich hatte ihnen zugesagt.“

Auf dem Bildschirm erschien ein junger, äußerst attraktiv aussehender Mann, der ihr etwas ins Ohr flüsterte. Prompt errötete sie.

„Ich muss leider los. Bis morgen.“

Ohne auf die enttäuschen Kommentare der Kinder zu achten, beendete sie das Gespräch.

Kapitel 9

Antony

Handelte es sich um einen verspäteten April-Scherz? Nach einem kurzen Klopfen an der Klassentür schwang diese langsam auf. Eigentlich hatte Antony eine Kollegin oder einen schüchtern dreinblickenden Schüler erwartet, der in der Tür stand. Doch, was er nun erblickte, ließ ihn an seinem Verstand zweifeln. Ein rosarotes und ein hellblaues Kaninchen steckten neugierig den Kopf herein. *Träumte er?* Antony ließ die Hand sinken. Seinen Erklärungen würde jetzt niemand mehr zuhören. Nachdem er seinen ersten Schrecken überwunden hatte, sah er genauer hin. Vor ihm standen keine übergroßen Stofftiere, sondern zwei Erwachsene in äußerst hässlichen Hasenkostümen. Statt der Hinterläufe stachen die Schuhe ihrer Träger hervor und die Köpfe waren überdimensional groß. Es erinnerte ihn unangenehm an einen Albtraum der dritten Art.

„Hallo, wir sind vom Zirkus Fabulus. Wir gastieren gerade in Kalifornien und freuen uns über jeden Besucher." Das hellblaue Kaninchen hoppelte ins Klassenzimmer. Nicht nur seine unnatürlich langen Ohren, sondern auch der Bauch, wippten bei jedem Hüpfer mit.

Die ersten Kinder seiner Klasse lachten auf, verwundert über die Show, die ihnen geboten wurde. Vereinzelt vernahm er sogar begeisterte Ausrufe.

Das rosarote Kaninchen bediente offenbar einen Player. Jedenfalls erklang übergangslos flotte Marschmusik. Antonys Fuß wippte unwillkürlich mit, bevor er wusste, wie ihm geschah. Im Takt zur Musik marschierten die Plüschtiere los. Einer hüpfte links den schmalen Gang zwischen den Schülern entlang, der andere rechts. Wie Konfetti warfen sie dabei ihre Gutscheinkarten in die Höhe und die Kinder, die bis eben noch brav auf den Stühlen gesessen hatten, sprangen auf und grapschten nach den Zetteln.

Erste Stiftmäppchen rauschten zu Boden, ein Stuhl kippte um, als einer der Schüler hinter dem Kaninchen her hoppelte. Vereinzelt erklangen anfeuernde Rufe. Das ging jetzt wirklich zu weit. Antony wollte gerade den Mund öffnen und die beiden Eindringlinge freundlich aber entschlossen hinauskomplimentieren. Doch die beiden Hasen blieben vor der Tafel stehen, ignorierten seinen Versuch und legten einen improvisierten Ententanz hin. Die Kinder jubelten begeistert und sangen lautstark mit.

„Entschuldigung, aber Sie stören den Unterricht." In ihm brodelte es und er musste sich sehr beherrschen, um nicht laut zu werden. Antony wollte dem blauen Hasen auf die Schulter klopfen, doch die beiden schienen jetzt mit ihrer Nummer fertig zu sein. Oder hatten sie ein instinktives Gefühl dafür, wann es genug war? Antonys Hand rutschte über das schmuddelig wirkende, leicht klebrige Kunststofffell. Der Hase blinzelte ihm einmal mit seinem großen Plastikauge zu – war das entschuldigend gemeint? – und hoppelte dann aus dem Klassenzimmer. Sein weißes Puschelschwänzchen wippte im Takt mit.

Lautstark applaudierten die Kinder, ihre Gesichter waren gerötet und ihre Augen leuchteten begeistert. Antony war es schleierhaft, wie er es nun schaffen sollte, ihre Aufmerksamkeit wieder auf das trockene Thema Grammatik zu lenken.

Endlich hüpfte auch das rosa Kaninchen hinaus. *Nun ja*, dachte er spöttisch. Das war kein Hoppeln, sondern eher ein krampfhaftes Trippeln. Und dem Hasen hinterher – Franka. Sie huschte noch vor dem rosa Plüschtier hindurch und rannte in den Flur hinaus. Zwei andere Kinder wollten ihr auf dem Fuß folgen, doch dieses Mal war Antony schneller.

„Sue und Frederic, ihr bleibt hier. Wir haben Unterricht!"

War es seine energische Stimme, die unterdrückte Wut, die darin mitklang oder das Pflichtbewusstsein der Kinder? Sie stoppten auf jeden Fall und setzten sich wieder auf ihre Plätze. Brav richteten sie ihre Aufmerksamkeit auf ihn und hielten die Füße still. Ohne einen Pieps zu sagen, zog das rosa Häschen die Tür hinter sich zu.

Antony legte die Fingerspitzen seiner beiden Hände aneinander, drückte sie kurz gegeneinander und atmete tief durch. Nur weil er gerade viel Ärger mit seiner Ex-Frau hatte, durfte er sich nicht gehen lassen.

„Was war das?" Mahnend blickte er in die Runde. „Normalerweise kommen hier keine kitschigen Hoppelhasen in den Unterricht. Und wenn doch ..." Dabei nahm er die beiden größten Störenfriede ins Visier. „...

bleiben wir auf unseren Sitzen und lassen uns nicht ablenken.“

Er unterdrückte ein mahnendes Wort, als ein Kind noch rasch einen der Gutscheine in der Federmappe verstaute. Garantiert würde die halbe Klasse heute Nachmittag den Zirkus besuchen. So gesehen hatte sich die Aktion also gelohnt, wenn auch zulasten seiner Schulstunde.

Die Tür ging einen Spalt auf und Antony rechnete schon mit grünen Einhörnern, die nun für Unterhaltung sorgen würden. Zu seinem Leidwesen wurde er enttäuscht. Eine blasse Nasenspitze, Sommersprossen und eine hellblau gefärbte Haarsträhne erschienen im Spalt zwischen Tür und Rahmen.

„Hallo Franka, gibst du uns auch wieder die Ehre?“ Vereinzelt lachten die Kinder auf, während Franka, mit einer sichtbar gelangweilten Miene, die Tür hinter sich schloss.

„Entschuldigung, aber ich musste auf Toilette.“ Sie zupfte an ihrer Jeans, die vorne an den Oberschenkeln abgewetzt war, und huschte auf ihren Sitz. Kaum saß sie, flüsterte sie kurz mit ihrer Freundin und stupste sie in die Seite.

„Und nun, da ich deine Aufmerksamkeit wieder habe: Bitte hol dein Heft raus und schreibe den Text von der Tafel ab.“

Eigentlich gehörte das obligatorische Aufstöhnen seiner Klasse dazu, wenn sie abschreiben mussten. Doch heute schienen alle zu wissen, dass sie den Bogen überspannt hatten. Während er durch die Reihen wanderte, kam ihm wieder das letzte Telefonat mit seiner Frau in den Sinn. Wie so oft hatte sie mit ihm Streit angefangen und ihn als den Schuldigen dargestellt. Dabei wollte er doch nur eins: hier in Schönberg leben und unterrichten. Ihm reichte Kiel als Stadt mit seinem kulturellen Angebot vollkommen aus.

Die Schulglocke erlöste die Kinder vom Abschreiben und ihn von seinen traurigen Überlegungen. Er wandte seine Aufmerksamkeit wieder den Schülern zu.

„Bevor du in die Pause gehst, möchte ich, dass du drei Beispiele zum Thema entwickelst und sie uns morgen vorstellst." Die ersten Hausaufgabenhefte wurden hervorgeholt und seine Aufgabe aufgeschrieben. Franka war als Erstes fertig und wollte in die Pause eilen. Da er dies schon geahnt hatte, sprach er sie an.

„Stopp, Franka." *Diese Mimik!* Die traurigen Augen, der verlorene Blick und die steile Falte auf der Stirn, als er sie rief. Sie brauchte nichts zu sagen. Er wusste auch so, was sie gerade dachte. „Kommst du bitte einmal zu mir?"

Mit gesenktem Kopf, stur vor sich hinstarrend, stand sie wenig später vor ihm. Nur an den angespannten Kiefermuskeln und ihren verkrampften Fäusten erkannte er, dass es in ihr brodelte.

„Franka, guckst du mich bitte einmal an?" Schweigen, der Kopf blieb weiterhin gesenkt und Antony übte sich in Geduld. Er setzte sich auf die Kante des Lehrerpults und zählte langsam bis zehn. Die letzten Kinder verließen die Klasse, die Tür wurde lautstark geschlossen.

Stille trat ein, äußerst angenehm nach dieser Stunde. Noch immer rührte sich Franka nicht und irgendwie erinnerte sie ihn an ein Kaninchen, das von einer Schlange hypnotisiert wurde.

„Franka, bitte höre mir zu. Ich weiß, dass du eine schwere Zeit hinter dir hast und wir beide in den Pausen schon mehrfach ernste Gespräche miteinander hatten. Dass ich jetzt dein Klassenlehrer bin, dafür kann ich nichts. Das stand auch nicht auf meiner Wunschliste. Ich hatte mir etwas vollkommen anderes vorgestellt. Aber manchmal kommt es anders als gedacht und wir beide müssen eben nun das Beste daraus machen."

Ihre verkrampften Fäuste lockerten sich, und auch ihre innere Anspannung schien von ihr abzufallen.

„Dieser Zirkusbesuch war nicht geplant und hat bei mir im Unterricht viel durcheinandergebracht. Dennoch, ein bisschen Spaß ist in Ordnung. Aber ..." Dabei legte er viel Betonung auf das *Aber*. „... aber danach wird weitergearbeitet und nicht noch dem Besuch hinterhergerannt. Verstehen wir uns?"

Ein kaum sichtbares Nicken folgte. Seine Botschaft war offenbar bei ihr angekommen. Täuschte er sich, oder grinste sie sogar? Dann schien das Eis ja langsam zu brechen und er würde das Mädchen erreichen können.

„Möchtest du noch etwas dazu sagen?" Die Stille im Klassenzimmer war fast mit den Händen zu greifen, von draußen drang der Lärm vom Schulhof gedämpft herein. Dass sich das Mädchen bei ihm entschuldigte, konnte er fast nur erahnen. „Schon gut. Ich denke, du weißt jetzt Bescheid. Und nun laufe in die Pause."

Das musste er kein zweites Mal sagen. Sofort drehte Franka sich um und eilte mit weiten Schritten hinaus aus dem Klassenzimmer.

„Hattest du auch Besuch der dritten Art?"

Antony stand an der Schwelle zum Lehrerzimmer und am liebsten wäre er gleich wieder umgekehrt. Seine Kollegen standen in kleinen Gruppen zusammen und unterhielten sich offenbar über die Blitzaktion, die der Zirkus vollbracht hatte.

Ihr Direktor Peter Flaser stand mittendrin und versuchte, sie zu besänftigen. Flüchtig vernahm Antony Wortfetzen, wie *nur Werbematerial abgeben, große Show am Wochenende, Missverständnis*. Er schlängelte sich an seinen Kollegen vorbei zu seinem Platz und stellte seine Tasche ab. Zumindest beruhigte es ihn, dass seine Klasse nicht die einzige gewesen war. Offenbar hatten die Artisten die Stunde redlich genutzt, um in der halben Schule Werbung zu machen. Ein Anflug von Hochachtung überfiel ihn.

Sein Kaffeebecher war leer und bevor er sich setzte, schnappte er ihn sich und ging damit zur Kaffeemaschine. Neben der Maschine lag eine geschlossene Pralinenschachtel und ein großer Stapel Freikarten. Fast hätte er auf dem Absatz kehrtgemacht. Antony musste nicht lange überlegen, was das bedeutete. Der Zirkus oder viel mehr die albtraumhaften Hoppelhasen hatten ein süßes Dankeschön hinterlassen. *Sollte er oder sollte er nicht?* Abschätzend legte er den Kopf schief und betrachtete die Auswahl an Köstlichkeiten. Doch, nach dieser Aufregung hatte er sich eine kleine Stärkung durchaus verdient. Zielstrebig, ohne auf seine Kollegen zu achten, ging er mit einem gut gefüllten Kaffeebecher und ein paar Pralinen zurück zu seinem Platz und stellte dort die Materialien für die nächste Stunde zusammen.

Kapitel 10

Johanna

Irgendetwas hatte sie vergessen. Johanna schloss den Spind und richtete sich noch einmal die Haare. Für heute hatte sie Feierabend und wollte nur noch schnell nach Hause. Wie war es wohl ihren vierbeinigen Gästen ergangen? Sie wollte endlich erfahren, wie die Tiere die Nacht überstanden hatten. Am Morgen, als der Dunst noch auf der Weide lag, hatte sie kurz hinübergespäht. Ein paar Schatten hatte sie erahnen können, aber sie hatte keine Zeit für eine längere Beobachtung gehabt. Jetzt freute sie sich darauf, die Tiere zu besuchen. Aus der Gemüseabteilung hatte sie extra einen Sack Karotten mehr mitgenommen, um ihre vierbeinigen Bewohner verwöhnen zu können.

Schlagartig kam die Erinnerung zurück. Jetzt wusste sie plötzlich wieder, was sie noch erledigen wollte. Mario! Sie musste ihren zukünftigen Mieter anrufen und ihn darüber informieren, dass er die Wohnung bekam. Etwas schwungvoller als geplant schlug sie die Tür vom Spind zu und schnappte sich ihre Einkäufe. Zielstrebig und um ihren Filialleiter einen großen Bogen schlagend, verließ sie das Gebäude.

Kaum saß sie in ihrem Auto und hatte die Fahrertür angelehnt, holte sie ihr Handy hervor. Ein angenehm frischer Windhauch drang durch die geöffnete Tür und half ihr dabei, die Müdigkeit zu vertreiben. Zum letzten Mal kontrollierte sie ihre Anzeige und die E-Mails. Doch außer ein paar Newslettern hatte sie keine wichtige Post erhalten und so war der Weg für Mario frei. Ihre Hände zitterten leicht, als ihr dies klar wurde. Bei ihrem Kennenlernen hatte er sympathisch auf sie gewirkt und nun freute sie sich darauf, ihn als Untermieter in ihrer Wohnung zu haben.

Seine Handynummer hatte sie wohlweislich schon abgespeichert und so rief sie seinen Kontakt auf und drückte auf die Hörertaste. Entspannt lehnte sie sich im Autositz zurück, stieß die Tür noch ein kleines Stück weiter auf und inhalierte die frische Brise, die vielversprechend nach Frühling und sprießender Lebensfreude roch ... so vollkommen anders als die sterile und stets gleich klimatisierte Luft im Supermarkt. Direkt vor ihr erhob sich der weiß verputzte Bau des Discounters und nahm ihr ganzes Blickfeld ein. Davor befanden sich ein paar Parkbuchten, abgetrennt durch Grünstreifen mit zierlichen Bäumen. Mittendrin liefen die Kunden, die ohne einen Blick für die Umgebung zu haben, einkaufen gingen.

Es klingelte und klingelte. Nach dem vierten Signal blickte Johanna auf die Zeitanzeige im Wagen. Ob er noch arbeitete? Am späten Nachmittag war es gut möglich und als sich die Mailbox meldete, sprach sie ihre Nachricht notgedrungen auf das Band.

Mit einem Fingertipp beendete sie das Gespräch, lächelte ihrem Spiegelbild zu und bearbeitete anschließend ihren Digitalkalender. Soeben hatte sie einen weiteren Punkt auf ihrer Liste erledigt. Sie startete den Motor, winkte einer müden Kollegin, die gerade den Müll rausbrachte, zum Abschied zu und verließ im Schritttempo den Parkplatz. Dabei rüttelte und schüttelte sich das Fahrzeug, als ob es sich im Schleudergang befand. Sie dirigierte es gefühlvoll über das Kopfsteinpflaster, das vor Feuchtigkeit glänzte. Johanna hielt das Lenkrad locker zwischen den Fingern, um das Gefährt zur Durchgangsstraße zu lenken. In all den Jahren, wo sie hier arbeitete, hatte sie schon so manche böse Überraschung mit dem Belag erlebt. Und nur weil selten alle Parkplätze voll waren, war es noch nie zu einem folgenschweren Crash gekommen.

Das melodische Klingeln ihres Handys erschreckte sie zutiefst und beinahe hätte sie einen der zierlichen Bäume am Rand touchiert. *Meldete sich Mario zurück?* Flüchtig blickte sie in den Rückspiegel, blinkte und fuhr an die Seite. Während der Wagen im Leerlauf war, holte sie ihr Handy hervor und nahm das Gespräch an.

„Hallo Mario, wie gehts?"

Ein schwerer Hustenanfall kam als Antwort. Dann, mehr gekeucht als gesprochen, hörte sie die Stimme ihres zukünftigen Mieters. Alle paar Worte unterbrach ihn ein weiterer Hustenanfall.

„Ich wollte Ihnen nur mitteilen, dass Sie die Wohnung haben können."

Ein kurzes Schweigen folgte, dann redete er auf sie ein, immer wieder von ein paar Hustenanfällen unterbrochen. Genervt verdrehte Johanna die Augen, als sie verstand, was er von ihr wollte. „Sind Sie sich sicher? Wir können uns auch gern nächste Woche treffen. Die Wohnung ist Ihnen garantiert."

Wieder redete er auf sie ein, dazwischen unterdrückte Beller als Untermalung. Er ließ nicht locker und so gab Johanna schließlich nach.

„Nun gut. Sie können gern vorbeikommen und den Vertrag unterschreiben. Sobald ich zu Hause bin, stelle ich die Unterlagen zusammen. Die Wohnung steht leer und gegen einen sofortigen Einzug spricht nichts." Unbewusst schüttelte sie den Kopf. Unter diesen Umständen sah sie ihren Besuch auf der Weide in weite Ferne verschwinden. Dabei hätte sie den Alpakas so gerne Hallo gesagt. Einen letzten Versuch wollte sie dennoch starten und den Termin verschieben. „Aber so krank, wie Sie sind, sollten Sie sich als Erstes auskurieren."

Was er sagte, verstand sie nicht mehr, denn jemand klopfte mit Nachdruck an ihre Fensterscheibe und übertönte damit mühelos Marios Stimme. Johanna zuckte zusammen, nahm das Handy vom Ohr und drehte sich zur Seite. Herr Frey! Wie immer gut gekleidet mit Anzug und Krawatte, und trotz seiner langen Arbeitszeit, war sein Hemd blütenweiß. Spontan tippte sie darauf, dass er zwischendurch immer mal wieder die Hemden wechselte, um stets wie aus dem Ei gepellt daher zu kommen. Was wollte er von ihr? Hoffentlich nicht, dass sie morgen um sieben die Schicht übernahm. Sie ließ die Scheibe ein Stück herunter, bereit zumindest bei ihm Nein zu sagen.

„Frau Petersen, Sie wissen schon, dass der Motor läuft und Sie gleichzeitig telefonieren?" Er hob die Hand, sein Zeigefinger tanzte dozierend vor ihr in der Luft herum. „Abgesehen davon, dass dies eine Ordnungswidrigkeit ist, schaden Sie damit der Umwelt."

Völlig perplex nickte Johanna, griff nach dem Zündschlüssel und würgte den Wagen ab.

„Schon besser. Guten Abend." Er nickte ihr einmal zu, seine grauen Augen blickten sie hart und unnachgiebig an. Hochaufgerichtet, als ob er einen Stock verschluckt hätte, stolzierte er zur geschäftseigenen Parkgarage. Dort stand, dass wusste sie von einer gut informierten Kollegin, ein SUV der oberen Mittelklasse.

So viel zum Thema Umwelt! Urplötzlich fühlte sich Johanna um hundert Jahre gealtert. Sie nahm das Handy, überprüfte, ob Mario noch in der Leitung war. Nein, offenbar hatte er inzwischen die Verbindung unterbrochen. Sie startete den Wagen ein weiteres Mal und fuhr endlich nach Hause.

***

„Eine Bronchitis", sagte Mario und fischte ein weiteres Hustenbonbon aus der Hosentasche, bevor er sich zu ihr an den Küchentisch setzte. Vorsichtshalber hatte Johanna die Fenster weit geöffnet, und ließ zusammen mit dem letzten Abendlicht eine angenehm frische Brise herein. „Ich muss mich verkühlt haben. Der Arzt hat mich für den Rest der Woche krankgeschrieben."

Wieder hustete er. Der intensive Geruch nach Menthol lag übergangslos in der Luft und Johanna stand auf, um ein bisschen Abstand zu ihm zu bekommen. Jetzt bereute sie es, seinem Drängen nachgegeben zu haben. So krank, wie er war, hätte er ruhig noch ein paar Tage in seiner überteuerten Ferienwohnung verbringen können.

Aber leider hatte sie nicht schnell genug geschaltet und nun war es zu spät. Johanna schob ihm die Unterlagen über den Tisch zu. „Bitte hier und hier unterschreiben."

Sie zeigte auf die beiden Felder, die noch leer waren. „Anschließend bekomme ich noch die Kaution von Ihnen."

„Und ich dann den Schlüssel." Er grinste zufrieden, während er mit einer überraschend krakeligen Unterschrift die Formulare unterschrieb. „Ich freue mich schon sehr."

***

Wenig später hatte sich Johanna einen Kaffee gekocht und ihren alten CD-Player eingeschaltet. Ein Berg Wäsche stand im Wohnzimmer und wartete darauf, dass sie sich darum kümmerte. In der Wohnung unter sich hörte sie Mario, wie er durch die Räume ging und Möbel umstellte. Dabei erklang immer wieder dieses bellende Geräusch und unbewusst schüttelte Johanna sich.

Hoffentlich fuhr er gleich wieder nach Hause und kam erst am Wochenende mit seinen Sachen zurück. Sie rupfte und zerrte an einem Geschirrtuch und strich es mit heftigen Bewegungen glatt. Wäschestück um Wäschestück wanderte durch ihre Hände und der Berg wurde schnell kleiner.

Eine Wagentür klappte zu. Johanna konnte nicht anders, sie stand auf, ging zum Fenster und spähte hinaus. Doch anstatt, dass Mario losfuhr und sich wieder ins Bett legte, hielt er einen Umzugskarton in den Händen.

Mit gerötetem Gesicht und unsicherem Gang schleppte er ihn in die Wohnung. Es dauerte nicht lange, dann kam er wieder hervor, ging zum Wagen und die nächste Kiste folgte.

Da hatte es offenbar jemand sehr eilig mit dem Umzug. Verständnislos schüttelte sie den Kopf und beobachtete, wie er seine Habseligkeiten mit einem grimmigen Gesichtsausdruck schleppte. Die Ferienwohnung musste ausgesprochen teuer sein, sonst hätte er sich bestimmt noch ein oder zwei Tage mehr Zeit gelassen.

***

„Mama, ich brauche noch eine Unterschrift von dir."

„Jetzt noch?" Johanna blickte überrascht von der Zeitschrift auf, in der sie eben noch gelesen hatte. Dass sich Franka auf leisen Sohlen anschlich, hatte sie gar nicht mitbekommen. „Eigentlich solltest du doch schon längst schlafen."

„Ich weiß, aber mir ist eben im Bett eingefallen, dass du die Deutschklausur noch unterschreiben musst. Morgen ist der letzte Tag der Abgabe." Sie kam ein paar Schritte näher, den Kopf gesenkt, ihren Blick auf die Zehenspitzen gerichtet. Das Heft hielt sie achtlos zusammengerollt in der Hand und bewegte es ununterbrochen hin und her, so als ob sie Fliegen verscheuchen wollte.

Und Johanna ahnte, warum ihre Tochter erst im allerletzten Augenblick damit kam. Anders als Mila waren ihre Noten eher unterdurchschnittlich, wenn nicht sogar schlecht. Sehr schlecht und nur dank der verständnisvollen Lehrer hatte sie die Versetzung überhaupt geschafft. Abgesehen davon hatte ihre kleine Schwester gern eine spitze Zunge, wenn sie mitbekam, wie schlecht Frankas Noten waren. Besonders in den Fächern, in denen sie glänzte.

Mit einer schwungvollen Bewegung schlug Johanna die Decke zurück, setzte sich aufrecht hin und klopfte einladend auf das Polster.

„Komm, setz dich zu mir." Sie nahm ihren leer getrunkenen Becher, in dem noch ein Kakaorand sichtbar war und hielt ihn in die Höhe. „Möchtest du auch noch einen?"

Als Antwort erhielt sie nur ein Kopfschütteln. Da ging jemandem die schlechte Note aber wirklich nah. Zumindest setzte sich ihre Tochter zu ihr aufs Sofa, wenn auch auf die äußerste Kante. Der Blick war weiterhin gen Boden gerichtet.

„Nun komm schon", sagte Johanna und versuchte einen lockeren, entspannten Unterton hinzubekommen, denn sie ahnte, wie sich ihre Tochter gerade fühlte. „Ich beiße nicht."

Langsam hob Franka das Heft hoch und hielt es in ihre Richtung. Johanna nahm es entgegen, schlug es auf und ihr stockte der Atem, obwohl sie schon etwas in der Art geahnt hatte. Eigentlich bestanden gut geführte Schulhefte aus weißen Blättern und Texten aus blauer Tinte. Doch hier dominierte die Farbe Rot. Mal als ein simples f, mal ein kompletter Absatz in roter Schrift. Am Ende befand sich eine längere Erläuterung zu den Fehlern und – nicht zu übersehen – die fünf. Eine glatte fünf!

„Oh Franka." Kein Wunder, dass diese sich so schlecht fühlte. Eine Woge mütterlicher Liebe durchflutete sie und sie drehte sich zu ihrer Tochter um und nahm sie in den Arm. Franka schmiegte sich an sie und sanft strich Johanna ihr über den Kopf. Schlechte Noten konnten ein Kind schwer beschäftigen und so hielt sie ihre Tochter einfach nur fest. Minutenlang saßen sie da, die Stille wurde nur durch leises Schniefen unterbrochen.

„Das kommt vor. Beim nächsten Mal hast du wieder eine drei." Sie griff nach dem Heft und legte es auf den Wohnzimmertisch. Zwischen mehreren Zeitschriften und Prospekten suchte sie nach einem Kugelschreiber. „Ich weiß, dass du das besser kannst. Es ist kein Grund, um traurig zu sein."

Spontan hauchte sie ihr einen Kuss auf die Stirn, nachdem sie unterschrieben hatte. „Wenn du möchtest, können wir zusammen üben, oder möchtest du lieber Nachhilfe nehmen?"

Im Kopf ging Johanna die unterschiedlichen Möglichkeiten durch. Ein kleines Budget für unvorhergesehene Ausgaben hatte sie. Da sollte es doch möglich sein, ein paar Nachhilfestunden bezahlt zu bekommen.

„Nein." Erneut schniefte Franka und zog die Nase hoch. Kleine Tränen kullerten über ihre Wangen und ganz automatisch griff Johanna in ihre Hosentasche und holte ein Taschentuch hervor. Dankbar nahm Franka es entgegen und putzte sich lautstark die Nase. „Ich will keine Nachhilfe. Nie im Leben. Früher hat Papa mir immer so toll geholfen. Da hat mir das Lernen immer viel Spaß gebracht."

Sie schnappte sich ihr Heft und sprang unvermittelt auf. „Und nun Monja. Warum ist sie gegangen? Sie konnte mir diese Grammatik immer so toll erklären." Franka quetschte das Heft in ihren Händen. „Warum ist sie nur fortgegangen? Und jetzt hat sie keine Zeit mehr für mich, obwohl sie es versprochen hat, meldet sie sich nie bei mir."

„Franka, oh Franka." Die Verzweiflung ihrer Tochter ging ihr nahe. Ein schmerzhafter Stich ging durch ihr Herz. Nicht nur bei ihr hatte der überraschende Tod von Norbert eine große Lücke hinterlassen. Johanna erhob sich und drückte sie fest an sich, versuchte, ihr so gut es ging, Trost zu spenden. „Das tut mir wirklich leid. Aber Monja hat nun ein Leben in München und das ist auch in Ordnung. Abschiede tun immer weh." Sie strich Franka über das Gesicht, schob die Haarsträhnen zur Seite und sah die unendliche Traurigkeit in ihrem Blick. „Wir rufen sie morgen gleich noch einmal an und dann sorge ich dafür, dass du ein bisschen Extra-Zeit mit ihr hast. In Ordnung?"

Offenbar beruhigte sich Franka aufgrund dieser Aussicht und sie nickte zustimmend.

„Und nun geh ins Bett. Morgen ist ein langer Tag und die Alpakas warten auf uns."

Kapitel 11

Johanna

Zum Glück lag ihr Schlafzimmer im Dachgeschoss. Als sie am nächsten Morgen die Treppe hinunterstieg, um Kaffee zu kochen und ihren Kindern das Frühstück zuzubereiten, hörte sie erneut dieses unangenehme Husten. Johanna schüttelte sich und verdrängte all ihre Gedanken an den kranken Untermieter. Hoffentlich bekam er keine Lungenentzündung. Mit einem Knopfdruck schaltete sie ihre Kaffeemaschine ein, füllte Wasser und Kaffeepulver hinein und ließ den ersten Kaffee des Tages durchlaufen.

Anschließend richtete sie Müsli und Schokoflocken für ihre beiden Kinder und stellte einen Krug mit Milch in die Mikrowelle. Aus dem oberen Geschoss vernahm sie nun das Geräusch von fließendem Wasser und die nörgelige Stimme von Franka, die herzlich wenig Freude am beginnenden Schultag hatte.

Mit einem Ping meldete sich die Mikrowelle. Johanna nahm die warme Milch heraus und rührte großzügig Kakaopulver hinein. Der süßliche Duft von warmer Milch lag nun in der Luft und vermischte sich mit dem vom Kaffee. Eine wahrlich schöne Kombination, die in Johanna das Gefühl von Sicherheit und Geborgenheit aufsteigen ließen. Trotz all ihrer Sorgen huschte ein Lächeln über Johannas Gesicht.

„Guten Morgen Mama." Schwungvoll und fröhlich wie immer kam Mila hereingestürmt. Johanna zuckte erschrocken zusammen und verschüttete etwas vom Kakao.

„Guten Morgen Mila." Sie lächelte ihrer Tochter zu, stellte ihren Lieblingsbecher auf den Tisch und schenkte ihr ein. „Hast du gut geschlafen?"

„Natürlich. Ich habe die ganze Nacht von unseren neuen Tieren geträumt." Sie nahm ihre Müsli-Schüssel und schüttete sich eine großzügige Portion hinein. Sie ging so schwungvoll zu Werke, dass ein Teil danebenfiel. So wie jeden Morgen. Und genauso routiniert wischte Mila es vom Tisch direkt in ihre Schüssel.

Franka hingegen kam leise hereingeschlichen. Sie sah blass aus und unter ihren Augen lagen dunkle Ringe. Spontan trat Johanna zu ihrer Tochter, nahm sie in die Arme und hauchte ihr einen Kuss auf den Scheitel.

„Ich wünsche auch dir einen tollen Tag." Ein unwilliges Knurren erklang als Antwort. Johanna hatte nichts anderes erwartet und drückte sie daher noch einmal fest an sich. „Ich habe Kakao gemacht. Du willst doch bestimmt einen, oder?"

Zustimmendes Nicken. Sie setzte sich neben Mila und griff nach dem inzwischen fertig geschnittenen Obst. Lustlos knabberte sie an dem Apfelstück herum.

„Darf es ein kleiner Schluck Kaffee sein?" Normalerweise durfte Franka nur an besonderen Tagen Kaffee trinken. Doch heute hatte Johanna das Gefühl, dass es notwendig sei. Und das kurze Heben des Kopfes und das flüchtige Aufleuchten des Blicks zeigte ihr, dass sie damit richtig lag. Da hatte jemand vor diesem Schultag definitiv ein bisschen Motivation nötig. Sie griff nach der Kaffeekanne und schenkte sich und Franka etwas ein. Anschließend setzte sie sich zu ihren beiden Kindern und sah ihnen beim Frühstück zu. Sie selbst mochte um diese Uhrzeit noch nichts essen.

„Ich habe euch Brote mit Schinken und ein bisschen Gemüse gemacht." Beide nickten ihr zu, scheinbar zufrieden mit dem Angebot. *Garantiert tauschten sie in der Pause ihr Frühstück mit den anderen Kindern,* dachte Johanna schmunzelnd. So, wie sie es früher als Kind auch getan hatte. Doch solange sie dabei nicht hungerten, sollte es ihr recht sein.

„Es ist an der Zeit." Nach einem Blick auf die Uhr klatschte sie auffordernd in die Hände. „Ihr müsst los."

Sofort sprang Mila auf, Franka folgte ihr etwas langsamer und sichtbar unwilliger. Beide schnappten sich ihre Brotdosen und die Wasserflaschen. Mehrere Minuten Unruhe im Flur folgten, während beide ihre Sachen zusammensammelten und schließlich abmarschbereit an der Tür standen. Johanna hauchte ihnen einen Kuss auf die Wange und drückte ihre Kinder fest an sich.

„Bis heute Mittag. Ich bin den ganzen Tag zu Hause und nach dem Mittagessen gehen wir rüber zu den Tieren. Einverstanden?"

Die Aussicht auf einen spannenden Nachmittag sorgte dafür, dass Franka sofort viel fröhlicher aussah. Schulter an Schulter liefen beide die Landstraße entlang zum Schulbus. Johanna winkte ihren Kindern zum Abschied zu, bis diese hinter einer Baumgruppe verschwunden waren.

Endlich ein bisschen Zeit für mich. Sie schenkte sich frischen Kaffee nach und ging auf die Terrasse. Den vom nächtlichen Regen noch feuchten Gartenstuhl rieb sie mit einem Küchentuch trocken. Dann setzte sie sich hin, trank schlückchenweise ihren Kaffee und lauschte den Geräuschen des anbrechenden Tages.

Wie lange sie draußen gesessen hatte, wusste sie nicht. Johanna erhob sich, als der letzte Schluck Kaffee eiskalt und ihre Glieder steif vom langen Sitzen waren. So langsam musste sie mit dem täglichen Einerlei beginnen.

Auch Mario schien inzwischen aufgewacht zu sein und in der Wohnung hin und herzulaufen. Immer mal wieder vernahm sie das Klappern einer Tür oder das Rauschen von Wasser. Ein plötzlich auftauchender Schatten am Küchenfenster veranlasste sie dazu, hinauszublicken. Mit einem schlabberigen Jogginganzug gekleidet stand Mario neben seinem Auto gebeugt da und lud mehrere Kisten aus. Als er sich aufrichtete, sah sie, wie gerötet sein Gesicht war und dass seine Stirn verräterisch glänzte. Da sah jemand krank aus, sehr krank.

Spontan stellte sie ihren Kaffeebecher auf die Anrichte, schlüpfte in Schuhe und Jacke und eilte die Treppe hinunter.

„Guten Morgen, Mario."

Er hielt in der Bewegung inne, sichtbar verwundert darüber, sie hier zu sehen. „Darf ich Ihnen helfen?"

Ohne auf eine Antwort zu warten, nahm sie ihm die Kiste ab und trug sie in seine Wohnung. Der Karton war überraschend schwer, daher stellte sie ihn gleich in einer Ecke des Wohnzimmers ab. Anschließend kehrte sie zurück zum Wagen, wo er sich haltsuchend am Gefährt angelehnt hatte. Seine Atmung ging ungewöhnlich schnell und klang sehr angestrengt. Hoffentlich klappte er jetzt nicht vor ihren Augen zusammen und sie musste den Rettungswagen rufen.

„Danke, das ist doch nicht nötig", murmelte er zwischen zwei Hustenanfällen, offenbar vollkommen überrascht von ihrer Hilfe. Er hatte inzwischen zwei weitere Kisten und einen großen Beutel ausgeladen. „Ich schaffe das auch allein."

„Schon klar." Sie hob die nächste Kiste hoch und trug sie in seine Wohnung. Er folgte ihr etwas langsamer mit dem Sack. Das Plastik raschelte laut, als Mario ihn in die Ecke stellte und übertönte für kurze Zeit seinen keuchenden Atem.

„Ist doch kein Problem. Ich helfe gern und so mitgenommen, wie Sie aussehen ..." Sie schüttelte den Kopf, ersparte sich aber jegliche Art von Ermahnung. Sie wusste selbst, wie mühsam es manchmal war, alles organisatorisch unter einen Hut zu bekommen. „Haben Sie noch weitere Sachen, die ins Haus müssen?"

Er schüttelte verneinend den Kopf. „Nein, es ist nur noch die eine Kiste beim Auto. Meine Ferienwohnung ist damit geräumt. Ich habe es gestern Abend nicht mehr geschafft, die Sachen gleich in die Wohnung zu tragen."

„Das kann ich mir vorstellen, so krank wie Sie aussehen." Sie folgte ihm nach draußen, beobachtete, wie er die Kiste hochhob und langsamen Schrittes über die Kiesfläche ging.

Eine spontane Eingebung kam ihr. „Ich wollte heute Hühnersuppe kochen. Möchten Sie auch etwas davon abhaben?“

Sein glückliches Nicken war Antwort genug und sie lief leichten Schrittes die Treppe hoch.

Kapitel 12

Johanna

„Mila, Mila!" Johanna stand auf ihrer Terrasse und hielt beide Hände an den Mund. Seit dem Mittagessen, welches Mila schneller als sonst verschlungen hatte, hatte sie ihre Tochter nicht mehr gesehen.

Erneut rief Johanna nach ihr, spähte durch das zarte Grün der Obstbäume, durch das das Sonnenlicht fiel und helle Flecken auf das Gras malte. Sie erblickte die verwaiste Schaukel, mit der die Kinder in früheren Jahren gerne gespielt hatten. Anschließend spähte sie zum Gartenhaus hinüber, in dem sie ihre wenig benutzen Gartenmöbel lagerte. Doch außer dem sanften Klang ihres Windspiels und dem Trällern der vielen Vögel lag der Garten verlassen vor ihr.

Eigentlich hatte sie vermutet, dass Mila bei den Tieren auf der Weide war und deshalb dort zuerst nachgesehen. Seit Tagen half ihre Tochter der Zirkusfamilie und so manchen Nachmittag hatte sie diese nur kurz gesehen. Doch heute? Heute war Mila, ohne etwas zu sagen gegangen.

Auf der Weide standen die drei Alpakas und einer der Esel. Mehrere Minuten lang hatte sie mit dem Langohr geschmust und den Alpakas interessiert zugesehen, wie sie im Gras lagen und wiederkäuten. Ihre zarten Mäuler gingen langsam und beständig von links nach rechts. Eine Mahlbewegung, die auf sie sehr beruhigend wirkte. Die Ohren hielten die Kameliden wie Antennen aufrecht und jedes Mal, wenn ein Fahrzeug die Straße entlangfuhr, drehten sie ihre Köpfe in die Richtung und ihre dunklen Knopfaugen musterten das fremde Objekt.

Von den Shettys und den anderen Vierbeinern war keine Spur zu sehen. Ebenso wenig wie von ihrer Tochter. Johanna wanderte mit energischen Schritten über die Weide und rief immer mal nach Mila. Vielleicht lag sie im Gras, und schlief? Nein, außer einem Storch, der die Wiese nach Würmern absuchte, gab es keine weiteren Lebewesen.

Ein letztes Mal rief sie nach ihrer Tochter und kehrte dann kopfschüttelnd zurück in die Küche. Ihr fiel nur noch eine Möglichkeit ein – Mila war zusammen mit der Zirkusfamilie nach Schönberg gefahren und half dort mit. Wenn sie ihr vorher nur etwas gesagt hätte!

Darüber würde sie später mit Mila noch ein ernstes Wörtchen reden. Ihre Tochter sollte sich zumindest bei ihr abmelden und sie über ihre Pläne informieren. Es half alles nichts, Johanna musste über die Anschaffung eines Handys nachdenken. Ein weiteres Problem, das sie vorläufig zur Seite schob, denn bis jetzt waren sie und ihre Kinder immer ohne Handy ausgekommen. Dennoch nagte das schlechte Gewissen an ihr, weil sie nie genug Zeit für ihre beiden Mädchen hatte. Schmerzhaft wurde sie sich der Abwesenheit ihres Mannes bewusst. Die unregelmäßigen Arbeitszeiten ließen sich leider nur schwer mit den Bedürfnissen Heranwachsender vereinbaren. Beim Einstellungsgespräch hatte sie mit Herrn Frey extra darüber gesprochen, dass sie nur vormittags arbeiten konnte. Doch leider interessierten ihn die früheren Vereinbarungen herzlich wenig. Ein weiteres Problem, für das sie noch keine Lösung gefunden hatte.

Auf der Anrichte sammelte sich die Post. Johanna starrte den Stapel aus Papier an. Eigentlich müsste sie dringend ein paar Rechnungen überweisen und den Papierkram erledigen. Unschlüssig nahm sie den Packen an sich und blätterte ihn flüchtig durch. Das freundliche Wetter lockte und sie sollte die trockene Phase nutzen, um draußen ein bisschen für Ordnung zu sorgen. Entschlossen legte sie die Unterlagen zurück auf die Anrichte. Darum konnte sie sich auch noch bei Regenwetter kümmern.

„Hallo Johanna." Die inzwischen vertraute Stimme von Mario erklang in der Tür und Johanna drehte sich auf dem Absatz um. Fröhlich lächelnd und deutlich gesünder als noch vor ein paar Tagen stand Mario vor ihr. Sein Gesicht leuchtete vor Freude und er hatte ein farbenfrohes T-Shirt angezogen, welches gut zu seinen Augen passte. „Ich wollte Ihnen nur den Suppentopf zurückbringen. Können wir uns vielleicht duzen?" Fragend sah er sie an und etwas überrumpelt nickte sie zustimmend.

Er stellte den Topf auf dem Küchentisch ab und Johanna entdeckte sofort die Schachtel Pralinen, die kopfüber darin steckte.

„Hallo Mario, geht es dir wieder besser?" Sie nahm die Leckereien heraus und betrachtete sie erfreut. Ein kleiner Energiekick an stressigen Tagen. Ihr Herz vollführte einen Freudenhüpfer. Wie lange war es her, dass jemand mal an sie gedacht hatte? „Danke, das wäre doch nicht nötig gewesen."

„Doch." Er blickte verlegen zu Boden. „Das ist ein kleines Dankeschön für die Suppe. Es geht nichts über eine kräftige Hühnersuppe, schon meine Großmutter hat darauf geschworen und mir ging es kurz darauf auch schon besser. Abgesehen davon war sie richtig lecker."

„Das behauptest du doch nur." Eigentlich wollte sie raus in den Garten, dem übermütig wachsendem Unkraut den Kampf ansagen. Gleichzeitig lockte die Aussicht auf ein nettes Gespräch und ein bisschen Schokolade. Der Blick auf die Uhr belehrte sie darüber, dass der Nachmittag schon weit fortgeschritten war. Wenn sie direkt morgen früh in den Garten ging, würde es besser passen. Letzten Endes gab Mario den Ausschlag, weil er sich einen Stuhl unter dem Tisch hervorzog und sich setzte.

„Möchtest du einen Kaffee?"

„Immer gerne." Er lachte erfreut und strich sein T-Shirt mit fahrigen Bewegungen glatt. *War er etwa nervös?* Johanna warf immer wieder verstohlene Blicke zu ihrem neuen Untermieter, während sie den Kaffee aufsetzte und Kekse in einer Schale schichtete.

„Ich bin wieder da." Die Stimme von Mila hallte durch den Flur. Johanna setzte den Kaffeebecher ab und drehte sich zur Tür. Mario, der ihr gerade einen Witz erzählen wollte, stockte mitten im Satz. *Täuschte sie sich oder war er enttäuscht darüber, dass sie nicht mehr allein waren? Nein,* Johanna schalt sich in Gedanken einen Narren. Nur weil er zu Besuch kam, bedeutete es nichts weiter. Schließlich war es auch ihr wichtig, mehr über ihren Mieter zu erfahren.

Wie immer übermütig und lebensfroh hüpfte Mila in die Küche. Sie zog ihren dicken Pullover aus und schleuderte ihn achtlos in eine Ecke. Die Keksschale entdeckte sie sofort und setzte sich, ohne lange zu zögern, an den Tisch. Johanna seufzte verhalten, während Mila einen Keks nach dem anderen futterte.

„Von wo kommst du?", erkundigte sich Johanna neugierig. Sie schwankte zwischen Erleichterung darüber, dass ihre Tochter wohlbehalten zurückgekommen war und der Verärgerung darüber, dass Mila, ohne einen Ton zu sagen, gegangen war. „Warum hast du mir nicht Bescheid gesagt?"

„Ach", nuschelte Mila zwischen zwei Bissen und unzählige Kekskrümel rieselten auf den Tisch. „Ich war drüben in Schönberg, beim Zirkus. Ich durfte bei Viola mitfahren und beim Putzen der Ponys helfen."

„Schön für dich, dass du Spaß hattest, aber warum bist du nicht vorher zu mir gekommen und hast mir Bescheid gesagt?" Mahnend blickte Johanna sie an. „Die Zeit hättest du sicher noch gehabt."

„Nein, hatte ich nicht", widersprach Mila und schnappte sich den nächsten Keks. „Viola musste los, bis zur Aufführung musste noch so viel erledigt werden. Deshalb bin ich direkt in den Wagen gehüpft."

„Das ist kein Argument. Dann werde ich notgedrungen noch mit Viola darüber reden müssen." Ja, es blieb ihr nichts anderes übrig. „Und wo steckt Franka? Vorhin wollte sie noch Hausaufgaben machen."

Die Keksschale war leer, Mila offenbar gesättigt. Sie wischte sich die Krümel mit dem Handrücken vom Mund und legte nachdenklich den Zeigefinger auf die Lippen. Sie runzelte die Stirn und starrte nachdenklich in die Ferne. Mehrere Atemzüge lang musste sich Johanna gedulden, bis ein Aufleuchten über das Gesicht ihrer Tochter ging.

„Nein, die hat sie sicher nicht gemacht. Franka war mit auf der Weide. Jetzt weiß ich es wieder." Mila drehte den Kopf und sah sich suchend um. „Sie stand neben mir und wusste, dass ich mit der Zirkusfamilie nach Schönberg fahre." Wieder schien Mila einen Augenblick zu überlegen. „Sie wollte es dir sagen."

„Franka?" Ein dicker Kloß breitete sich übergangslos in Johannas Magen aus. Von ihrer großen Tochter hatte sie ebenfalls den ganzen Nachmittag über nichts gehört oder gesehen. Unruhe überfiel Johanna und sie sprang vom Stuhl auf. Verwundert stellte Mario den Kaffeebecher ab, denn er verstand offenbar nicht, was passiert war.

„Ich werde dann mal wieder nach unten gehen. Ich wollte noch nach Lütjenburg fahren, mir ein bisschen die Region ansehen und einkaufen. Mein Kühlschrank ist nämlich leer." Er schob den Stuhl ungelenk unter den Tisch zurück. „Danke für den Kaffee und die Kekse. Bis später."

Er eilte zur Tür. Gerade als er sie hinter sich schließen wollte, stoppte Johanna ihn.

„Mario, ich habe eine große Bitte. Falls du Franka siehst, kannst du ihr bitte ausrichten, dass sie sofort nach Hause kommen soll? Es ist spät und wir essen gleich zu Abend."

Mit der Hand auf der Klinke, drehte sich Mario um. Er hob bestätigend den Daumen. „Klar, das mache ich."

Der Grießbrei stand dampfend auf dem Tisch. Erneut blickte Johanna auf die Uhr. Wo blieb Franka nur? Sie hatte inzwischen die beiden besten Freundinnen von ihr angerufen und sich bei ihnen nach ihrer Tochter erkundigt. Doch leider erfolglos. Niemand hatte sie seit dem frühen Nachmittag mehr gesehen. Nachdenklich stellte sie neben den Grießbrei eine Schale mit Zimt-Zucker und öffnete ein Glas Apfelmus. Fast auf die Sekunde genau kam Mila die Treppe hinuntergestürmt. Sie hatte immer einen sicheren Instinkt, wann es etwas zu essen gab.

„Hallo Mama." Sie grinste übermütig und half ihr, den Tisch zu decken. „Ist Franka schon wieder da?"

„Nein." Bei diesen Worten strich Johanna ihrer jüngsten Tochter über den Kopf. Sie musste an die schlechten Noten ihrer Älteren denken und ihre Sorgen nahmen zu. „Keine Ahnung, wo sie steckt. Ich werde jetzt noch mal die Straße entlanglaufen. Vielleicht sehe ich sie ja. Es ist gut möglich, dass ihr Rad einen Platten hatte und sie es nun nach Hause schieben muss."

„Das stimmt." Mila setzte sich an den Tisch und zog den Topf zu sich heran. „Darf ich schon anfangen?"

„Natürlich. Iss du nur. Ich komme auch gleich dazu." Johanna drehte sich um und las die Uhrzeit ab. Gleich halb sieben und Franka wusste ganz genau, dass es um diese Uhrzeit etwas zu essen gab und es anschließend Zeit fürs Bett wurde. Die Sorge, dass ihrer Tochter etwas zugestoßen war, wuchs langsam ins Unermessliche. „Allerdings muss ich erst Franka suchen."

Johanna eilte durch den Flur, schlüpfte in ihre Halbschuhe und nahm die warme Strickjacke vom Haken. Während sie die Treppe hinabstieg, rief sie nach ihrer Tochter. Doch nur eine Amsel antwortete ihr.

Der Wagen von Mario stand nicht auf seinem Platz. Ob er Franka getroffen hatte? Sie nahm sich fest vor, ihn gleich noch anzurufen.

Sie fröstelte und zog die Jacke enger um sich. Der Wind hatte am Abend aufgefrischt und strich unangenehm über jeden Flecken unbedeckter Haut, den er erreichen konnte. *Oder war es die Sorge um ihre Tochter, die sie frösteln ließ?*

Der Kies der Auffahrt knirschte vernehmlich unter ihren Schritten. Das erste vorwitzige Unkraut sprießte und eine zerknüllte Papiertüte flog an ihr vorbei. Morgen musste sie dringend einmal die Zeit finden, sich um den Garten zu kümmern, und ihn frühlingsfit machen. Vielleicht halfen ihr Mila und Franka ja dabei.

Hastige Schritte und lautes Keuchen holten sie aus ihren Gedanken. Johanna hob den Kopf, musterte die Auffahrt und tatsächlich, gerade joggte Franka auf sie zu. Ihr Herz machte vor Erleichterung einen kleinen Hüpfer und ein inbrünstiger Seufzer huschte über ihre Lippen.

„Da bist du ja endlich!" Eigentlich hatte Johanna mit Franka schimpfen wollen, doch als sie ihre Tochter in die Arme nahm, überwog die Erleichterung. „Du bist spät dran. Wo warst du?"

„Bei Kira, wir hatten uns zum Lernen verabredet. Leider ist es etwas später geworden." Während sie ihr antwortete, wandte Franka den Kopf ab und mied ihren Blick.

„Zum Lernen verabredet", sagte Johanna und zog die Augenbrauen hoch. Die schmutzige Jeans und die fehlenden Schulmaterialien sprachen eine vollkommen andere Sprache. Dennoch drückte sie ihre Tochter liebevoll an sich und strich ihr eine vorwitzige Haarsträhne aus dem Gesicht. „Das nächste Mal bitte vorher Bescheid sagen, wo du hingehst, sonst mache ich mir Sorgen. Aber das weißt du doch."

Mit dem Zeigefinger hob sie das Kinn ihrer Tochter an und sah ihr in die Augen. Für einen winzigen Augenblick glaubte sie, ihren verstorbenen Mann vor sich zu sehen und sie blinzelte heftig. Diese überraschende Erinnerung schmerzte sie und brachte sie endgültig aus dem Konzept. Schließlich hatte sie mit Kiras Mutter erst vor wenigen Minuten telefoniert. „Verstehen wir uns?"

„Ja Mama." Franka nickte und strebte dann zum Hauseingang, sichtlich froh darüber, ihrer Mutter und ihren Mahnungen zu entkommen. „Was gibt es heute zum Abendessen?"

„Grießbrei. Zumindest, wenn Mila dir etwas übrig gelassen hat."

Kapitel 13

Antony

Genug für heute. Antony schloss seine Wohnungstür auf und trat ein. Sie wirkte so leer und lieblos, seit er allein hier wohnte. Fast hätte er auf dem Absatz kehrtgemacht. Oh, wie er es hasste, in dieser ungemütlichen Unterkunft wohnen zu müssen. Nein, ein Zuhause war es schon lange nicht mehr.

Seine Ex-Frau hatte diverse Möbelstücke, Bilder und Erinnerungstücke bei ihrem Auszug mitgenommen. Und so begrüßte ihn im Flur nur eine nackte Glühbirne an der Decke. An den Wänden gab es deutlich sichtbare Flecken, wo vormals zwei abstrakte Kunstdrucke gehangen hatten. Lustlos streifte er die Schuhe ab, ließ seine Mappe mit den Unterrichtsmaterialien auf das schmale Sideboard fallen und ging barfuß in die Küche.

Dort erwartete ihn eine fleckige Arbeitsfläche, auf der eine Ansammlung benutzter Kaffeebecher und eine achtlos aufgerissene Müsliriegelpackung stand. Sein schneller Imbiss am Morgen, um nicht mit knurrendem Magen in der Schule erscheinen zu müssen. Selbst ohne einen Blick in den Kühlschrank zu werfen, wusste er, dass dort nichts drin war. Zumindest nichts, was den Aufwand lohnte, ihn zu öffnen. Er musste dringend einkaufen gehen und sich ein paar frische Lebensmittel holen. Jetzt ärgerte er sich über sich selbst. Bei der

Heimfahrt hätte er mühelos noch einen Abstecher in den nächsten Supermarkt machen können. Schließlich hatte er seit dem Morgen kaum etwas gegessen.

Der nagende Hunger ließ ihn keine Ruhe. Er nahm sein Handy, studierte die App mit den Lieferdiensten und bestellte sich kurzerhand eine Auswahl an Sushi. Der Preis ließ ihn schaudern, doch er hatte jetzt keine Lust mehr, vor die Tür zu gehen und unter Menschen zu kommen. Nach der anstrengenden Konferenz war sein Bedarf an menschlichen Kontakten gestillt.

Während er auf das Sushi wartete, sammelte er die schmutzige Wäsche zusammen und stopfte sie in die Maschine. Anschließend goss er das Basilikum, das als einziges Gewächs in seiner Wohnung noch grün war, und blickte aus dem Fenster. Sein Abendessen müsste jeden Augenblick kommen.

***

Die Sonne lachte vom blau-grauen Himmel, die Wolken zogen rasch vorbei und es versprach ein freundlicher Tag zu werden. Nur mit Boxershorts bekleidet, trat Antony ans Fenster und prüfte die Witterungsbedingungen. Seit Wochen war er nicht mehr am Strand gewesen, um zu trainieren. Die zermürbenden Streitigkeiten mit seiner Frau hatten erfolgreich dazu geführt, dass er keinerlei Motivation mehr verspürte.

Aber nun, als er einen vorwitzigen Lichtstrahl sah, der sich zwischen den Wolken in sein Schlafzimmer stahl, erwachten seine Lebensgeister. Er wollte endlich einmal wieder die Sportschuhe schnüren und am

Strand joggen. Gerade jetzt, im Frühjahr waren die Verhältnisse für ihn perfekt. Nur wenige Strandbesucher und ein kilometerlanger, durch das Wasser angenehm fester Sandstrand. Mehr brauchte er nicht, um glücklich zu sein.

Er ließ die Gardine zurückfallen und zog sich an. Mit seiner großvolumigen Sporttasche und einer Wasserflasche unter dem Arm, stieg er wenig später die Treppe hinunter. Ein frischer Wind begrüßte ihn, als er die Haustür öffnete und auf den Weg trat. Tschilpend flog ein Schwarm Spatzen auf, als er sich ihnen näherte und neugierig sah er den bräunlichen Federbällchen zu, wie sie sich in der nächstgelegenen Hecke niederließen und jeden seiner Schritte scheinbar lautstark kommentierten. Ein weiteres Mal überprüfte er den Himmel, von den grauen Regenwolken, die er eben noch gesehen hatte, keine Spur mehr. Dafür wuchs der hellblaue Streifen, der mit bauschigen Wattewölkchen durchsetzt war. Zufrieden ballte Antony seine Hand zur Faust und spürte, wie die Energie in ihm zurückkehrte. Seiner geplanten Sporteinheit stand nichts im Wege.

Oder etwa doch? Vor seinem Wagen stand eine Person und schien auf ihn zu warten. Er setzte seine Tasche ab, schützte seine Augen vor dem blendend grellen Licht und musterte die Gestalt genauer. Ein heftiger Schmerz, wie der Stich mit einem Messer, durchfuhr ihn plötzlich und sein Herz schlug übergangslos doppelt so schnell. Spontan drehte er auf dem Absatz um und hob die Sporttasche so schwungvoll auf, dass sie gegen sein Schienbein schlug. Nein, um kein Geld der

Welt würde er noch einmal mit seiner Ex-Frau sprechen. Doch leider hatte sie ihn im gleichen Augenblick entdeckt.

„Antony!" Die Stimme seiner Frau erklang, ungeduldig und quengelnd. Sekunden später hörte er ihre Schritte auf dem Asphalt. Wie immer trug sie elegante Schuhe mit einem beeindruckenden Absatz. Jeder ihrer Schritte klang so, als würde ein Kind unzählige Knallerbsen auf den Boden werfen. Er zerbiss einen Fluch zwischen den Zähnen. „Antony, warte bitte."

Antony beschleunigte seinen Gang, nur zurück in seine Wohnung! Er wollte zum Sport und nicht irgendwelche Gespräche über irgendwelchen Mist führen. Besonders, da jedes Gespräch unweigerlich im Streit endete.

Nur noch ein paar Meter, dann hätte er die Haustür erreicht. Seine Hand durchwühlte die vordere Hosentasche. Wo hatte er nur den Schlüssel gelassen? Außer ein bisschen Kleingeld und einem Kaugummipapier war die Tasche leer. Seine Gedanken rasten, er wollte einfach nur weg von hier.

„Antony, so warte doch." Mit dem Rücken zu seiner Frau blieb er stehen. Noch immer suchte er fieberhaft nach seinem Schlüssel - vergeblich. Seine Sporttasche pendelte leicht hin und her und ihm kam siedend heiß in Erinnerung, dass er den Schlüssel vorhin im Innenfach verstaut hatte. Warum hatte er das nur getan?

Er spürte eine Berührung an der Schulter. Fast war er versucht, ihre Hand abzuschütteln, doch er beherrschte sich im letzten Augenblick. Der aufdringlich süße Duft ihres Parfums stach in seine Nase. Einst hatte ihn dieser Duft erregt und er hatte seine Nase nur zu gern in ihrer Halsbeuge gerieben. In übermütigen Gedanken an das, was sie wenig später zusammen tun würden. Doch heute? Heute überkam ihn Übelkeit, von Erregung und Vorfreude auf die Zweisamkeit keine Spur mehr.

„Antony, kannst du mir bitte den Schlüssel zu unserer Wohnung geben?" Sie verstärkte den Druck ihrer Hand, er sah ihre perfekt manikürten Fingernägel. Wahrscheinlich hatte sie den vergangenen Nachmittag bei ihrer Freundin im Nagelstudio verbracht. „Und mich ansehen, so wie es zivilisierte Menschen machen?"

„Warum?" Er drehte sich zu ihr um. Mit Genugtuung stellte er fest, dass ihre Hand herabrutschte und sie nachdenklich mit dem Kragen ihrer Jacke spielte. Schwang vielleicht doch ein bisschen Unsicherheit in ihrem Auftreten mit? Er sah ihr in die Augen und gab sich nicht die Mühe, seine Wut zu unterdrücken. Kurz flackerte ihr Blick, offenbar verwundert darüber, dass er doch mit ihr redete. Das Verhalten seiner Frau war so widersprüchlich wie das Aprilwetter. „Warum möchtest du den Schlüssel? Das ist jetzt meine Wohnung. Schlimm genug, dass du sie leer geräumt hast, ohne mir vorher ein Wort zu sagen."

Unwillkürlich musste er an die vielen hellen Flecken an den Wänden denken. Einst hingen dort die modernen Kunstdrucke, die sie bei ihrem Besuch in einer angesagten Galerie ausgewählt hatten. Oder die Erinnerungsstücke an ihre gemeinsamen Reisen. Abgesehen vom emotionalen Wert auch vielfach teuer eingekauft. Auch diese hatte sie einfach mitgenommen. Ihre gemeinsam angelegte Münzsammlung mit den vielen seltenen Exponaten, und nicht zu vergessen, seine teure Kamera mit dem Teleobjektiv, welche er erst vor einem halben Jahr gekauft hatte. Und nun wollte sie noch einmal in die Wohnung? Auf gar keinen Fall.

„Ich habe das Schloss ausgetauscht, nachdem du ausgezogen bist und mit dem Vermieter gesprochen und alles geregelt. Du hast ein unbeschreibliches Chaos in unserer gemeinsamen Wohnung hinterlassen. Abgesehen davon, dass du dich mehr oder weniger an unseren gemeinsam angeschafften Sachen bereichert hast.“

Er holte tief Luft, richtete sich auf und zählte langsam bis zehn. Es fiel ihm sehr schwer, seine Gefühle im Griff zu behalten. „Du hast auch Gegenstände mitgenommen, die mir gehören und bei denen du genau wusstest, dass sie mir persönlich viel bedeuten.“

Als ob er aus einem Luftballon die Luft abließ. Ihre bis eben noch zuversichtlich gehobenen Augenbrauen und die geweiteten Nasenflügel verwandelten sich in eine erstarrte Grimasse. „Du bist so ein Schuft. Ich will nur das Medaillon meiner Mutter holen.“

„Nein, tut mir leid.“ Noch länger konnte er sich nicht beherrschen. Antony schüttelte den Kopf, sprang in das Blumenbeet, das den Hauseingang vom Weg abtrennte und lief mit energischen Schritten zu seinen Wagen. „Du hast viel Schaden angerichtet. Nicht nur in unserer Beziehung, sondern auch in der Wohnung. Ich bin mir sicher, dass das Medaillon in einer der vielen Kisten liegt, die du mitgenommen hast. In *meiner* Wohnung ist es jedenfalls nicht mehr. Und nun entschuldige mich. Ich habe einen Termin.“

Ohne sich noch einmal umzudrehen, zog er seinen Autoschlüssel aus der Hosentasche. Zum Glück hatte er zumindest ihn beim Verlassen der Wohnung dort hineingesteckt und bediente nun mit einem Anflug von Genugtuung die Fernbedienung. So schnell wie möglich stieg er ein. Seine verwundert dreinblickende Ex-Frau beachtete er nicht weiter. Sollte sich doch ihr Rechtsanwalt darum kümmern. Er startete den Motor und fuhr los.

Der große Parkplatz in Kalifornien lag verlassen vor ihm. So früh im Jahr hatte er noch die Auswahl, wo er seinen Wagen abstellen wollte. Geschickt dirigierte er sein Gefährt um die tiefen Löcher herum, die den Parkplatz in eine Kraterlandschaft verwandelten. Hierbei handelte es sich um die Gebrauchsspuren, die vom beständigen Befahren in den Sommermonaten entstanden. Jedes Jahr, kurz vor Beginn der Saison, füllten die Gemeindemitarbeiter die Löcher wieder auf. Ein unendliches Spiel, an dem offenbar alle Beteiligten ihre Freude hatten. Er kurvte um ein besonders großes Loch herum, parkte direkt vor einer Weißdornhecke und würgte den Motor ab.

Eine Runde Joggen und anschließend ein erfrischendes Fußbad in der Ostsee. Auf das freute er sich jetzt schon. Er nahm seine Tasche vom Beifahrersitz sowie die Wasserflasche und stieg aus. Bevor er allerdings das Fahrzeug abschloss, nahm er sein Handy aus dem Handschuhfach und schaltete es ein. Es dauerte eine Weile, bis es zum Leben erwachte. Dann aber leuchtete das Display auf und zeigte ihm diverse verpasste Kontaktversuche. Wie vermutet, hatte seine Frau ihm unzählige Nachrichten hinterlassen und mehrfach versucht, ihn anzurufen. Er verzog seine Lippen zu einem schmalen Strich. Ab jetzt würde sie bei ihm auf Granit beißen. Entschlossen löschte er alle Kontaktversuche und schaltete das Handy wieder aus. Jetzt wollte er nur eins: seine Ruhe.

Er wechselte seine Sneaker gegen Laufschuhe, holte ein großes Handtuch heraus und stopfte anschließend seine Sporttasche in den Kofferraum. Dort war sie die nächsten Stunden gut aufgehoben. Nachdem er die nicht gerade unbescheidene Parkgebühr entrichtet hatte, lief er den Verwellengrund entlang, bis er den Deich erblickte.

Wenig später stieg er mit flotten Schritten den Deich hoch und überschaute den Strandbereich. Hellgelb leuchtete der kilometerlange Sandstrand auf und die wenigen Personen, die ihn nutzen, verloren sich regelrecht in der gefühlten Unendlichkeit. Er freute sich darauf, die Gegend mehr oder weniger allein für sich zu haben.

Antony dehnte sich rasch, aber sorgfältig und ließ den Blick über das unruhig wogende Meer und das silbrig graue Leuchten des Himmels streifen. Mit jeder Faser seines Körpers meinte er die Umgebung in sich aufzunehmen. Er wollte nur noch Laufen, den Stress vergessen und den Kopf freibekommen. Unweit der – noch unbesetzten – DLRG Station warf er sein Handtuch in den Sand und stellte seine Wasserflasche daneben.

Langsamen Schrittes startete er, der Boden am Wasser war, wie erwartet, fest und er kam gut voran. Als seine Beine schwer wurden und er nach Atem rang, stoppte er. Er verweilte einen Augenblick und stützte die Arme auf den Oberschenkeln ab. Anschließend drehte er sich um und lief zurück nach Kalifornien.

Als er zum Strandabschnitt kam, wo sein Handtuch lag, verringerte er das Tempo. Sein Hemd war schweißnass und seine Waden fühlten sich bleischwer an. Bei jedem Schritt brannten sie und er glaubte, keinen weiteren Meter mehr zu schaffen. Aber sein Kopf war nun endlich frei von jeglichen belastenden Überlegungen. Er verringerte das Tempo, bis er schließlich nur noch flott ging und holte tief Luft. Ganz bewusst atmete er ein und aus und die salzhaltige Luft strömte bis in die hintersten Winkel seiner Lunge.

Sein Herzschlag beruhigte sich langsam, und jetzt konnte er über die Begegnung mit seiner Frau nur noch schmunzeln. So schnell würde er sich von ihr nicht mehr ins Bockshorn jagen lassen. Langsam schlenderte er am Wassersaum entlang, hin und wieder schwappte eine Welle über seine Füße und er spürte, wie der Sand zwischen Schuh und Fuß scheuerte.

Ein großer schwarzer Bär mit rotem Geschirr trottete an ihm vorbei und lief zielstrebig auf das Wasser zu. Antony blieb stehen und sah dem Fellknäuel verwundert zu. Wenig später stand der Vierbeiner in der Ostsee, den Kopf hatte er neugierig erhoben und spähte in die Ferne. Aufgeregt ging seine Rute hin und her und fast rechnete Antony damit, dass er ins Wasser springen und davon schwimmen würde.

„Benno, hier", rief eine Frauenstimme und ein Pfiff folgte.

Also kein Bär, sondern eher ein prächtiger Vertreter eines Neufundländers. Das hätte ihn auch sehr gewundert, wenn am helllichten Tag Bären über den Strand wandern würden. Antony sah zu der jungen Frau hinüber, die in einem Neoprenanzug über den Strand marschierte. Schon lag ihm eine spitze Bemerkung auf der Zunge, als ein weiterer Hund an ihm vorbeilief und mit weiten Sprüngen in das Wasser flitzte. Die Gischt spritzte in alle Richtungen, die beiden Hunde balgten sich im Wasser und kümmerten sich nicht um die Befehle ihrer Herrchen.

Neugierig sah Antony sich um. Eigentlich durften an diesem Strandabschnitt Hunde gar nicht freilaufen. Doch zwischenzeitlich zählte er fünf Hunde, vom Neufundländer bis zum kräftigen Mischling, die übermütig miteinander spielten. Mehrere Männer und Frauen, die allesamt hautenge Neoprenanzüge trugen, folgten ihnen. Aufmerksam beobachteten sie die Vierbeiner bei ihrem Treiben. Ein Stück weiter hinten, deutlich außerhalb der sanft spielenden Wellen, lagen zwei Schlauchboote im Sand. Daneben befanden sich ein paar Rucksäcke und allerlei Equipment. *Was ging hier ab?* Antony blieb stehen, denn jetzt wollte er mehr wissen.

Auf ein Signal hin versammelten sich die vor Nässe triefenden Hunde und ihre Menschen bei den Booten. Jetzt erkannte er, dass alle Vierbeiner ein rotes Geschirr mit breitem Griff trugen, auf dem *Wasserrettung* stand. Alles klar. Nun kam ihm eine Erinnerung. Gerade erst gestern hatte er einen Beitrag dazu gelesen, dass die Hundebesitzer mit ihren Vierbeinern jedes Jahr im Sommer der DLRG bei der Rettung halfen.

Nachdem er ihnen eine Weile bei der Besprechung zugesehen hatte, streifte er die Schuhe ab, krempelte die Hosenbeine seiner Jogginghose ein Stück hoch und lief ins Wasser. Mit den Schuhen in der Hand ging er hinein. Sanft umspielten die Wellen seine Füße und kühlten sie angenehm. Meter um Meter wanderte er im knöcheltiefen Nass und fühlte sich angenehm erschöpft.

Schließlich, als er glaubte, seine Füße bestünden aus Eiswürfeln, kehrte er zu seinem einsam daliegenden Handtuch zurück. Eine feine Schicht aus zuckrigem Sand klebte an seinen Beinen und übermütig wackelte er mit dem großen Zeh. Ein lausbübisches Grinsen breitete sich auf seinem Gesicht aus und glücklich, über den gelungenen Vormittag, ließ er sich auf sein Handtuch fallen. Die Zeit am Strand hatte ihm gutgetan und er nahm als Erstes einen großen Schluck aus der Wasserflasche.

Kapitel 14

Johanna

Ein sattes Gelb statt einem hellblauen Himmel, der fast perfekte Tausch für einen gelungenen Samstagvormittag. Entspannt lag Johanna auf dem Badetuch und rekelte sich im Sand. In solchen Augenblicken genoss sie den Frühling in vollen Zügen, selbst wenn sie eine knielange Hose und ein wärmendes Shirt trug. Immerhin war es trocken und der Wind hinter der sonnengelben Plane gut auszuhalten. Sie genoss das freundliche Wetter, das hin und wieder mal eine dicke Wolke am Himmel vorbei schickte, sie aber meistens mit reichlich Sonnenschein verwöhnte. Johanna war sehr froh, den Windschutz stets griffbereit im oberen Flur liegen zu haben. So konnte sie spontan einen Ausflug an den Strand unternehmen, ohne stets alles mühsam zusammen suchen zu müssen.

„Mama, schau mal …" Mila stupste sie in die Seite und Johanna schrak aus ihren Tagträumen auf. Träge blinzelte sie, erblickte aber nur die sandigen Füße ihrer Tochter. „Mama, was machen die da?"

Johanna stützte sich auf ihren Unterarm ab und hob den Kopf ein weiteres Stück an. Vergeblich versuchte sie, zwischen den Stoffbahnen etwas zu erkennen. Doch leider war ihr Windschutz gleichzeitig ein perfekter Sichtschutz und so musste sie sich notgedrungen aufrichten. Sofort spielte der Wind mit ihren Haaren und zerzauste sie ungefragt.

„Was meinst du?", erkundigte sie sich bei ihrer Tochter, nachdem sie sich eine Strähne aus dem Gesicht gestrichen hatte. Außer Sand, ein paar entspannt bummelnden Urlaubern, Wasser und dem blauen Himmel erkannte sie nichts Besonderes.

„Na, da. Siehst du es nicht? Bist du blind? Da sind plötzlich ganz viele Hunde am Strand, die miteinander spielen. Ist das nicht süß?" Mila deutete begeistert zum Wassersaum und hüpfte auf und ab. Nun, als sie wusste, was ihre Tochter meinte, entdeckte sie die Ansammlung an Zwei- und Vierbeinern ebenfalls.

„Komm Mama, das möchte ich mir näher ansehen." Aufgeregt zog ihre jüngste Tochter an ihrer Hand und ließ Johanna überhaupt keine Zeit, zu reagieren. Da auch ihre Neugierde geweckt war, ließ sie sich nur zu gern auf die Erkundungstour ein und stand auf. Hand in Hand eilten sie durch den Sand. Es dauerte nicht lange, dann standen sie unweit des zwischenzeitlich aufgestellten gelben Warnschildes. Es erinnerte sie unangenehm an die Warnschilder *Vorsicht Rutschgefahr*, die sie im Supermarkt regelmäßig aufstellen mussten, wenn es mal wieder eine feuchte Stelle im Geschäft gab. Dieses Schild war jedenfalls liebevoll umgestaltet geworden und informierte sie darüber, dass hier Wasser-Arbeitshunde im Training waren. Alles klar. Johanna strich ihre Haare glatt und versuchte, sie mit ein paar Haarnadeln zu bändigen. Vergebliche Liebesmüh, denn nach wenigen Sekunden tanzten weitere ihrer Haare im Wind.

„Was machen die da?" Vor lauter Anspannung hatte Mila den Zeigefinger im Mund und kaute auf ihrem Fingernagel herum. „Ist das spannend. Ich will auch dorthin."

Johanna hielt ihre Tochter an der Schulter zurück, sonst wäre sie garantiert zu den Hunden gelaufen und hätte einen nach dem anderen gestreichelt.

Die Hundehalter samt ihren Vierbeinern versammelten sich um ihre Trainerin. Diese hielt ein Klemmbrett in der Hand, machte sich hin und wieder Notizen und deutete, während sie etwas erläuterte, aufs Wasser. Aufmerksam lauschten sowohl die Zwei- als auch Vierbeiner den Erklärungen. Ein hübsch gezeichneter Border Collie legte seinen nachtschwarzen Kopf schräg und blickte die Trainerin mit seinen Knopfaugen an. Hin und wieder sprang er auf, wedelte mit seiner Rute und setzte sich anschließend wieder. Ganz so, als ob er nicht darauf warten könnte, in den Einsatz zu gehen.

Im April in der Ostsee schwimmen gehen. Schon allein bei dieser Vorstellung schüttelte sich Johanna unbewusst. Sie liebte es zwar, ihre Füße nass zu machen, doch Baden um diese Jahreszeit? Garantiert hatten sich die Hundebesitzer deshalb für ihr Training Ganzkörperneoprenanzüge übergezogen, während die Hunde ein rotes Geschirr mit Griff trugen.

„Offenbar sind das Rettungshunde, die Menschen aus dem Wasser holen." Johanna versuchte, aus den Wortfetzen, die ihr der Wind zu trug, etwas Sinnvolles zusammenzureimen. „Und heute findet das erste Training nach der Winterpause statt."

„Cool. Ich wusste gar nicht, dass Hunde so gut schwimmen können", flüsterte Mila und Johanna musste sich bücken, um sie überhaupt zu verstehen. „Ob ich die Hunde wohl streicheln darf?“

„Ich glaube nicht, dass das erlaubt ist. Sie sind hier zum Trainieren, und jede Ablenkung stört da bestimmt. Aber pst.“ Johanna zog ihre Tochter an sich, und drehte sie so, dass sie alles gut beobachten konnte. „Schau mal, jetzt lassen sie ein Boot zu Wasser.“

Ein rotes Schlauchboot mit Heckmotor, in dem garantiert vier bis sechs Leute Platz fanden, wurde ins Wasser gezogen. Die Männer, die sich damit abkämpften, brauchten mehrere Minuten, bis es sachte schaukelnd auf dem Wasser schwamm.

Der Border Collie hatte sich zwischenzeitlich beruhigt und saß brav im Sand und wartete auf das, was kommen würde.

„Hallo Frau Petersen.“ Eine angenehm warme Stimme erklang hinter ihrem Rücken. Vor lauter Begeisterung über die stattfindende Übung hatte sie gar nicht mitbekommen, dass sich ihnen jemand näherte.

„Guten Tag.“ Johanna stutzte, drehte sich um und musste erst einmal überlegen. Sie erkannte den Mann, der in verschwitzter Sportkleidung vor ihr stand, nicht. Erst als sie sich das lässig um den Hals geschlungene Handtuch wegdachte, kam so langsam die Erinnerung. „Sie sind doch der neue Klassenlehrer von Franka, oder?“

„Ganz genau.“ Bei diesen Worten breitete sich ein freudig-strahlendes Lächeln auf seinem geröteten Gesicht aus und die Augen leuchteten erfreut auf. Oder war es ein kurzes Aufblitzen von Verlegenheit? Johanna wusste es nicht sicher einzuschätzen.

„Mama, schau einmal! Das Schlauchboot schwimmt jetzt auf dem Wasser." Zusammen mit dem begeisterten Ausruf von Mila umwehte sie urplötzlich eine intensive Duftwolke nach Diesel. Johanna drehte den Kopf und sah fasziniert dabei zu, wie das Boot mit drei Passagieren aufs offene Meer hinausfuhr. „Die ersten Hunde gehen an den Start."

Während Mila aufgeregt von einem Bein aufs andere hüpfte und jede Bewegung der Hunde kommentierte, trat Johanna einen Schritt zur Seite. So konnte sie sich ungestört mit Herrn Ellmar unterhalten.

„Schön, Sie zu sehen", sagte er und Johanna überlegte erst einmal, ob es sich hierbei nur um eine Floskel handelte oder ob er es ernst meinte.

Sie musste an all die E-Mails denken, die bei ihr eintrafen und die sie selten zeitnah beantwortete. Meistens las sie die Nachrichten nur, zu müde, um überhaupt eine passende Antwort zu finden. „Wollten Sie mit mir wegen der letzten E-Mail sprechen? Ich habe leider immer viel zu tun und bin einfach noch nicht dazu gekommen, Ihnen zu antworten. Entschuldigen Sie bitte."

„Nein, Sie müssen sich nicht entschuldigen." Er schenkte ihr einen sanftmütigen Blick, bei dem ihr ganz anders wurde ... sein nachdenkliches Kratzen hinter dem linken Ohr. Herr Ellmar hatte ein markantes Gesicht mit der Andeutung eines Drei-Tage-Barts. Sein Anblick brachte in ihr irgendetwas zum Klingen. „Ich weiß ja, dass Sie viel um die Ohren haben. Mir ist es nur wichtig, dass Sie die Mail gelesen haben und informiert sind."

Zustimmend nickte Johanna. Sie las alle Mails, die sie erreichten. Doch das Antworten, schob sie oftmals vor sich her, bis sich das Ganze mehr oder weniger von selbst erledigt hatte.

„Mama, du musst hingucken! Da ertrinkt jemand! Mama!" Mila hatte Talent sie in den ungeeignetsten Momenten zu stören. Entschuldigend blickte sie zu Herr Ellmar, doch der schmunzelte verständnisvoll.

„Nein, die ertrinken nicht, da bin ich mir sicher." Er blinzelte Mila zu und beobachtete zusammen mit ihr, wie der Border Collie vom Ufer aus ins Wasser hechtete. Sein weiches, langes Fell bauschte sich bei jeder Bewegung auf und ohne zu zögern, schwamm er auf die Person zu, die immer wieder mit den Händen um sich schlug und um Hilfe rief.

„Schau nur ..." Antony Ellmar bückte sich, um mit Mila auf Augenhöhe zu sein und streckte den Arm in Richtung Wasser aus. „... der Hund schwimmt zu der hilflosen Person hinüber."

„Wieso hilflos?", fragte Mila, nun vollkommen verwirrt und trat noch näher an den Wassersaum heran. „Ich dachte, die üben nur."

„Die Frau tut so, als ob sie ertrinkt und Hilfe braucht, und der Hund wird sie nun retten. Und wie gut er das macht. Schau nur zu!"

Tatsächlich hatte der Border Collie inzwischen die *hilflose Person* erreicht und verharrte schwimmend vor ihr. Lange dauerte es nicht, dann hielt sie sich an seinem Geschirr fest und gemeinsam schwammen sie zurück zum rettenden Ufer.

„Hunde als Rettungsassistenten." Johanna schüttelte den Kopf und sah abwechselnd vom Klassenlehrer ihrer älteren Tochter zum Rettungseinsatz im Wasser. Im Augenblick wusste sie noch nicht, was sie von dieser Begegnung halten sollte.

„Ja, das ist eine perfekte Ergänzung zur normalen Menschenrettung", meinte er zustimmend. Als er sich zu ihr umdrehte, berührte seine Hand versehentlich ihren Unterarm. Es war nur ein kurzes Streifen, doch es traf sie wie ein Elektroschock und Johanna spürte, wie ihre Knie nachgaben. Es war lange her, dass ein Mann eine solch angenehme Reaktion bei ihr ausgelöst hatte. Sie schnappte nach Luft, strich sich kurz über die Stelle und zählte bis zehn. Langsam fand sie wieder zu sich.

„Geschafft. Super." Mila klatschte begeistert in die Hände und nun konnte sie sich nicht mehr zurückhalten. In weiten Sätzen kämpfte sie sich durch den Sand, bis sie vor dem vor Nässe triefendenden Hund stand. Zuerst wollte sie ihre Tochter zurückrufen, doch offenbar hatte diese schnell Freunde gefunden. Johanna freute sich für Mila, als sie sah, wie diese den Hund streicheln durfte.

„Sie haben zwei Kinder?", erkundigte sich Antony Ellmar und riss sie damit aus ihren Gedanken. Er blickte mit zusammengekniffenen Augen über den Strand. „Wo ist Franka? Ich hätte ihr gern Hallo gesagt."

„Franka?" Johanna stockte kurz und musste zuerst überlegen. Sie waren zu dritt an den Strand gegangen, doch die Hunde und die damit zusammenhängende Übung hatten sie abgelenkt. *Wo war Franka abgeblieben?* Ihr Herz schlug einige Takte schneller und dieses

Mal kam die Reaktion nicht davon, dass sie ihren Gegenüber sympathisch fand, sondern weil sie ihre Tochter vermisste. Wenn sie sich nicht komplett täuschte, war Franka schon wieder über längere Zeit allein unterwegs. Und das beunruhigte sie mehr, als ihr lieb war. „Sie wollte nach Bernstein suchen.“

Besorgt schaute Johanna über den Strand und musterte all die Schemen, die dort entlangliefen. Nein, keiner von ihnen hatte die Größe oder Statur ihrer Tochter. Ob sie vielleicht wieder nach Hause gegangen war, ohne ihr etwas zu sagen? Oder wo trieb sie sich herum?

„Wir wollten einen gemütlichen Tag am Strand verbringen. Dort, wo der knallgelbe Windschutz steht, ist unser Lager. Schließlich leben wir in Kalifornien, und es ist schade, dass wir unsere Zeit viel zu selten am Strand verbringen.“

„Das sieht richtig einladend aus.“ Er wischte sich mit einem Handtuch über das Gesicht und schüttelte prüfend seine leere Wasserflasche. Johanna wurde das merkwürdige Gefühl nicht los, dass er auch gerne mit seiner Familie am Strand sitzen und Muscheln suchen würde. Verstohlen musterte sie seine Hand. *Trug er einen Ring?* Nein, da war nichts. *Oder trug er den Ring vielleicht nur sporadisch?* Das war sehr gut möglich. Ein heller Streifen Haut, fast nicht zu erkennen, deutete darauf hin, dass er ihn erst kürzlich abgestreift hatte.

„Haben Sie Familie?“ Die Worte schlüpften über ihre Lippen, bevor sie darüber nachgedacht hatte. Wie konnte sie nur so neugierig sein? Verärgert biss sie sich auf die Unterlippe.

„Leider nein. Ich habe mich erst vor Kurzem von meiner Frau getrennt." Übergangslos verdunkelte sich sein Blick und seine Mimik wurde starr.

„Oh, das tut mir leid." Diese Floskel verließ ebenso unkontrolliert ihre Lippen wie der vorherige Satz und Johanna wäre vor Scham fast im Boden versunken. „Möchten Sie einen Keks?" Sie deutete auf den Rucksack, der am Windschutz lag. „Oder vielleicht etwas Erfrischendes zu trinken? Ich habe Kekse sowie Obst eingepackt. Oder vielleicht einen Kaffee?"

„Danke für das Angebot. Das ist lieb von Ihnen. Doch ich möchte nach Hause, duschen." Er hob demonstrativ seine Sportschuhe hoch, die durchnässt und sandig waren. „Das Wetter bot sich für eine Trainingseinheit an. Ein anderes Mal – vielleicht?"

Zum Abschied nickte er ihnen noch einmal zu, dann trottete er durch den Sand zur Treppe. Johanna stand da und wusste nicht, was sie von dieser Begegnung halten sollte. Laut Franka war Herr Ellmar ein Monster, ein äußerst unfairer Lehrer, der immer nur meckerte. Doch ihr gegenüber war er mehr als höflich, wenn nicht sogar äußerst sympathisch gewesen.

Sie zuckte mit den Schultern und ließ sich hinter dem Windschutz nieder. Jetzt brauchte sie erst einmal einen Kaffee.

Kapitel 15

Johanna

Die Scheibenwischer kratzten über die Scheibe und schleuderten die Regentropfen in breiten Bächen zur Seite. Mit brennenden Augen starrte Johanna hinaus in die Dunkelheit, und versuchte, bei den Wassermassen, die vom Himmel fielen, etwas zu erkennen. Aber es war mühsam. Die grauen Schleier ließen nur eine beschränkte Sicht auf die Straße zu und die Dunkelheit tat ihr übriges.

Den Kreisverkehr, der kurz vor Kalifornien lag, hatte sie schon längst hinter sich. Wo war nur das Schild zum Campingplatz? Wie weit musste sie noch fahren? Vermutlich hatte sie das Schild schlicht und ergreifend übersehen. Johanna rieb sich die müden Augen, nahm den Fuß vom Gas und hielt nach der vertrauten Straßenlaterne Ausschau.

Endlich erkannte sie das gelbliche Licht, das ihr zeigte, wo sie zu Hause war. Sie betätigte den Blinker und bog auf den geschotterten Weg ein. Der Wagen ruckelte und schüttelte sich, Johanna umklammerte das Lenkrad fester und schaltete in den ersten Gang herunter. Endlich zu Hause. Die Bremsen quietschen leise, als sie den Wagen vor der Haustür abstellte und den Motor abwürgte. Der warme Motorblock knackte leise. Das

Geräusch wurde nur von den unzähligen Regentropfen, die immer noch fielen, übertönt.

Müde, mit schmerzenden Gliedern saß sie auf dem Sitz ihres Wagens. Endlich hatte sie Feierabend. Sie schaltete das Fahrzeuglicht aus und betrachtete das große Wohnhaus, das als wuchtiger Schatten vor ihr lag. Nur unten links, dort wo sich die Einliegerwohnung befand, brannte Licht. Eine Person, die sich hinter der Gardine bewegte, war zu sehen. Eindeutig, Mario war zu Hause.

Ihr Blick schweifte weiter nach oben, zu den Etagen, die sie und die Kinder bewohnten. Dort war alles dunkel, die Mädchen schliefen garantiert schon. Zumindest hoffte sie es inständig. An solchen Tagen, an denen sie die Mädchen nicht persönlich ins Bett bringen konnte, war sie sich manchmal nicht ganz so sicher.

Sie öffnete die Wagentür und zog sofort den Kopf ein. Ohne Vorwarnung hatte sie eine kräftige Böe erwischt und ein eiskalter Regenschauer ging auf sie nieder, der Kopf und Schultern augenblicklich durchnässte. Einzelne Tropfen wanderten langsam über ihren Hals bis unter den Kragen ihrer Jacke. Johanna fluchte leise vor sich hin. Erst dieser Temperatursturz und dann auch noch der Regen, der alles grau und trist aussehen ließ. Dieses Frühjahr war äußerst feucht und kühl und eine Besserung war, laut der Meteorologen, nicht in Sicht.

Aus dem Augenwinkel heraus sah sie, wie die Wohnungstür von Mario aufging. Ein klar abgegrenzter Lichtfleck bildete sich auf dem feucht glänzenden Boden. Verwundert drehte sie sich auf ihrem Sitz um. Was wollte ihr Mieter um diese Zeit draußen? Doch anstatt der kräftigen Statur erkannte sie zu ihrem Schrecken einen kleinen, sich flink bewegenden Schatten, der sie fatal an Mila erinnerte. Ihr Herzschlag beschleunigte sich und eine unsichtbare Faust schien ihr Herz zusammenzudrücken.

„Mama, endlich bist du da." Der Schatten huschte auf sie zu und bremste kurz vor ihrem Wagen. Ehe Johanna wusste, wie ihr geschah, spürte sie auch schon zwei Arme, die sie fest umklammerten, zarte Kinderlippen, die ihr einen Kuss auf die Wange hauchten und ein dezenter Geruch nach Knoblauch. „Uns gehören jetzt drei Alpakas. Mama, die sind total süß."

„Ja, natürlich", sagte Johanna müde und strich ihrer Tochter über den beständig feuchter werdenden Schopf. *Warum trug Mila keine Jacke? Warum lag sie noch nicht im Bett?* „Die Zirkusfamilie lässt ihre Tiere auf unserer Weide grasen. Das wusstest du doch schon."

„Natürlich." Mila löste sich von ihr und Johanna überraschte es nicht mehr, als Franka wie ein Schattenwesen ebenfalls vor ihr auftauchte. Johanna stieg nun endgültig aus und schlug die Wagentür zu. Der kalte Regen plätscherte fröhlich auf sie herab.

„Hallo Mama." Ihre große Tochter blieb eine Armlänge von ihr entfernt stehen. Johanna entdeckte ein ungewohntes Leuchten in ihren Augen und auch gerötete Wangen. Da war jemand offenbar mehr als glücklich. „Du warst nicht da und wir fühlten uns so einsam, deshalb sind wir runter zu Mario gegangen. Er hat uns gezeigt, wie man Spaghetti aglio e olio kocht. Total lecker."

„Hallo." Nun erschien auch noch Mario in der Tür und Johanna gab die Hoffnung auf, einigermaßen trocken ins Haus zu kommen. Inzwischen war es ihr sowieso egal, denn sie spürte, wie die Nässe langsam durch ihre Jacke kroch und der Schulterbereich ihres Pullovers immer feuchter wurde. „Die Kinder waren so aufgeregt und konnten nicht schlafen ... deshalb ...", er zuckte entschuldigend mit den Schultern, „... durften sie zu mir kommen. Ich hoffe, das ist in Ordnung."

„Natürlich, solange es dir keine Mühe bereitet." Ihr schlechtes Gewissen meldete sich zu Wort. Anstatt sich um ihre Kinder zu kümmern, war sie arbeiten gewesen. Ihr Pflichtbewusstsein kämpfte mit dem ausgeprägten Schuldbewusstsein und wie so oft gab es keinen Gewinner. Nur sie, sie litt beständig unter dieser Situation.

„Weißt du schon das Neuste? Uns gehören jetzt die drei Alpakas. Salt, Caramel und Pepper." Mila holte sie mit ihrer übermütig klingenden Stimme aus ihren Grübeleien. Auf der Stelle hüpfend deutete sie zu der gegenüberliegenden Weide. „Sie stehen einfach im Regen, gucken sich mit großen Augen um und werden nass. Ich wollte sie in den Unterstand scheuchen, doch sie haben sich nicht ein Stück bewegt."

Johanna verstand die Welt nicht mehr. *Warum lief Mila so spät am Abend noch zur Weide? Warum kümmerte sich die Zirkusfamilie nicht wie vereinbart um die Tiere?* Mit dem Unterarm wischte sie sich über das Gesicht und versuchte so, der Regentropfen Herr zu werden.

„Wo sind die anderen Tiere?" Übergangslos kamen ihr die entzückenden Shettys in den Sinn, die mit ihren schwarzen Knopfaugen und der Wuschelmähne immer so verwegen aussahen. „Die sind doch noch da – oder?"

„Nein." Mila lachte, griff nach ihrer Hand und wollte sie in Richtung Weide ziehen. Doch Johanna schüttelte den Kopf und blieb stehen. Heute würde sie garantiert nicht mehr zur Weide laufen. „Es sind nur noch die Alpakas da. Glaub mir."

„Warum?" Abwechselnd sah Johanna von ihren Kindern zu Mario. In welchem Film steckte sie gerade? Wo blieb der lachende Moderator, der ihr verriet, dass sie soeben bei der *Versteckten Kamera* mitgemacht hatte?

„Darf ich auch etwas sagen?" Mario deutete zur weit geöffneten Tür seiner Wohnung. Schon bei der Aussicht auf einen warmen und trockenen Wohnraum merkte Johanna, wie sehr sie fror. „Wollen wir nicht erst mal reingehen, bevor wir alle vollkommen durchnässt sind?"

„Natürlich. Aber bitte nur ganz kurz, die Kinder müssen ins Bett." Verwundert über sein Angebot folgte sie ihm. Ihr war nicht nach Rätseln zumute und dass die beiden Mädchen noch immer wach waren, war auch suboptimal. Ihr grauste es schon jetzt davor, sie morgen zu wecken und in die Schule zu schicken.

Das helle Licht im Wohnraum blendete Johanna und sie blinzelte mehrfach, nachdem sie eingetreten war. Erschöpft lehnte sie sich an den Esszimmertisch. Sie registrierte die drei Gläser, Teller und einen großen Spaghetti-Topf. Offenbar hatte Mario mit den beiden gerade eben noch eine Küchenschlacht veranstaltet. Müde schälte sie sich aus der nassen Jacke und bewunderte die unzähligen Tropfen, die auf der Auslegeware landeten. An der winzigen Garderobe fand sie noch einen Platz und hängte das triefende Etwas auf.

„Du musst entschuldigen. Vorhin ist es hier drunter und drüber gegangen. Und wie Mila schon sagte …", verschwörerisch blinzelte er dem Mädchen zu, „Ab jetzt habt ihr drei neue Familienmitglieder."

Noch immer verstand Johanna nicht, was Mario ihr damit sagen wollte. Sie fischte sich zwei Nudeln aus dem Topf und während sie diese verspeiste, spürte sie erst, wie hungrig sie war. Kurzentschlossen setzte sie sich an den Tisch, ihre Mädchen kuschelten sich aufs Sofa, ihre Mutter gespannt beobachtend.

„Nun ja." Mario verschwand rasch in der Küche und kam mit einem Teller sowie einer Gabel zurück. Während er weiterredete, gab er ein paar Nudeln hinein. „Der Chef des Zirkusses kam am späten Nachmittag vorbei und hat mich gefragt, ob wir die Alpakas nicht behalten wollen."

Mit dem Handrücken prüfte er kurz die Temperatur der Nudeln und verschwand erneut in der Küche. Johanna lehnte sich auf dem Sitz zurück und freute sich auf die kommende Stärkung. Gleichzeitig hatte sie das ungute Gefühl, dass Mario die Gelegenheit nutzte, um noch ein bisschen Zeit zu schinden. Das vertraute Brummen der Mikrowelle erklang. Ihr regennasser Pullover klebte an ihrem Körper, und hin und wieder fand ein Tropfen den Weg durch ihre Haare bis in den Nacken. *Warum lag sie noch immer nicht im Bett, sondern saß hier zusammen mit ihren Kindern im Wohnzimmer ihres Nachbarn?* Sie wollte schon den Stuhl zurückschieben und aufstehen, doch die Aussicht auf etwas Warmes, ohne selbst kochen zu müssen, war zu verlockend.

„Mario hat ja gesagt." Die sich überschlagende Stimme von Mila erklang und Johanna schnappte überrascht nach Luft. „Und nun gehören uns drei plüschige Alpakas. Salt, Pepper und Caramel sind jetzt unsere neuen Familienmitglieder, und sie sind so süß." Ihre zwei Kinder sprangen von ihren Sitzplätzen auf und umarmten sie glücklich. Ein Arm von Mila umfing sie von links und der von Franka von rechts. Beide schmiegten sich an sie und ihre jüngere Tochter vergrub ihren Kopf in ihrer Halsbeuge.

„Moment mal." Langsam sickerten die Worte in ihr Gehirn und der Appetit verging Johanna schlagartig, als sie die Tragweite des Ganzen verstand. Die Kinder lösten sich aus der Umklammerung und beobachteten jede ihrer Bewegungen mit großen Augen. „Es sind nur noch drei Alpakas dort, keine weiteren Tiere? Warum?"

„Nun ja." Mario stellte den Teller vor ihr ab und der appetitliche Geruch erinnerte sie daran, dass sie seit dem Mittag nichts mehr gegessen hatte. Zusätzlich stellte er eine Schale mit gefüllten Oliven vor ihr ab. Johanna stach mit der Gabel in die Nudeln und wickelte die ersten auf.

„Du warst nicht da, ans Handy bist du auch nicht gegangen und so musste ich schnell eine Entscheidung treffen." Bei diesen Worten zog er die Schultern hoch, so als ob er unsicher über ihre Reaktion war. „Der Chef vom Zirkus hat sie uns angeboten, weil er keine Verwendung mehr für sie hatte. Sie passen halt nicht wirklich dazu. Die Alpakas tun sich schwer mit den ständigen Standortwechseln und so wurden wir gefragt." Wieder legte Mario eine längere Pause ein, rieb seine Hände, so als ob er sie waschen würde. „Und die Mädchen haben mir versprochen, sich um sie zu kümmern."

Wirkte Mario etwa schuldbewusst? Verstand er nun so langsam, was er mit seiner Zustimmung angerichtet hatte?

Alles klar. Statt ein paar Euros für die Weidenutzung hatten sie als Dank drei Tiere geschenkt bekommen.

Johanna stach wütend auf eine Olive ein und sah zu, wie diese über den Tellerrand sprang. Ab jetzt würde sie immer, und zwar wirklich immer, ans Telefon gehen. Selbst wenn ihr Chef neben ihr stand und mit einer Entlassung drohte.

Den Beteuerungen ihrer Töchter hörte sie nur mit einem halben Ohr zu. Hunger und Müdigkeit waren keine guten Ratgeber. Bevor sie etwas Falsches sagte, schwieg sie lieber. Deshalb nickte sie nur hin und wieder und konzentrierte sich ausschließlich auf die Spaghetti. Sie fröstelte, ihre Knie schmerzten vom vielen Bücken und eine bleierne Müdigkeit breitete sich immer weiter in ihr aus. Wenn sie nicht am Tisch einschlafen wollte, sollte sie zusehen, dass sie alle endlich ins Bett kamen.

„Violas Vater hat uns noch ein bisschen Mineralfutter dagelassen und die Halfter." Sie hörte Mila zu, die ununterbrochen redete. Dann hielt ihr ihre Tochter ein – wirklich hübsches – Halfter in Grau mit dicken Bommeln vor die Nase. „Dieses Halfter gehört Salt. Und das hier ..." Erneut schwebte ein farbiges Halfter vor ihrer Nase. „... gehört Pepper und das andere ist für Caramel."

Letzten Endes schwebten drei kleine Halfter vor ihr und drohten beständig in die Spaghetti zu plumpsen. Mit einer schnellen Handbewegung nahm Johanna ihr die Ausrüstung ab und legte sie zur Seite.

„Mila, ich guck mir das morgen in Ruhe an, in Ordnung? Bitte lass mich erst zu Ende essen. Abgesehen davon müsst ihr dringend ins Bett und auch Mario möchte sicher seine Ruhe haben. Wir reden morgen, nach der Schule weiter. Ich habe Dienstag frei und damit genügend Zeit für eine endgültige Entscheidung."

Sie kratzte die letzten Spaghetti zusammen und blickte auf. Vor ihr standen zwei Kinder mit erwartungsvollen Mienen. Nun erst realisierte Johanna, dass Franka einen farbenfrohen Plastiksack in der rechten Hand hielt. Mit der linken hob sie drei unifarbene Schüsseln hoch. Passend zu den Halfterfarben, wie ihr Verstand mit einem Aufseufzen feststellte. Immerhin etwas. Die Zirkusfamilie hatte ihnen nicht nur die Tiere, sondern offenbar auch sämtliches Zubehör vererbt.

„Wir haben alles, was wir brauchen", verkündete Franka stolz und schien um zehn Zentimeter zu wachsen. „Andere Leute haben Pferde, wir züchten ab sofort Alpakas."

Bei diesen Worten hielt sie ihr den Sack unter die Nase und Johanna stellte fest, dass es sich um Mineralfutter für Alpakas handelte. Johanna musste sich sehr beherrschen, um nicht aufzuschreien.

„Schluss jetzt! Es wird Zeit, dass ihr ins Bett kommt. Über die Alpakas und ihre Zukunft reden wir morgen, wenn ihr aus der Schule zurück seid."

Franka ließ die Hand mit den Schüsseln sinken, zeitgleich sackte sie in sich zusammen. Wie bei einem Luftballon, aus dem man die Luft ließ. Auch Mila schien von der Heftigkeit ihrer Mutter überrascht zu sein.

„Nein, jetzt bitte keine Widerworte mehr. Morgen reden wir in aller Ruhe darüber. Schließlich handelt es sich um Lebewesen und nicht um Bücher, die man einfach verschenken oder in der Ecke liegen lassen kann, verstanden?"

Lag es an der Schärfe in ihrer Stimme oder an ihrer Entschlossenheit? Auf jeden Fall kamen beide Mädchen auf sie zu und drückten sie kräftig. Dabei prallten erst die Schüsseln gegen ihre linke Seite und dann klatschten die Halfter auch noch gegen ihre Schulter.

„Gute Nacht. Und bis gleich", sagte Johanna und hoffte nur noch darauf, dass der Spuk endlich ein Ende fand. Inzwischen glich ihr Pullover einem unangenehmen klammen Etwas und sie sehnte sich nur noch nach einem warmen Tee und ihrer kuscheligen Wolldecke.

„Gute Nacht Mario. Danke dir für die Spaghetti und deine Unterstützung", rief Mila zum Abschied. Es patschte laut, als die drei sich abklatschten.

***

Ihr Herz pochte wie verrückt, und ein Alp hatte sich auf ihrer Brust niedergelassen. Sie trieb in einem bedrohlichen, nachtschwarzen Meer mit tosender Gischt.

Die Wellen ließen sie auf und niedertanzen und sosehr sie sich auch umsah, von einem Licht oder gar einem rettenden Horizont keine Spur. Dafür schien sie ein übergroßer Krake verschlingen zu wollen. Seine langen Fangarme griffen nach ihren Beinen und zogen sie in die Tiefe. Das Atmen fiel ihr schwerer und schwerer. Tiefe Dunkelheit umgab sie. Fast war sie versucht, den Verlockungen der Tiefe nachzugeben.

Mit einem Aufschrei erwachte Johanna. *Wo war sie?*

Panisch tastete sie nach dem Lichtschalter, brauchte aber eine gefühlte Ewigkeit, bis sie ihn fand. Erst als ein warmer Lichtschein ihr Schlafzimmer erhellte, wusste sie wieder, dass sie sicher und wohlbehalten in ihrem Bett lag. Ihr Herzschlag beruhigte sich und das melodische Klingeln ihres Windspiels sorgte dafür, dass die Erinnerung an den Albtraum langsam schwand.

Noch immer benommen, streifte sie die Decke zur Seite und setzte sich auf die Bettkante. Mehrere Atemzüge lang ließ sie einfach nur die Beine baumeln und stützte sich mit ihren Händen auf der Matratze ab. Lange, sehr lange hatte sie schon keinen so intensiven Albtraum mehr gehabt.

Sie griff nach ihrer Wasserflasche und trank einen tiefen Schluck. Diese gewohnten Handgriffe halfen ihr, den Bezug zur Realität nicht ganz zu verlieren. Suchend sah sie sich nach dem gerahmten Bild ihres Mannes um. Es lag auf dem Boden, die Rückseite zuoberst. Vermutlich hatte sie so sehr mit den Armen um sich geschlagen, dass es heruntergefallen war.

Sie war nassgeschwitzt und das wollene Nachthemd klebte an ihrem Oberkörper. Entschlossen stand Johanna auf und trat in den Flur. So, wie sie es immer tat, lauschte sie kurz an den Zimmertüren ihrer beiden Mädchen. Alles war ruhig. Die Kinder schliefen tief und fest. Oder doch nicht? Johanna trat näher und legte das Ohr an das Holz. Tatsächlich, aus dem Zimmer von Franka drang ein leises, leidvolles Stöhnen. Auch ihre ältere Tochter schien schlecht zu schlafen.

„Franka", flüsterte Johanna und öffnete die Tür vorsichtig ein Stückchen. Die Geräusche verebbten kurz darauf und der Atem ihrer Tochter klang nun wieder gleichmäßig und tief. Beruhigt ging sie ins Bad, knipste das Licht an und holte sich aus dem Schränkchen einen Waschlappen. Sanft ließ sie das Wasser laufen und wusch sich den Oberkörper langsam und gleichmäßig kalt ab. Anschließend rubbelte sie sich mit kräftigen Bewegungen trocken.

Erfrischt ging sie zurück, nahm einen frischen Schlafanzug aus dem Schrank und zog ihn über. Ihr Bett lockte, noch lagen ein paar Stunden Schlaf vor ihr, bevor sie wieder aufstehen musste. Dennoch trat Johanna an das Fenster, öffnete es ganz, schaute hinüber zur Weide und versuchte in der Dunkelheit etwas zu erkennen. Vergeblich.

Heute früh war sie direkt nach dem Klingeln des Weckers aufgestanden. Ohne sich zu waschen oder umzuziehen, hatte sie sich einfach nur ihre Strickjacke fest um ihren Oberkörper geschlungen und war vor die Tür getreten. Sie musste wissen, ob die gestrigen Erlebnisse wirklich wahr waren.

Entschlossen und zu allem bereit, schlüpfte sie in ihre Stiefeletten und ließ die Tür angelehnt. Der feuchte Kies knirschte verhalten unter jedem ihrer Schritte, als sie nach vorne zur Straße ging. So früh am Morgen herrschte kaum Betrieb auf der Straße und auch von neugierigen Urlaubern keine Spur. So huschte sie, nur spärlich bekleidet, über die Straße. Noch überzog das fahle Licht des Morgens die Weide. Und doch, Johanna erkannte die drei Schemen der Alpakas mühelos, die unweit der Hütte im Gras lagen.

Offenbar war sie keinem Scherz aufgesessen. Sie drehte auf dem Absatz um und ging zurück. Sofort entdeckte sie einen Umschlag im Briefkasten. Er war so groß und sperrig, und so ungeschickt eingesteckt worden, dass er vom Regen vollkommen durchweicht war. Vorsichtig und ganz langsam, um das braune Packpapier nicht zu beschädigen, holte sie ihn heraus.

Es gab keine Anschrift und keinen Absender darauf und doch ahnte Johanna, was darin steckte. Im Flur streifte sie die Schuhe ab und trug den Umschlag in die Küche. Dort schälte sie das Papier in großen Fetzen vom Inhalt.

Zuerst hatte sie die Befürchtung gehabt, dass die sich darin befindlichen Unterlagen zerstört waren, doch ein kluger Mensch hatte sie vorsichtshalber in eine Klarsichtfolie gelegt. Johanna schüttete den Inhalt auf den Tisch und stellte erleichtert fest, dass nur der obere Rand der Papiere feucht war.

Mit mehreren Lagen Küchenkrepp trocknete sie die Dokumente und räumte sie erst einmal in die unterste Schublade ihrer Küche. Dort, neben Reinigungsmitteln und Taschentüchern würden ihre Kinder nicht so schnell suchen.

Anschließend ging sie nach oben, machte sich fertig und weckte schließlich Franka.

„Wie kannst du nur?" Johanna schlug so fest mit der flachen Hand auf den Tisch, dass die Becher ein Stückchen in die Luft hüpften und das Geschirr protestierend klirrte. „Einfach ja sagen und drei Alpakas aufnehmen."

Sie wedelte mit den Dokumenten vor Marios Nase herum. Er wurde noch eine Nuance blasser und machte sich im Stuhl so klein wie möglich. Nun schien er doch über die spontane Aktion nachzudenken. Wahrscheinlich bereute er es inzwischen, zu ihr in die Wohnung gekommen zu sein.

„Bitte, Johanna." Er hob die Hände und blickte sie entschuldigend an. „Aber versteh doch. Viola hat sich lobend über die Verhältnisse bei uns geäußert. Auch, dass sich die drei hier total wohlfühlen. Abgesehen davon meinte sie, dass Alpakas wenig Kosten verursachen."

Kurz hielt Mario inne und holte tief Luft. Offenbar suchte er all die Argumente zusammen, mit denen Viola ihn überzeugt hatte. „Abgesehen davon sei die Arbeit nicht der Erwähnung wert. Schließlich können die drei Tag und Nacht auf der Weide leben."

„Interessant, und wer hat mich gefragt?" Sie fühlte sich hintergangen. „Ich habe mit meiner Arbeit, den Kindern und dem Haushalt schon genug zu tun."

„Na gut, wenn es nur daran liegt …" Ein erleichtertes Lächeln erschien auf seinem Gesicht. „Wenn ihr mal keine Zeit habt, dann helfe ich euch. Einverstanden?"

Warum sprang der Wagen ausgerechnet jetzt nicht an? Wütend schlug Johanna mit der flachen Hand auf das Lenkrad ein und zählte langsam bis zehn. Dann drehte sie den Zündschlüssel noch einmal um. Leider hörte sie nur ein leises Klicken, sonst nichts. Warum ausgerechnet heute?

„Mama, wo willst du hin?“ Mila stand neben der Fahrertür und blickte sie fragend an. „Ich dachte, wir gehen zu den Alpakas.“

„Stimmt, ja“, meinte Johanna, zog den Schlüssel ab und stieg aus. Übergangslos hatte sie gegenüber ihrer Tochter ein schlechtes Gewissen. „Eigentlich wollte ich nur kurz …“ Sie stockte und blickte ihrer glücklich lächelnden Tochter ins Gesicht. „Ich wollte zum Zirkus fahren und das mit den Alpakas klären, denn was sollen wir mit den Tieren?“

„Mama!“ Als hätte man bei Mila einen Schalter umgelegt, blickte sie ihre Mutter entsetzt an. „Bitte nicht! Die drei sind so süß und knuffig. Du darfst nicht zum Zirkus fahren. Viola hat sie uns geschenkt!“

Johanna ging neben ihrer Tochter in die Hocke und nahm sie in die Arme. „Mäuschen, ich mag die Alpakas ja auch. Aber wir können die drei nicht behalten. Das ist ausgeschlossen.“

„Bitte, bitte.“ Dieser flehende Ausdruck im Gesicht ihrer Tochter und die ersten Tränen, die sich in den Augenwinkeln sammelten … „Der Zirkus ist schon weitergefahren. Laut Viola sind sie jetzt irgendwo bei Lübeck und fahren demnächst noch weiter.“

Johannas Gedanken überschlugen sich. Inzwischen bereute sie es zutiefst, dass sie sich nicht die Handynummer von Viola hatte geben lassen. Nun konnte sie dort noch nicht einmal anrufen. *Doch was sollte sie mit den Alpakas anfangen? Welche Bedürfnisse hatten sie überhaupt? Über Pferde hätte sie das eine oder andere gewusst aber über Alpakas?*

„Mila, wenn denn alles so einfach wäre."

„Mama, wir haben in den letzten Tagen viel bei den Tieren geholfen und reichlich Erfahrung gesammelt. Abgesehen davon sind sie lieb, äußerst knuffig und unkompliziert. Außerdem haben wir genug Weideland."

Da hatte ihre Tochter recht, wie Johanna seufzend feststellte. Und bewirtschaftet werden musste die Fläche ebenfalls. Aber eigentlich wollte sie sie verpachten und nicht selbst Tiere halten.

„Mama." Mila schien zu ahnen, woran ihre Mutter gerade dachte. „Bitte, bitte. Wir haben Monja auch immer geholfen. Ich weiß, wie man einen E-Zaun kontrolliert, wie man Hufe hochhebt und auskratzt. Ich habe Monja beim Füttern geholfen, und auch beim Ausmisten. Selbst bei Dauerregen."

Dieser Dauerregen, der damals Wochen lang anhielt und ihnen tagelang nur feuchte Kleidung beschert hatte. Vielleicht war dies das Stichwort, auf das sie gewartet hatte. Langsam und zögerlich nickte Johanna. Der Berg der täglichen Aufgaben war soeben in ungeahnte Höhen gewachsen.

„Einverstanden. Aber unter einer Bedingung! Ihr müsst euch um die Alpakas kümmern. Ich habe die Zeit nicht und Ausreden lasse ich nicht gelten. Wenn die

Versorgung der Tiere nicht funktioniert, dann werden sie verkauft. Verstanden?"

Ob Mila das wirklich verstanden hatte, wusste Johanna nicht. Denn ihr Satz ging in einem Jubelschrei ihrer Tochter unter. Sie drehte sich um, betätigte den Knopf der Fernbedienung und schloss den Wagen ab. Dass er heute nicht funktionierte, musste einen Grund gehabt haben. Und sei es nur, dass sie ihre Kinder glücklich gemacht hatte.

Wenig später stiefelten sie zu dritt zur Weide und ihre beiden Töchter zeigten ihr, was sie bei Viola alles gelernt hatten. Zufrieden sah Johanna ihnen zu, wie sie das Wasser nachfüllten, den Unterstand mit frischem Stroh auffüllten und die Ködel einsammelten.

Mehr oder weniger perfekt, und wenn es weiterhin so gut lief … Kurz erlaubte sich Johanna diese optimistische Träumerei. Ob es in ein paar Wochen immer noch so gut lief, würde die Zukunft zeigen.

Salt kam zu ihr, sie strich über sein Fell und zupfte drei Strohhalme heraus, die sich darin verfangen hatten.

„Und Mama, bist du nun zufrieden?" Franka stand vor ihr, ein glückliches Lächeln auf dem Gesicht. Spontan umarmte sie ihre Tochter und nickte zustimmend.

***

Ihr Handy brummte unüberhörbar in der Kitteltasche. Johanna, die gerade eine Palette mit Konserven in die Regalreihe stapelte, hielt in ihrer Arbeit inne. *Wer rief sie denn mitten am Vormittag an?* Mit der rechten Hand fischte sie nach dem Handy, während sie mit der anderen drei der großen, schweren Dosen festhielt. Verflixt, statt das Handy mit nur einem Griff hervorzuholen, spürte sie einen Klumpen, der aus dem digitalen Gerät und ihrem Schlüsselbund bestand. Das Bimmeln nahm gefühlt an Dringlichkeit zu, während ihre Finger mit dem Knäuel kämpften. Zu ihrem Leidwesen hatte sich das Handy nun endgültig in dem Schlüsselbund verheddert und die Kante einer Dose stach ihr schmerzhaft in die Seite. Das eindringliche Klingeln hörte nicht auf. Erste Schweißtropfen perlten über ihre Stirn und eine Kundin, die an ihr vorbei ging, schaute sie irritiert an.

Ungeschickt tastete sie nach dem sperrigen Schlüsselbund, der sich eines Kraken gleich, um ihren digitalen Begleiter geschlungen hatte. Es half alles nichts. Notgedrungen ließ sie das Handy Handy sein und griff nach den Dosen. Die ersten beiden standen kurz darauf sicher im Regal, die letzte mit dem bewährten Erbsen-Möhren-Mix rutschte allerdings aus ihrer Hand. Mit einem sanften Plopp landete sie auf dem Boden und kullerte zwischen ihren Beinen davon ... direkt vor die Füße einer Kundin.

Das Vibrieren in ihrer Kitteltasche hatte endlich ein Ende gefunden. *Immerhin etwas*, dachte sie mit einem Anflug von Sarkasmus.

„Vorsicht bitte." Johanna hechtete der Dose hinterher, bückte sich ungeschickt und hob die Konserve auf, bevor noch jemand darüber stolperte. Erneut klingelte ihr Handy. Es musste offenbar sehr dringend sein. Das ungute Gefühl verstärkte sich, ihre Brust fühlte sich übergangslos zu eng an und das Atmen fiel ihr schwer. Ob sie wollte oder nicht, die Erinnerungen an den Tod ihres Mannes drängten sich unweigerlich in ihr Bewusstsein. Auch damals, als ihr Mann starb, war es ein kurzer Anruf gewesen, der ihr Leben innerhalb von ein paar Sekunden komplett auf den Kopf gestellt hatte.

Doch zuerst musste sie diese Dose loswerden! Dieses Mal schaffte sie es ohne Weiteres, sie in der nächstbesten Lücke abzustellen. Als sie die Konserve sicher im Regal verstaut hatte, griff sie mit der rechten Hand in die Kitteltasche und holte das Bündel hervor. Das Kordelbändchen, ein Geschenk von Franka zum Muttertag, hatte sich im Ring des Schlüsselbundes verfangen. Das kam davon, wenn man aus Sentimentalitätsgründen alle Geschenke benutzte, egal ob praktisch oder nicht.

Prüfend blickte Johanna sich um. *War ihr Chef in der Nähe?* Nein, von ihm ausnahmsweise mal keine Spur. Johanna brauchte mehrere Minuten, bis sie endlich die Schlüssel in der einen, und ihren digitalen Helfer in der anderen Hand hielt.

Sie legte den heftig klimpernden Schlüsselbund kurzerhand in eine Lücke im Regal und drückte auf das Display. Drei entgangene Anrufe zeigte ihr der Bildschirm an. Eine eiskalte Hand schien nach ihrem Herzen zu greifen und mit zitternden Fingern entsperrte sie ihr Smartphone. Zwei Punkte, einer beim Hörerzeichen, der andere beim Anrufbeantworter. Sie tippte darauf, doch es passierte nichts. Ein weiteres Mal tippte sie auf das Display und dieses Mal hatte die Technik ein Einsehen. Es zeigte ihr die soeben verpassten Anrufe an.

Diese stammten allesamt von Milas Schule! Sie kannte zwar die Durchwahl vom Sekretariat nicht, aber die vorderen Ziffern waren ihr wohlvertraut. Sofort tippte sie auf das Telefonsymbol und wenig später hörte sie die sachliche Stimme der Sekretärin, die sie darüber informierte, dass Mila schwer gestürzt sei und mit dem Rettungswagen ins Krankenhaus gebracht wurde.

Der Boden unter ihr schwankte und geschockt stützte sie sich am Regal ab. Polternd fielen einige Dosen um, doch in diesem Augenblick kümmerte sie es nicht. Für sie galt nur noch eins: Sie musste sofort ins Krankenhaus.

„Johanna, was ist mir dir?" Johanna spürte übergangslos eine Hand auf ihrer Schulter. Die warme und sanfte Berührung half ihr, nicht völlig panisch zu werden. „Du bist so blass wie ein schlecht gebackener Käsekuchen."

Noch immer geschockt wegen des Anrufs nickte sie und strich sich mit dem Handrücken über die Stirn.

„Meine Tochter …", flüsterte sie, „… ist im Krankenhaus!"

Aus dem Augenwinkel heraus sah sie, wie die stellvertretende Chefin Irene einen rollbaren Tritthocker organisierte und zu ihr schob.

„Du setzt dich jetzt erst einmal hin und atmest tief durch." Ohne Widerstand ließ sich Johanna auf den Hocker drücken und sagte auch nichts, als Irene ihr das Handy abnahm und das Gespräch beendete.

„So und jetzt erzähl mal. Hast du eine schlechte Nachricht erhalten?"

Johanna nickte zustimmend und nachdem sie mehrfach Luft geholt hatte, schaffte sie es, ihrer Kollegin alles zu erzählen.

„Mila ist offenbar schwer gestürzt und auf dem Weg ins Krankenhaus." Sie nahm Irene das Handy ab. „Mehr weiß ich noch nicht. Nur, dass ich sofort zu ihr muss."

„Bist du dir sicher? Kannst du denn überhaupt fahren?" Ein prüfender Blick folgte. Irene schien zu überlegen und schüttelte dann nachdenklich den Kopf. „Eigentlich siehst du nicht fahrtüchtig aus. Ich würde vorschlagen, du trinkst im Pausenraum noch ein Schluck Wasser und ziehst dich anschließend um. Wenn du dich nicht wohlfühlst, sag Bescheid, dann finden wir eine andere Lösung."

„Danke", sagte Johanna, erhob sich und steuerte zielstrebig auf den Aufenthaltsraum zu, wo sie sich bei schlechtem Wetter immer entspannten. „Ich komme so schnell wie möglich zurück und arbeite weiter."

„Von wegen", hörte sie die energische Stimme ihrer Kollegin. „Das bekommen wir schon geregelt. Deine Tochter geht vor. Wir sehen uns frühestens morgen."

Eben hatte sie ihren Schlüsselbund doch noch in den Händen gehalten! Frustriert blickte Johanna auf ihre rechte Hand. Außer einer feinen Sandspur auf den Fingerkuppen gab es nichts Wertvolles in der Jackentasche. Übergangslos fühlte sich Johanna müde ... sehr müde und sie merkte, dass ihr alles zu viel wurde. Sie lehnte sich mit der Schulter an ihren Wagen und das feste, kühle Material half ihr, sich zu erden. Wenn der Schlüssel eben noch da gewesen war, konnte er jetzt nicht weit weg sein. Sie schloss die Augen, zählte langsam bis zehn und rief sich die Momente vor dem Telefonat noch einmal in Erinnerung. Ein Gedanke huschte auf und sie wusste plötzlich wieder, wo sie den Schlüssel gelassen hatte.

Sie drehte auf dem Absatz um und eilte so schnell wie möglich an Kunden und Kollegen vorbei, zurück zur Konservenabteilung. In die Regalreihe, wo sie eben noch gearbeitet hatte. Die Palette mit ihrem vielseitigen Angebot stand noch immer unberührt da. Die Folie klebte um zwei Drittel der Fracht und nur ganz oben, wo sie angefangen hatte zu arbeiten, fehlte ein Karton. Wahrscheinlich würde sich erst am späten Abend jemand finden, der sich dessen erbarmte. Ihr war es vollkommen egal. Es genügte ein kurzer Blick ins Regal und ein beherzter Griff, dann hielt sie ihren Schlüsselbund in der Hand. Glücklich umschloss sie ihn mit ihren Fingern.

****

In den Gängen des Krankenhauses roch es nach Desinfektionsmitteln, ihre Schuhe quietschten bei jedem Schritt. An den Wänden hingen großformatige Bilder von Wiesen mit knallroten Mohnblumen und blauen Kornblumen. Sie hatten alle das gleiche Thema, doch jedes Motiv war anders. Johanna konnte nicht anders, sie blieb kurz stehen und betrachtete ein Bild, bei dem der Fokus auf dem roten Mohn lag.

„Mama!" Das war die Stimme ihrer Tochter. Johanna fuhr auf dem Absatz herum und sah ihre Tochter in einem viel zu großen Rollstuhl sitzen. Die dunkle Lehne des Gefährts ragte links und rechts, einem Rahmen gleich, über ihr. Die Krankenschwester, die den Rollstuhl schob, stockte kurz und hielt dann auf sie zu. „Mama, endlich!"

Johanna ging vor ihrer Tochter in die Hocke und umarmte sie fest. Unzählige Tränen kullerten über Milas Wangen und hinterließen im dunkel-sandigen Gesicht eine Schmutzspur.

„Mila, alles wird gut. Nun bin ich ja da." Sie holte aus ihrer Handtasche ein Päckchen Tempotücher und tupfte ihr damit über die Wange. Erst jetzt nahm sie das große Pflaster auf der Stirn und die Schrammen in ihrem Gesicht wahr. „Was ist denn passiert?"

„Sind Sie die Mutter?", erkundigte sich die Krankenschwester mit hochgezogenen Augenbrauen und strengem Blick. Zustimmend nickte Johanna.

„Schön, dass Sie da sind. Wir werden beim Röntgen erwartet. Wenn Sie wollen, können Sie gerne mitkommen." Ein kurzes mitfühlendes Lächeln folgte, dann setzte sie das Gefährt wieder in Bewegung und Johanna musste einen Spurt hinlegen, um nicht den Anschluss zu verlieren. Minutenlang ging es durch die scheinbar unendlichen Gänge des Krankenhauses.

Vor einer überbreiten Tür, neben der ein Schild mit dem Hinweis *Röntgen – kein Zutritt* hing, stoppte die Krankenschwester den Rollstuhl.

„Mila wird irgendwann aufgerufen und hinterher kommen Sie bitte wieder zurück in die Notaufnahme." Geschäftig drückte ihr die Krankenschwester einen Stapel Zettel in die Hände und verschwand nach einem kurzen Gruß wieder.

Johanna brauchte einen Augenblick, bis sie sich orientiert hatte. Direkt neben dem Röntgenraum gab es eine Sitzecke mit Stuhlreihen und ein paar Tischchen, die unter einem Stapel Zeitschriften regelrecht verschwanden. Im Wartebereich drängte sich ein Patient neben dem anderen und so sehr sich Johanna auch bemühte, es gab keinen freien Platz mehr. Notgedrungen stellten sie sich in den Flur, direkt neben die Tür zum Röntgen.

„Nun erzähl mal, was passiert ist." Vorsichtig strich sie ihrer Jüngsten eine Haarsträhne aus dem Gesicht und sah mit Schrecken, dass die Stirnpartie immer stärker anschwoll und sich rötlich-blau verfärbte.

„Wir haben Fangen gespielt bei den Steinzähnen." Mit zwei Fingern malte Mila mehrere Zacken in die Luft und Johanna wusste sofort, welche Treppe sie meinte. Ob der Architekt je daran gedacht hatte, dass die vielen schmalen Steine, die die Treppe vom Rest des Geländes abgrenzten, von den Kindern als Spielplatz genutzt werden würden? „Gerade als ich Simone fangen wollte, bin ich ausgerutscht und gestürzt." Mit den Fingerspitzen tastete sie über den Verband. „Angeblich war ich mehrere Augenblicke nicht ansprechbar, und dann das viele Blut überall ..."

Empört richtete sie sich auf, so als ob der verantwortliche Lehrer noch in der Nähe wäre und sah sich um. „Aber da war nichts. Es stimmt nicht, dass ich bewusstlos war. Nur Kopfweh habe ich."

Mila seufzte auf und versuchte eine bequemere Position, in dem Rollstuhl zu finden. Müde schloss sie die Augen und lehnte den Kopf an die Wand. „Ganz schön kräftiges Kopfweh."

„Das kann ich mir vorstellen. Die Beule wird immer dicker und vermutlich hast du eine Gehirnerschütterung. Unter solchen Umständen brauchst du ein paar Tage Ruhe."

„Nein." Schlagartig riss Mila ihre Augen weit auf und sah sich unternehmungslustig um. „Ich habe mich doch mit meinen Freundinnen verabredet. Wir wollten die Alpakas putzen und Spazieren gehen."

„Ich glaube, das wird in den nächsten Tagen nichts." Johanna legte die Hand auf die Schulter ihrer Tochter und drückte sie sanft, aber bestimmt zurück in den Sitz. Im Augenblick gab es nichts Wichtigeres, als dass sie sich ausruhte! Siedend heiß kam ihr in den Sinn, dass sie ja eigentlich den Weidezaun hatte kontrollieren wollen ...

Und Franka! Ihre Tochter wartete garantiert zu Hause auf sie und machte sich Sorgen.

„Mila, kommst du für ein paar Augenblicke allein zurecht? Ich muss mit Mario telefonieren und ihn darüber informieren, dass wir im Krankenhaus sind. Vielleicht kann er sich ja zusammen mit Franka um die Alpakas kümmern."

„Ich komm schon zurecht." Schlaff hing Mila im Sitz und schien jeden Augenblick einzuschlafen. Da hatte sich jemand doch schwerer verletzt, als vermutet. „Geh du nur telefonieren."

Wenn sie sich doch nur zweiteilen könnte! Dies war wieder einer der Momente, wo sie sich einen verlässlichen Partner an ihrer Seite wünschte.

„Gehen Sie nur. Ich passe so lange auf Ihre Tochter auf." Johanna drehte sich um, und entdeckte gegenüber eine Frau mittleren Alters, die ebenfalls im Rollstuhl unterwegs war. Ihr rechtes Bein war in einer provisorischen Schiene gelagert. „Es dauert sicher noch, bis wir an die Reihe kommen.“

„Danke“, murmelte Johanna, lächelte ihr zu und strebte so schnell wie möglich dem Ausgang entgegen.

In der Raucherecke, umgeben von mehreren Nikotinsüchtigen, starrte sie fassungslos auf ihr Handy und verstand die Welt nicht mehr. Bis vor wenigen Sekunden hatte sie fest damit gerechnet, dass Mario sich um Franka und die Alpakas kümmern würde. Doch er hatte nur etwas von „wichtigen Termin“ genuschelt, sie vertröstet und schließlich aufgelegt. Ihr nächster Anruf, bei Frau Fabky war ähnlich erfolglos verlaufen. Ihre Nachbarin, die sonst immer zu Hause war, glänzte durch Abwesenheit. Oder zumindest war sie nicht in Hörweite des Telefons gewesen. Bei ihr hinterließ Johanna eine kurze Nachricht, dann eilte sie wieder zurück zu ihrer jüngsten Tochter.

Dösend saß Mila im Rollstuhl, ihr Kopf hing zur Seite und die Hände hatte sie unschuldig im Schoß gefaltet. Ihre Atemzüge gingen gleichmäßig und der Mund war leicht geöffnet. Die Beule an der Stirn hatte jetzt eine sehr schmerzhaft aussehende dunkelblaue Farbe angenommen.

„Frau Petersen?“ Vor ihr stand ein Pfleger in hellgrüner Montur und sah sie fragend an. „Sie sind die Mutter von Mila?“

Johanna nickte zustimmend.

„Wir haben die Röntgen-Aufnahmen gemacht. Sie können gleich wieder zurück und ins Behandlungszimmer drei gehen. Dort wird sich ein Arzt die Aufnahmen ansehen.“

Er drückte ihr die Unterlagen in die Hand und eilte, nach einem kurzen Gruß, weiter. Suchend sah sich Johanna um. *Wo war die Frau mit dem verletzten Bein geblieben?* Keine Spur mehr von ihr. Wahrscheinlich war alles schneller gegangen als angenommen. Schade, sie hätte gerne mit der Frau noch ein paar Worte gewechselt.

Vorsichtig, um Mila nicht aus ihrem Schlaf zu reißen, schob sie den Rollstuhl durch die Gänge. Zum Glück war alles übersichtlich ausgeschildert und so fand sie das Behandlungszimmer problemlos. Sie blickte auf die Uhr, die an der Stirnseite des Flurs hing. Bis jetzt war sie noch einigermaßen in der Zeit, denn Franka würde erst in einer halben Stunde nach Hause kommen. Das war also machbar.

Zu ihrer Erleichterung durfte sie mit Mila sofort in den winzigen Besprechungsraum. Johanna schloss leise die Tür hinter sich. Kurz zuckte Mila zusammen, doch sie rührte sich nicht. Neugierig sah sich Johanna in dem schlichten Raum um. Außer einem überdimensionalen Bildschirm, der den Raum dominierte, gab es nur eine schmale Liege und einen Schreibtisch mit Computertastatur und allerlei medizinischem Material. Ein Fenster, durch das man hinausblicken konnte, existierte zu ihrem Bedauern nicht. Nur ein weiteres großformatiges Foto mit Kornblumen.

Schwungvoll wurde die Tür aufgerissen und ein sportlicher Mann, mit gebräuntem Gesicht und Händen kam herein. Er war garantiert deutlich jünger als sie, dennoch fasste sie sofort Vertrauen zu ihm.

„Guten Tag, ich bin Dr. Brunner." Er reichte ihr die Hand und begrüßte anschließend Mila, die sich verschlafen die Augen rieb. „Dann erzähl mal, was passiert ist."

Während er Mila über den Unfallverlauf ausfragte, sah er sich die Röntgenaufnahmen an und betrachtete ihre Tochter anschließend mit schiefgelegtem Kopf. Hin und wieder nickte er zu Milas Ausführungen.

„In Ordnung, Mila." Er deutete auf die gestochen scharfe Aufnahme ihres Kopfes. „Also gebrochen ist nichts. Gefährliche Blutungen kann ich auch nicht erkennen. Du wirst ein paar Tage Kopfschmerzen haben und bis die Beule verschwindet, wird es auch eine Weile dauern."

Erleichtert sprang Johanna von dem unbequemen Hocker auf, der in der Ecke gestanden hatte. Sie konnten nach Hause und das auch noch einigermaßen pünktlich. Sie legte ihre Hände auf die Griffe des Rollstuhls und wollte ihre Tochter schon zum Ausgang schieben, und sich verabschieden, da sprach Dr. Brunner weiter.

„Doch da du mit hoher Wahrscheinlichkeit eine schwere Gehirnerschütterung hast, wollen wir dich sicherheitshalber für eine Nacht hierbehalten."

Wumms, diese Aussage war ein Schock für Johanna, auch wenn sie unbewusst schon damit gerechnet hatte.

„Ich möchte aber nach Hause", erklang die weinerliche Stimme von Mila. „Ich kann mich doch auch dort ausruhen."

„Du hast recht. Aber deine Mama hat garantiert nicht die Zeit, ständig nach dir zu sehen." Dr. Brunner stand von seinem Stuhl auf und ging vor Mila in die Hocke.

„Eine Nacht hier im Krankenhaus wirst du bestimmt überstehen. Du bist schließlich schon groß und wenn ich mich mit der verantwortlichen Stationsschwester unterhalte, erfahre ich immer wieder, dass es dort sehr lustig zugeht. Abgesehen davon, steht heute Milchreis auf der Speisekarte.“

Ob es nun die Aussicht auf ein leckeres Mittagessen war, oder ob Mila doch mehr Schmerzen hatte, als sie zugab, Johanna wusste es nicht. Mila brummte jedenfalls zustimmend und nachdem Johanna noch ein paar weitere Details zum Ablauf erhalten hatte, durften sie die Notaufnahme verlassen.

Wie betäubt, schob Johanna den Rollstuhl hinüber zur Kinderstation und übergab ihre Tochter der Stationsschwester. Nur mit halbem Ohr hörte sie den Erklärungen der hageren Frau zu. Mechanisch nickte Johanna und versprach kurz darauf ihrer Tochter, so schnell wie möglich zurückzukommen.

***

„Mama!“ Eine schlanke Person hüpfte von den Eingangsstufen ihres Hauses herunter. Ihre ältere Tochter riss die Wagentür auf und bestürmte sie mit Fragen. „Wo warst du so lange?“

„Hallo Franka“, sagte Johanna müde und blinzelte mehrfach kräftig. Zuerst musste sie sich um Franka kümmern, etwas zu Essen kochen und dann durfte sie sich eine kleine Pause gönnen. „Mila ist im Krankenhaus. Sie ist in der Pause unglücklich gestürzt und hat eine schwere Gehirnerschütterung.“

Sie fasste die Erlebnisse kurz zusammen, während sie ausstieg. Schweigend folgte ihr Franka und an den weitaufgerissenen Augen erkannte sie, dass der Unfall auch ihrer älteren Tochter sehr naheging. Tröstend legte sie ihr einen Arm um die Schultern und zog sie an sich.

„Hast du Mario noch gesehen?", erkundigte sich Johanna, während sie die Stufen hochstiegen und sie Frankas Schultasche zur Seite räumte.

„Nein, bei ihm ist abgeschlossen. Es hing nur eine Nachricht an der Haustür." Sie riss einen Notizzettel von der Tür und reichte ihn Johanna. „Dadurch wusste ich zumindest, dass du später kommst." Sie zuckte mit den Schultern. Dennoch konnte sie nicht verbergen, dass ihr das Ganze schwer zu schaffen machte. „Dann bin ich halt rüber zu Frau Fabky, doch leider hat sie mir auch nicht geöffnet."

„Arme Franka." Johanna schloss die Haustür auf, drückte sie an sich und strich ihr liebevoll über das Haar. „Das ist natürlich mehr als dumm gelaufen. Aber nun bin ich da und wenn du möchtest, kannst du später mit mir ins Krankenhaus kommen. Einverstanden?"

Johanna dirigierte ihre Tochter in die Wohnung und schloss die Tür. Erschöpft lehnte sie sich an den Türrahmen. Als Erstes stand Franka auf dem Programm und dann musste sie noch nach den Alpakas schauen, ob dort alles in Ordnung war. Und anschließend am späten Nachmittag wieder ins Krankenhaus.

„Ich mach uns einen Tee." Johanna stellte die Schultasche auf die Treppe und griff nach dem Wasserkocher.

Einen aromatischen Kräutertee, konnte sie jetzt gut gebrauchen, um den Geruch nach Desinfektionsmittel in ihrer Nase loszuwerden. Währenddessen stand Franka vor der weit geöffneten Kühlschranktür und studierte den Inhalt mit sachkundigem Blick. Sie stellte laut polternd mehrere Schüsseln auf den Tisch.

„Ich habe Hunger!" Sie holte zwei Gabeln und Teller und stellte sie ungefragt auf den Tisch. „Einen Tee nehme ich aber natürlich auch!"

Wenig später saßen sie einträchtig da und verzehrten die Reste vom Wochenende. Währenddessen erzählte Johanna ihr, was genau geschehen war.

„Hast du Hausaufgaben?" Im gleichen Moment ärgerte sich Johanna über sich selbst. Gerade gab es wirklich Wichtigeres. „Willst du sie sofort erledigen oder später?"

So, als ob sie nichts gehört hätte, stand Franka auf und räumte das schmutzige Geschirr in die Spüle.

„Gehen wir zu den Alpakas?" Sie wartete die Antwort ihrer Mutter gar nicht ab, sondern lief in den Flur und zog sich Schuhe und Jacke an. „Heute Nacht hat es so viel geregnet, dass die Weide ganz schlammig aussah, als ich mit dem Rad vorbeigefahren bin. Ich muss wissen, ob es ihnen gut geht."

Dem hatte Johanna nichts hinzuzufügen, auch ihr war es aufgefallen, als sie mit dem Wagen daran vorbeigefahren war. Das leidige Thema Hausaufgaben verschob sie auf später, das konnte sie auch noch am späten Nachmittag klären. Ein Besuch auf der Weide war jetzt viel schöner und so folgte sie ihrer Tochter zu ihren neuen Mitbewohnern.

„Halt Mama." Aufgeregt hob Franka die Hand und drehte auf dem Absatz um. „Wir müssen zuerst noch das Mineralfutter portionieren."

Wie gut, dass sie nach stundenlangem Umräumen des Flurs, eine Nische für diese Sachen gefunden hatten. Denn die Futtermittel oder die Ausrüstung im Wohnzimmer aufzubewahren, darauf konnte sie nur zu gut verzichten.

Interessiert sah Johanna dabei zu, wie Franka mit dem Messbecher jedem der drei Tiere eine Portion abmaß. Anders als sie, hatte ihre Tochter alles im Kopf. Dennoch nahm Johanna die Liste und verglich die Menge mit den handschriftlichen Notizen.

„Du hast das ja schon super im Griff." Zärtlich wuschelte sie Franka durchs Haar, verschloss die Packung und klemmte den Zettel dazwischen. „Dann sehen wir jetzt mal nach ihnen und hinterher besuchen wir Mila im Krankenhaus."

Auch wenn die zwei Mädchen häufig stritten, erkannte Johanna am Aufleuchten der Augen, dass sich Franka darauf freute, ihre Schwester zu sehen. Spontan drückte sie diese an sich und hauchte ihr einen Kuss auf den Scheitel.

Anders als die beiden Haflinger von Monja, standen die drei Alpakas nicht am Gatter und warteten auf sie. Zwei Futterschüsseln trug Franka, eine hielt Johanna in der Hand. Und anders als sie, wusste ihre Tochter, wie man das Tor vorsichtig öffnete. Nacheinander schlüpften sie auf die Weide und sofort versank Johanna mit ihren Gummistiefeln im durchnässten Weideland.

„Siehst du sie?" Mit der Schüssel in der Hand balancierte sie zum Unterstand. Dort lagen ihre drei Neuzugänge und hatten die Beine untergeschlagen. Ihre Köpfe, die auf langen, schlanken Hälsen saßen, drehten sich in ihre Richtung. Noch kauten Salt, Pepper und Caramel gemütlich vor sich hin. Erst als sie die Futterschalen mit dem Mineralfutter erspähten, erhoben sie sich. Dabei schwankten sie wie kleine Schiffe. Erst hinten hoch, dann vorn. Einen bangen Augenblick rechnete Johanna damit, dass sie sich einen Knoten in die Beine machten, doch wenig später standen sie ohne Probleme vor ihnen.

Bevor eines der Tiere sie umrannte, stellte Johanna ihre Schüssel auf dem Boden ab und ließ Franka freie Hand. Geschickt, so als ob sie nie etwas anderes getan hatte, sorgte diese dafür, dass jedes Tier seine Futterschüssel bekam.

Als die Alpakas sich über das Futter hermachten, streichelte Johanna Pepper über das weiche Fell. Es war so flauschig, dass sie sich beherrschen musste, um nicht ihr Gesicht daran zu schmiegen.

„Mama." Franka riss sie aus ihren Träumen. „Der Unterstand wird immer feuchter."

Notgedrungen verließ sie Pepper, allerdings nicht ohne noch ein paar Halme aus seinem Fell zu klauben. Ihre Tochter hatte recht, der seit Tagen beständige Regen hatte auch nicht vor dem Unterstand halt gemacht. Der Boden weichte immer mehr auf und nur noch wenige Ecken waren einigermaßen trocken und boten den Tieren Schutz. Der Holzbalken, der sonst dafür sorgte, dass Streu und Weide zumindest ein bisschen getrennt waren, versank ebenfalls im Matsch.

„Mal gucken, was noch da ist." Franka verschwand aus ihrem Blickfeld und Johanna folgte ihr. Unter einer großen Plane, die an einer Seite des Unterstands festgenagelt war, erkannte sie zwei Ballen Stroh, gelagert auf einer Palette sowie eine Schaufel und Mistgabel. „Viel ist es nicht. Wie blöd."

Franka bückte sich und drückte ihrer Mutter einen dicken Armvoll Stroh in die Hände. Einzelne Halme piekten sie in Hals und Hände und fast hätte sie es wieder fallen gelassen. Doch sie sollte ein Vorbild sein.

„Dafür bist du zuständig. Verteile es bitte gleichmäßig im Unterstand. Ich werde versuchen, ob ich einen Ablauf hinbekomme."

So, als ob sie nie etwas anderes getan hatte, stach Franka in den matschigen Boden und legte eine kleine Rinne rund um den Unterstand an. Dass ihre Gummistiefel und die Hose komplett dreckig wurden, kümmerte sie nicht. Kurz darauf sammelte sich in dem behelfsmäßigen Graben das Wasser und lief tatsächlich ab.

„Es ist zwar nur ein ganz kleines Gefälle, aber es hilft." Stolz und gefühlt ganze zehn Zentimeter größer als sonst, stand Franka da. „Das hat Monja auch immer gemacht, wenn es mal wieder zu sehr geregnet hat. So haben die Tiere zumindest einen trockenen Ort zum Ausruhen."

Mit offenem Mund stand Johanna da. Das Stroh piekte durch ihre Kleidung und sie war froh, als Franka es ihr abnahm und es mit geschickten Bewegungen im Unterstand verteilte.

„Mama, wir brauchen dringend eine neue Mistgabel und Sägespäne." Ganz der Profi stemmte ihre ältere

Tochter die Hände in die Hüften. „Wir müssen die Ködel einsammeln und mit Spänen einen Untergrund im
Stall herrichten."

„Woher weißt du denn das alles?", fragte Johanna verblüfft. „Wenn du möchtest, fahren wir später noch
beim Raiffeisen vorbei und gehen shoppen."

„Klar, immer gerne." Übermütig sprang Franka auf
und ab und der Matsch spritzte in alle Richtungen.

Kapitel 16

Antony

„Franka, kann ich bitte dein Hausaufgabenheft haben?" Antony sah seine Schülerin herausfordernd an und dachte über das Wort *Bitte* nach. Es klang so höflich und freundlich, passte aber herzlich wenig zu dem Anlass. Denn zum wiederholten Mal hatte Franka die Hausaufgaben nicht vorliegen und dieses Mal musste er ihre Mutter darüber informieren.

Franka unterbrach das Getuschel mit ihrer Sitznachbarin, sah ihn verwundert an und murrte unwillig. Für sie gab es halt andere Schwerpunkte im Leben. Doch davon ließ sich Antony nicht beeindrucken. Daher hob er mahnend die Augenbrauen.

Franka wusste, wann es keinen Sinn machte zu diskutieren. Sie verdrehte die Augen und bückte sich schließlich, um das gewünschte Heft herauszuholen.

Bevor er zum Pult zurückkehrte, sammelte er bei zwei weiteren Kindern die Hefte ein. Er legte sie auf den großen Papierstapel, der aus einer wilden Mischung aus korrigierten Arbeiten, Briefen an die Eltern und Unterrichtsmaterial bestand. Die Nachrichten wegen der vergessenen Hausaufgaben würde er direkt in den nächsten Minuten erledigen. Nicht, dass er es selbst noch vergaß!

„In der nächsten Stunde sprechen wir zum letzten Mal über unsere Möwen, dann steht in absehbarer Zeit ein Test an. Aber das habt ihr sicher schon vermutet.“

Die Pausenglocke unterbrach ihn und zwei Dutzend Kinder erhoben sich. Fröhlich lachend und Pläne schmiedend für den Nachmittag, gingen sie nach draußen. Dass der Fußball schon im Klassenzimmer über den Boden rollte und nicht erst auf dem Außengelände, ertrug er mit Fassung. Ganz zum Schluss und mit gesenktem Kopf ging Franka an ihm vorbei. Sie schlug die Tür lauter zu als nötig und vor Schreck wäre ihm fast der Kugelschreiber aus der Hand gefallen.

Als er endlich allein im Klassenzimmer war, setzte er sich auf seinen Stuhl und ließ den Blick über die einzelnen Arbeitsplätze schweifen. Fieberhaft überlegte er, was er Frau Petersen schreiben sollte. Eigentlich hatte er einen Standardtext für vergessene Hausaufgaben. Doch bei Franka? Er musste an Frau Petersen denken, an ihr Gespräch am Strand und das traurige Schicksal, das Franka ganz bestimmt noch immer beschäftigte. Den Tod ihres Vaters hatte das Mädchen garantiert noch lange nicht bewältigt. Besser wäre es, wenn er mit der Mutter noch einmal telefonierte. Und so schrieb er eine entsprechende Notiz in das Heft.

Kapitel 17

Johanna

„Mario." Johanna klopfte an die Wohnungstür. „Bist du zu Hause?"

Eigentlich eine überflüssige Frage, denn sein Wagen stand in der Einfahrt. Da er aber nicht antwortete, schlief er vermutlich. Oder war er draußen und ging spazieren?

Suchend drehte sich Johanna um, musterte ihren Garten, wo inzwischen der erste Löwenzahn blühte und das Gras eine saftig-grüne Farbe bekam. Langsam wurde es Zeit, den Rasenmäher aus dem Winterschlaf zu befreien und das Messer zu schärfen. Ob Mario das vielleicht für sie übernehmen könnte?

„Du hattest geklopft?" Nun ging die Tür doch auf und ein verwuschelter Mario mit schläfrigem Blick stand vor ihr. „Entschuldige, ich hatte eine unruhige Nacht und bin auf dem Sofa eingeschlafen."

Flüchtig strich er sich die Haare glatt und versuchte, sein arg faltiges Shirt zu richten. Sein Gesicht war grau und der Bart ungewohnt stoppelig. *Ob bei ihm wirklich alles in Ordnung war?*

„Entschuldige", sagte Johanna und legte den Kopf schief. „Ich wollte nicht stören. Aber ich muss gleich zur Arbeit. Mein Chef braucht mich bei der Spätschicht, dabei hatten wir extra vereinbart, dass ich eigentlich nur vormittags ..."

Sie verstummte und blickte nach oben, weil Franka auf dem Treppenabsatz erschienen war. „Franka, warte einen Moment, ich komme gleich."

„Entschuldige", sagte sie und drehte sich wieder zu ihrem Mieter um. „Ich möchte nicht ständig Frau Fabky um Hilfe bitten. Sie ist eine ältere Dame und momentan spielt ihr Blutdruck wieder verrückt."

Mario nickte und unterdrückte ein Gähnen. Er schien nicht sonderlich begeistert darüber zu sein, dass sie bei ihm geklopft hatte. Egal, sie wollte ihrer hilfsbereiten Nachbarin nicht ständig die Kinder aufs Auge drücken. Abgesehen davon hatte Mario selbst angeboten, sie hin und wieder zu unterstützen. Und heute war so ein Tag.

„Kannst du bitte ein Auge auf die Mädchen haben? Franka sitzt noch an den Hausaufgaben, ist aber bald fertig. Mila liegt auf dem Sofa und hört Musik. Sie muss sich weiterhin ausruhen und möglichst viel schlafen. Abgesehen davon", sie drehte sich auf dem Absatz um und deutete zu ihrem Wagen, „haben Franka und ich kürzlich Späne für den Unterstand gekauft. Ob du vielleicht ..."

Diese Frage konnte sie noch nicht einmal ganz aussprechen, da schüttelte Mario auch schon ablehnend den Kopf.

„Nein, tut mir leid, mein Rücken streikt gerade. Vermutlich der Ischias-Nerv. Ich kann mich nicht bücken, geschweige denn etwas heben."

So ein Mist! Ein Seufzer schlüpfte über ihre Lippen. Dann würde sie die Packen halt mit Franka rüberfahren müssen. Wie gut, dass die alte Schubkarre noch ihren Dienst tat.

„Alles klar, ich danke dir." Zum Abschied hob sie noch einmal die Hand und ging enttäuscht über seine Absage zur Treppe. Sie hatte so sehr darauf gehofft, mit ihm jemanden zu haben, der auch mal mit anpackte.

„Franka." Erwartungsvoll blickte ihre ältere Tochter sie an. „Ich muss heute länger arbeiten. Kannst du dich um die Alpakas kümmern und sie füttern?"

„Klar Mama, das schaffe ich auch allein. Ich guck auch, ob sie genug Wasser haben und gesund sind."

„Sehr gut." Spontan drückte Johanna ihre älteste Tochter an sich. „Mario ist da, falls es Probleme gibt."

„Schon klar." Wie gönnerhaft das klang. *Oder eher stolz darauf, dass Johanna ihr all das zutraute?*

„Und morgen hilfst du mir beim Schleppen der Spänesäcke, ja?"

„Was sonst?" Ohne sich weiter um sie zu kümmern, sprang Franka die Treppe hoch in ihr Zimmer. Ein lautstarker Knall signalisierte Johanna, dass die Tür garantiert zu war. Auch gut. Hoffentlich gab es heute keine Katastrophen. Ihr Bedarf war für die nächsten Jahre gedeckt.

Nachdem sie Mila noch ein Glas mit Apfelsaftschorle gebracht und sie zum Abschied einmal fest an sich gedrückt hatte, stieg sie ins Auto und fuhr zur Arbeit.

***

Schon wieder drei Tage hintereinander Spät-
dienst. *Wie kam ihr Chef nur auf die Idee, sie ständig
dafür einzuteilen?* Wütend knallte Johanna ihre Handtasche auf das Schränkchen im Flur und das Bild von
ihrem Mann wackelte bedrohlich. Doch es fiel nicht
um, da sie es im letzten Augenblick auffing. Sie lächelte
dem Foto ihres Mannes zu, spürte den stechenden
Schmerz der Trauer und stellte das Bild wieder ordentlich hin. Diese späten Arbeitszeiten machten ihr
mehr zu schaffen, als ihr lieb war und sie ärgerte sich
über ihren Chef, der auf ihre Wünsche herzlich wenig
Rücksicht nahm.

Anschließend setzte sie sich auf die untere Stufe der
Treppe und zog ihre Schuhe aus. Ihre Füße schmerzten
und Johanna war froh, jetzt einen Tag frei zu haben.
Zeit, sich um ihre Kinder und um die Alpakas zu kümmern. Schließlich mussten die Säcke mit Spänen auf
die Weide und der Zaun kontrolliert und der E-Draht
nachgespannt werden. *Ob sie mit ihren Kindern heute
Abend noch einen Plan erstellen konnte, damit endlich
klar war, wer für was verantwortlich war? Und ob sie
wohl Zeit für ein Gespräch mit Mario fand?* Sie
brauchte ihn nämlich, um neue Zaunpfosten einzu-
schlagen. Gestern hatte sie voller Schrecken festge-
stellt, dass mindestens drei von ihnen wackelten.

Nachdem sie sich im Bad die Hände gewaschen und
sich mit etwas kaltem Wasser erfrischt hatte, lief sie in
die Küche.

Jetzt nur noch schnell die Kartoffeln kochen, mit den
Kindern Abendbrot essen und dann hatte sie endlich
Feierabend. Johanna setzte den Topf auf den Herd und
schaltete ihn an. Anschließend schnitt sie die Tüte mit

dem Tiefkühlgemüse auf und lauschte dem Rascheln. Wie gut, dass sie immer etwas Suppengemüse auf Lager hatte. Nachdenklich strich sie über die Verpackung und genoss das angenehm kühle Gefühl auf der Haut. Ihr Mann Norbert hatte für sein Leben gern Kartoffelsuppe gegessen und jedes Mal, wenn sie diese kochte, musste sie unwillkürlich an ihn denken.

Wenn die Kartoffeln kochten, würde sie das Gemüse dazugeben und dann … Sie hielt inne, rieb sich die Augen und gähnte herzhaft. Sobald sie zu Abend gegessen hatten, und die Kinder auf ihren Zimmern waren, würde sie ebenfalls kurz darauf schlafen gehen.

Bis das Wasser kochte, brauchte es noch eine Weile. Sie sah auf die Uhr und ging ins Wohnzimmer. Einfach nur ein paar Minuten Pause machen. Mitten im Raum stand der Wäschekorb, der nur darauf wartete, dass sie die frisch gewaschenen Handtücher zusammenlegte. Doch das Sofa lockte mit seinen bequemen Polstern und sie ließ sich nur zu gern hineinsinken. Tat das gut! Die Polster verschlangen sie regelrecht und Johanna blinzelte der Wäsche zu. Darum würde sie sich später kümmern. Sie lehnte sich zurück und schloss die Augen. Nur einen kleinen Augenblick ausruhen, dann würde sie sich wieder um das Abendessen kümmern.

„Mama! Mama!"

Ein durchdringendes Pfeifen, das in den Ohren schmerzte, war zu hören. Unerbittlich und ohne Unterlass. Dabei war der Traum gerade so schön gewesen. Doch das Pfeifen hielt an und schien sich sogar noch zu verstärken. Nur langsam und widerwillig kam sie aus den Tiefen ihres Traums hervor.

Wo war sie? Ihr Kopf fühlte sich wie Watte an und ihre Glieder waren schwer wie Blei. Träge blinzelte Johanna und versuchte, dieses lähmende Gefühl, das sie umfing, zu vertreiben.

„Mama, schnell!" Die Stimme ihrer Tochter klang panisch. Ungewohnt panisch. „Die Kartoffeln brennen!"

Jetzt war sie wach, und zwar schlagartig. Sie setzte sich aufrecht hin und schnupperte. Der stechende Geruch nach Verbranntem lag in der Luft. Ein eiskalter Stich ging durch ihr Herz und für einen Augenblick hatte sie das Gefühl, dass es stillstand.

War sie eingeschlafen? Darüber konnte sie im Augenblick nicht nachdenken, denn schmerzhaft strömte Adrenalin durch die Adern und half ihr, übergangslos zur Besinnung zu kommen. Sie sprang so schnell vom Sofa auf, dass ihr schwindelig wurde und sie sich am Wäschekorb abstützen musste. Krachend fiel dieser um, die Kleidungsstücke purzelten zu Boden und verteilten sich gleichmäßig im Raum. Mit einem weiten Sprung hechtete sie darüber hinweg.

Jetzt wusste sie, was für den Gestank und den Lärm verantwortlich war. Ihr geplantes Abendessen! Ohne nachzudenken, stürmte sie in die Küche, stieß sich dabei unsanft am Türrahmen und sah ihre Tochter Mila, wie diese gerade beide Flügel des Küchenfensters öffnete. Mit einem Geschirrtuch stand sie anschließend vor dem Fenster und wedelte kräftig. Johannas zweiter Blick galt dem Herd, wo ein rettender Engel den Topf bereits vom Herd gezogen hatte. Sowohl Topf als auch sein Inhalt glichen Kohle, nachtschwarzer Kohle erster Güte. Der Qualm setzte sich in ihren Atemwegen fest, kratzte äußerst unangenehm und Johanna wurde von einem Hustenanfall geplagt. Minutenlang stand sie da und hustete, während ihre Augen unablässig tränten.

Noch immer hustend kehrte sie ins Wohnzimmer zurück und riss auch dort alle Fenster auf. Dieses Mal freute sie sich auf den Wind, der ihr helfen würde, den giftigen Rauch aus der Wohnung zu bekommen.

Endlich zogen die Rauchschwaden nach draußen ab und der beißende Geruch verflüchtigte sich langsam. Auch der Rauchmelder hatte ein Einsehen und stellte seinen Dienst ein, wie Johanna erleichtert feststellte. Endlich Ruhe, nur ihre Ohren klingelten noch von der ungewohnten Beanspruchung.

„Mama." Mila rannte auf ihre Mutter zu und umarmte sie. „Ich hatte solche Angst. Der Topf hat rot geglüht und alles andere war schwarz, als ich in die Küche kam. Dazu noch dieser Gestank und der Lärm." Während sie daran dachte, schüttelte sich Mila in ihren Armen und kämpfte sichtbar mit der Erinnerung.

Zärtlich küsste Johanna den Scheitel ihrer Tochter und wiegte sie sanft hin und her. Ihre Schulter schmerzte von der Kollision mit dem Türrahmen. Doch sehr viel mehr plagten sie die Schuldgefühle, weil sie eingeschlafen war. Von dem geplanten Abendessen war nur Kohle übrig geblieben. Eine heiße und äußerst unangenehm stinkende Masse. Mila hatte zum Glück richtig reagiert und den Topf mit einem Kochlöffel vom Herd geschoben und ihn dann ausgeschaltet.

„Danke dir, mein Schatz." Noch einmal hauchte sie ihr einen Kuss auf die Haare und stellte überrascht fest, wie groß und reif ihre Tochter in den letzten Monaten geworden war. „Du hast alles richtig gemacht. Ich bin auf dem Sofa eingeschlafen und habe nicht mehr an das Essen gedacht."

Sie legte eine Hand auf die Schulter ihrer Tochter und dirigierte sie nach draußen, zur Bank unter dem Walnussbaum. Der Schatten wirkte einladend und das sanfte Rascheln der Blätter half ihr, wieder zur Ruhe zu kommen.

„Setz dich hin und hole tief Luft. Wir lüften jetzt die Wohnung gut durch und ich stelle den Topf nach draußen. Sobald er abgekühlt ist, kommt er samt Kartoffeln in den Müll."

Mila, noch immer blass um die Nase, nickte schwach. Sie lehnte sich an die Bank und hielt die Augen geschlossen. Besorgt musterte Johanna sie. Sie musste unbedingt mit dem Kinderarzt telefonieren. Nicht, dass ihre Tochter zu viel von den giftigen Dämpfen eingeatmet hatte.

Fieberhaft überlegte Johanna. Auf Kartoffelsuppe hatte sie keinerlei Appetit mehr. Doch etwas essen sollten sie unbedingt. Daneben bot sich dann auch die Gelegenheit, beim Kinderarzt anzurufen. „Wie wäre es, wenn ich uns eine Pizza bestelle?"

Ihre bis eben noch erschöpft wirkende Tochter richtete sich auf, ihre Wangen bekamen leicht Farbe und sie nickte ihr schon wieder deutlich fröhlicher zu.

„Alles klar. Dann bestelle ich uns zwei große Pizzen mit Salami und Pilzen." Während sie ins Haus lief, und gleichzeitig zwei Stufen auf einmal nahm, drehte sie sich noch einmal zu Mila um. „Wo ist eigentlich Franka? Ist sie in ihrem Zimmer?"

„Keine Ahnung. Mir sagt sie nichts mehr." Bei diesen Worten zuckte sie mit den Schultern. „Also im Zimmer ist sie nicht, dort herrscht Todesstille. Kann es sein, dass sie bei den Alpakas ist?"

***

War es der Duft der Pizza, der Franka herbeilockte? Kaum hatte der Pizzabote geklingelt und Mila ihm die beiden vor Fett triefenden Kartons abgenommen, sah Johanna, wie ihre ältere Tochter über den Rasen schlenderte. Sie hatte ihre Übergangsjacke um die Hüfte gebunden und ihre Jeans war fleckig.

„Schön, dass du kommst." Johanna drückte ihre älteste Tochter an sich und hauchte ihr einen Kuss auf den Scheitel. „Wo warst du? Bitte denk daran, dass du Bescheid sagst, wenn du eine Freundin besuchst. "

Ein kurzes Gebrummel als Antwort, dann zog Franka ihre Schuhe im Flur aus und folgte ihnen ins Wohnzimmer. Kurz krauste sie die Nase, als sie an der Küche vorbei ging, doch es kam zu keiner Nachfrage.

Eigentlich aßen sie nur in Ausnahmefällen im Wohnzimmer. Doch heute war ein solcher Tag. Johanna hatte schon die Teller und Gläser hingestellt und Minuten später saßen sie zu dritt am Wohnzimmertisch und ließen sich die Pizza schmecken.

„Ich brauche noch eine Unterschrift von dir", nuschelte Franka mit vollem Mund und blickte voller Inbrunst auf den Rest des großen Pizzastücks, als ob dies für alles verantwortlich sei. „Soll wichtig sein."

Immer wenn Franka etwas so scheinbar Belangloses von sich gab, läuteten bei Johanna inzwischen die Alarmglocken.

„Eine Unterschrift? Wofür?", fragte Johanna so entspannt wie möglich, denn sie wollte unbedingt verhindern, dass ihre Tochter wieder abblockte und die Stimmung am Tisch vermieste. Es gab für sie nichts schlimmeres, als eine beleidigt schweigende Tochter, die einfach auf ihr Zimmer verschwand und die Tür hinter sich zu knallte.

„Ich würde sagen, du bringst es mir nach dem Essen und ich schau es mir an, während ihr euch bettfertig macht."

Zustimmendes Nicken, das nächste Stück Pizza verschwand schneller in dem Mund ihrer Tochter, als sie vermutet hatte. Da hatte jemand offenbar einen spannenden Nachmittag draußen an der Luft verbracht.

„Was hast du heute gemacht?", fragte Johanna ihre älteste Tochter. „Hast du nach den Alpakas gesehen? Hast du die Ködel aufgesammelt und das Wasser kontrolliert?"

Zustimmend nickte Franka, während sie in die Pizza biss. Ein paar gebratene Pilze fielen herunter und landeten auf dem Teller.

„Ich habe Mama heute das Leben gerettet", warf Mila jetzt ein. „Deshalb gibt es auch Pizza."

„Ja, ja. Das kann jeder behaupten." Franka schob ihre Pilze auf dem Teller hin und her, die nun vermischt mit Tomatensoße und Käsehobeln, sehr schlapp aussahen. Dann pickte sie mit den Fingern einen Pilz nach dem anderen auf und steckte sie in den Mund. „Ich war unterwegs."

Sie zuckte mit den Schultern und reagierte auch nicht weiter, als Johanna vorsichtig nachbohrte. Nun gut. Franka war alt genug, um zu wissen, was sie tat. Als nur noch zwei leere Kartons und ein paar verkohlte Stückchen vom Pizzarand auf dem Tisch lagen, wollte Franka direkt aufspringen. Entschlossen klatschte Johanna in die Hände.

„Denkst du daran, dass du mir noch etwas bringen wolltest? Und dein Geschirr bitte in die Küche, ich räume es dann später ein."

Oh, erinnere nie ein pubertierendes Kind an etwas. Es kann böse enden. Sie musste an die manchmal etwas schrägen Weisheiten ihrer Arbeitskollegin Irene denken, als sie nun den mehr als unwilligen Blick ihrer Tochter sah.

Nachdem die Kinder ihr Geschirr zusammengestellt und in die Küche getragen hatten, kam Mila noch kurz zu ihr, um Gute Nacht zu sagen. Ein kleines Lied summend, hüpfte sie anschließend in den Flur. Anders als Franka, diese stapfte mit so viel Power die Treppe hoch, dass Johanna schon befürchtete, dass Mario sich bei ihr beschweren würde. Aber nein, nichts geschah und sie seufzte erleichtert auf. Vielleicht sah er gerade YouTube Videos und hörte nicht, wie trubelig es bei ihnen zuging. Sie erhob sich und betrat die Küche. Der stechende Geruch nach Ruß lag weiterhin in der Luft. Doch es war schon deutlich besser geworden als vor gut einer Stunde. Sie schloss das Fenster mit einer energischen Bewegung. Morgen würde sie noch einmal sämtliche Flächen in der Küche abwaschen, dann sollte die Beinahe-Katastrophe vergessen sein.

„Hier!" Das Hausaufgabenheft zischte über den Küchentisch, rutschte haarscharf an einem angebissenen Apfel vorbei und kam vor der Tischkante zum Liegen.

Johanna schrak zusammen. Sie hatte nicht mitbekommen, dass Franka zurückgekehrt war. „Ich packe es dann morgen früh ein."

Kurz darauf verschwand ihre Tochter wieder. Kopfschüttelnd sah Johanna ihr hinterher. *Was für eine Laus war ihr denn über die Leber gelaufen?* Zu gern hätte sie sich noch kurz mit ihr unterhalten. Sie nahm das Heft und blätterte es durch. Eigentlich hatte sie mit einer Erinnerung für das Klassenkassengeld gerechnet. Doch das? Sie lehnte sich gegen die Anrichte und blätterte das Heft erneut durch. Statt der Handschrift ihrer Tochter, mit der sie ihre Notizen machte, fand sie darin eine gestochen scharfe Handschrift. Und zwar nicht nur auf einer, sondern gleich auf zwei Doppelseiten.

Ihr Aufseufzen kam aus tiefstem Herzen. Dass Franka nicht gern zur Schule ging, und alle Lehrer doof fand, das wusste sie. Doch, dass sie nicht einmal ihre Hausaufgaben machte, war ihr neu. Franka schien in der Schule mehr zu schlampen, als ihr lieb war. Johanna nahm einen Kugelschreiber und antwortete dem Klassenlehrer.

In dem Zimmer von Franka brannte kein Licht mehr. Ihre Tochter hatte sich die Decke bis zum Kinn hochgezogen und lag mit dem Gesicht zur Wand. Die Atemzüge, die Johanna vernahm, waren gleichmäßig und ruhig. Dennoch war sie sich sicher, dass Franka nicht schlief, sondern nur so tat. Das schlechte Gewissen schien ihr arg zuzusetzen.

Johanna setzte sich vorsichtig auf die Bettkante und streichelte sanft über den Kopf ihrer Tochter. Der bis eben unter der Decke verkrampfte Körper schien sich zu entspannen. Statt mit ihr zu schimpfen, saß sie einfach nur da und sang leise das Gute-Nacht-Lied, welches sie früher immer gesungen hatte, als die Kinder noch klein gewesen waren.

Kapitel 18

Antony

„Guten Abend Frau Petersen." Antony setzte sich in seinen gemütlichen Wohnzimmersessel und legte die Füße hoch. Normalerweise saß er bei Telefonaten mit Eltern immer an seinem Arbeitsplatz, doch heute war ihm nicht danach zumute.

„Schön, dass Sie die Zeit gefunden haben. Das freut mich sehr." Er nahm einen Schluck von seinem Aperol und ließ die Eiswürfel im Drink kreisen. Das leise Klirren war äußerst entspannend und trotz des ernsten Themas freute er sich, ihre Stimme zu hören. „Es geht um Franka und um die nicht gemachten Hausaufgaben ..."

Antony nahm einen weiteren Schluck, spürte dem Geschmack nach und schloss die Augen. Diese freundliche Stimme, die sich so spät am Abend müde anhörte und doch einen mütterlich-warmen Klang bekam, wenn sie über ihre Kinder sprach ... er brauchte noch nicht einmal die Augen zu schließen, um ihr Gesicht vor sich zu sehen.

Frau Petersen – er korrigierte sich in Gedanken – *Johanna*, war vollkommen anders als seine Frau. Während seine Ex-Frau nur auf ein gut gefülltes Bankkonto schielte, auf regelmäßige Reisen in aller Herren Länder pochte und jeden Tag zu ihrer persönlichen Kosmetikerin ging, war sie eine Frau mit einer natürlichen Schönheit. Wobei, Antony strich sich nachdenklich über die Lippen, wahrscheinlich fand sie einfach nicht die notwendige Zeit, um sich eine Maniküre oder Fußmassage zu gönnen.

„Wie ich Ihnen bereits geschrieben habe, vergisst Franka immer wieder die Hausaufgaben. Allein in den letzten drei Wochen gab es mindestens jeden zweiten Tag nicht erledigte Arbeiten. Franka ist ein schlaues Mädchen, doch leider …"

Die Eiswürfel schmolzen schneller, als er erwartet hatte, dadurch schmeckte sein Aperol wässrig und nahm langsam Raumtemperatur an. Mit zwei großen Schlucken leerte er das Glas. Gleichzeitig lauschte er den Erklärungen von Frankas Mutter und nickte immer wieder verstehend.

„Ja, das denke ich auch. Lassen Sie sich das Heft weiterhin jeden Tag zeigen und vielleicht können Sie mit ihr auch Vokabeln pauken."

Immer diese Lehrerwunschliste; in solchen Momenten musste er über sich selbst schmunzeln. Wusste er doch selbst, wie viele Probleme manchmal einen Tag vermiesen konnten und die besten Vorsätze sich plötzlich in Luft auflösten.

„Hat Franka Ihnen schon vom geplanten Ausflug erzählt?" Bevor Frau Petersen nun völlig deprimiert das Telefonat beendete, wechselte er lieber schnell das Thema und freute sich sehr, als er mitbekam, wie fröhlich sie plötzlich klang. Und wie von selbst wurde das Gespräch nun immer persönlicher.

Kapitel 19

Johanna

„Mama, Salt hat Antonia getreten." Ein Schrei hallte über den Hof und erschrocken stellte Johanna den Putzeimer auf dem Boden ab. Das Wasser spritzte in alle Richtungen und sprenkelte den Küchenboden. Notgedrungen lehnte sie den Schrubber an die Wand und zog die Handschuhe aus. Nun hatte sie endlich mal Zeit die Böden zu wischen und dann das. Die nächste Katastrophe bahnte sich an und mit einem unguten Gefühl in der Bauchgegend eilte sie in den Flur. Schon durch die geschlossene Tür hörte sie das herzerweichende Weinen eines Kindes. Hoffentlich war es keine schwere Verletzung. In ihren albtraumhaften Vorstellungen sah sie ein blutüberströmtes Kind, eine große klaffende Fleischwunde auf der Stirn und wie sie hastig zur Notaufnahme fuhr ... Nun ärgerte sie sich darüber, dass sie den Mädchen erlaubt hatte, allein auf die Weide zu gehen.

Sie öffnete die Haustür und ließ die beiden herein. Tröstend hatte Mila ihren Arm um die Schulter ihrer Schulfreundin gelegt und dirigierte sie in die Küche. Während sie an ihr vorbei gingen, kontrollierte Johanna das Kind. Keine offensichtliche Verletzung auf den ersten Blick zu erkennen. Zum Glück auch keine völlig blutige Jacke. Johanna erlaubte sich ein erstes, leises Aufseufzen.

Das Mädchen, mit seinen rot-blonden Haaren und den unzähligen Sommersprossen im Gesicht hatte gerötete Augen, und die Tränen rannen ungehindert über ihre Wangen. Schluchzend ließ sie sich auf den nächsten freien Sitz plumpsen. Ihre Hand hatte sie zur Faust geballt und presste sie gegen ihren Oberkörper.

Dieses ungute Gefühl in der Magengegend, die große Angst, dass das Kind schwer verletzt vor ihr saß, wuchs wieder an. Johanna zählte bis zehn und rief sich in Erinnerung, dass ein weinendes Kind immer ein gutes Zeichen war.

„Wir haben nichts gemacht." Mila stand neben ihrer Freundin und sah ebenfalls blass um die Nase herum aus. „Wir wollten unsere neuen Mitbewohner nur ein bisschen füttern. Doch dann hat Salt einfach getreten!"

Lautstark schniefte Antonia und fuhr sich mit dem Jackenärmel über die Nase. Zustimmend nickte sie.

„Mein Knie", flüsterte sie mit zittriger Stimme. „Das tut so weh."

„Wo hat Salt dich denn getreten?" Johanna beugte sich zu dem Kind hinab und strich ihr tröstend über die Stirn. „Darf ich das einmal sehen?"

Antonia nickte zustimmend und streckte das Bein aus. Mit der linken deutete sie auf ihre Jeans. Ihre sonst so toughe Tochter stand hinter ihrer Freundin und schaute mit einem betretenen Gesichtsausdruck gen Boden.

Moment, was war das? Verwundert rieb sich Johanna über die Augen und atmete einmal tief durch. Unterhalb des Knies sah sie einen schmutzig-schlammigen Fleck, aber kein Blut!

„Kannst du die Hose mal ein Stück hochziehen?" Mit einem dramatischen Aufseufzen kam das Mädchen ihrer Frage nach. Der Fall war schlimmer als gedacht und Johanna biss sich auf die Lippen, um nicht laut aufzulachen.

„Mila, bringst du mir bitte einmal ein feuchtes Tuch? Ich muss die Stelle reinigen."

Zustimmendes Gebrumme von Mila folgte, offenbar war sie froh, helfen zu dürfen. Das Rauschen von Wasser erklang und wenige Augenblicke später hielt Johanna ein tropfendes Etwas in der Hand. Ihre Tochter meinte es wieder einmal zu gut. Aufseufzend ging Johanna zur Spüle, wrang das Tuch aus und kehrte anschließend zur immer noch unglücklich dreinschauenden Patientin zurück.

„Ich muss die Stelle erst einmal gründlich reinigen. Wo hat dich Salt denn getroffen?" Forschend blickte sie das Mädchen an.

„Hier! Und zwar ganz doll!" Bei diesen Worten hob sie das Bein anklagend in die Höhe.

„Es wird jetzt ein bisschen wehtun, aber ich muss die Wunde reinigen." Bei dieser Ankündigung zuckte Antonia erschrocken zusammen und schloss die Augen. Tröstend strich sie dem Kind über den Kopf. „Keine Angst, ich bin ganz vorsichtig."

Sanft tupfte sie mit dem Lappen über die Stelle am Knie. Dabei stöhnte Antonia immer wieder auf und zuckte zusammen. Nach ein paar Minuten war das

Bein sauber und die Haut ohne jegliche Verletzung. Nein, Johanna täuschte sich nicht. Von einer Trittverletzung oder gar einer großflächigen Schwellung keine Spur!

„Ich kann dich beruhigen." Johanna warf schwungvoll den schmutzigen Lappen in die Spüle und blickte als Erstes Antonia und dann Mila an. „Salt hat dich vielleicht mit seinem Fuß gestreift, aber es ist nichts passiert."

„Nein?" Dieses Mädchen war eine perfekte Schauspielerin, wie Johanna mit einem leisen Schmunzeln dachte. Erleichtert sprang das Mädchen auf, die eben noch verkniffene Mundpartie verschwand übergangslos. Stattdessen leuchteten nun ihre hellblauen Augen freudig auf. „Dabei tat es so weh."

„Ich denke mal, das war der Schreck. Aber sieh dir dein Knie an. Da ist nichts zu erkennen. Nur deine Jeans ist ein bisschen schmutzig, mehr nicht."

Mila schüttelte den Kopf. „Und ich dachte schon … ", murmelte sie leise und strich nochmals prüfend über das Bein. „Was für ein Glück."

„Ja, es ist nichts passiert und darüber bin ich mehr als erleichtert. Eine Gehirnerschütterung reicht mir für die nächsten Wochen. Ich möchte die Notaufnahme ungern noch einmal beehren." Johanna ging zum Kühlschrank und holte eine Schale mit Quarkspeise heraus. „Möchtet ihr euch erst einmal stärken und anschließend in Milas Zimmer gehen und spielen?"

Dort, so dachte Johanna mit einem Anfall von Galgenhumor, bestand am wenigsten die Gefahr, dass die beiden sich verletzten.

Kapitel 20

Johanna

„Hallo Frau Petersen, schön Sie zu sehen."

Johanna stockte in der Bewegung und hob grüßend die Hand. Hatte sie doch eben richtig gesehen, dass ihre Nachbarin über die Straße gelaufen war. Rasch leerte sie den Eimer mit den Ködeln auf dem provisorischen Misthaufen und räumte die Schaufel in den Winkel, den es zwischen Unterstand und Zaun gab. *Ob Mario ihr vielleicht …?* So schnell wie der Gedanke aufkam, schob sie ihn auch schon wieder in die hinterste Ecke. Bis jetzt hatte Mario sie zumindest in dieser Beziehung mehr als enttäuscht und einen kleinen Witterungsschutz für ihre Werkzeuge würde sie auch noch allein hinbekommen.

Zum Abschied strich sie Salt noch einmal über das kuschelig weiche Fell und stiefelte dann zum Gatter.

„Hallo Frau Fabky." Leicht außer Atem trat sie an den Zaun und öffnete das Tor. „Wollen Sie unseren neuen Familienzuwachs bewundern?"

Ihre Nachbarin, die heute ein gepunktetes Kopftuch, passend zu ihrer hellblauen Übergangsjacke, trug, nickte zustimmend. Ihre dunkelbraunen Augen funkelten unternehmungslustig und mit ihrem Spazierstock deutete sie auf die drei Alpakas.

„Mila hat mir vorhin wieder vorgeschwärmt, wie toll es mit Ihren Alpakas ist. Besonders erwähnt hat sie, dass sie ganz lieb und brav sind."

„Das sind sie." Während Johanna das Gatter zuzog, erzählte sie ihrer Nachbarin von dem Zwischenfall mit Milas Freundin. „Obwohl nichts zu sehen war, haben die Eltern am Abend noch einen Aufstand gemacht." Schon allein bei der Erinnerung daran schüttelte sich Johanna heftig. „Ab jetzt dürfen die Mädels mit ihrem Besuch nur noch auf die Weide, wenn ich mitkomme!"

Und ich eine Haftpflichtversicherung abgeschlossen habe, ergänzte sie in Gedanken. Die Liste mit all den Dingen, die sie dringend erledigen musste, wurde immer länger. Vielleicht fand sie in den nächsten Tagen ja etwas Zeit und Ruhe dafür.

„Ich muss sagen, sie gefallen mir." Frau Fabky stützte sich am Gatter ab und beobachtete die Alpakas, die nun am anderen Ende der Weide standen und vom Gras naschten. „Wenn es mal etwas trockener ist und Sie ein bisschen Zeit für mich übrighaben, darf ich Ihre Tiere dann noch einmal besuchen?"

„Aber gerne doch." Johanna klapperte mit der Kette. „Sie können auch jetzt hineingehen."

„Nein, lassen Sie es gut sein. Mein Schuhwerk ist nicht geeignet dafür und das Gras ist mir zu rutschig." Entschuldigend schüttelte sie den Kopf. „Ich bin jetzt über achtzig, da muss man sich manche Aktion zwei Mal überlegen."

Zustimmend nickte Johanna. Ihre alte Nachbarin lebte allein und unter diesen Umständen verstand sie ihre Vorsicht sehr gut.

„Hat Mila Ihnen ausgerichtet, dass ich Sie etwas fragen wollte?“

Die alte Frau nickte zustimmend und ein wissendes Lächeln erschien auf ihrem Gesicht. Die unzähligen Falten, die das Gesicht zierten, machten sie unheimlich liebenswert. Jedes ihrer Grübchen schien für unzählige Erinnerungen zu stehen.

„Ja, das hat sie. Natürlich dürfen Sie gerne den Abend in der Gesellschaft eines Mannes verbringen.“

Huch? Die Kette klapperte lautstark, als Johanna sie vor Überraschung fallen ließ. Von einer Verabredung mit einem Mann hatte sie Mila überhaupt nichts erzählt, nur dass sie an diesem Abend etwas unternehmen wollte.

„Wie bitte?“ Johanna hob Schloss und Kette auf und dieses Mal gelang es ihr, das Tor richtig zu sichern. Vor lauter Vorfreude klopfte ihr Herz schneller als gewohnt. „Davon war gar nicht die Rede.“

„Kindchen, schon klar. Sie sind eine nette junge Frau, die sich schon viel zu lang allein durch das Leben schlägt. Gehen Sie aus, lernen Sie attraktive Männer kennen und lieben.“

Johanna konnte nicht anders, sie schüttelte den Kopf. „Frau Fabky, ich bin nicht auf Männersuche. Ich möchte einfach nur einen Abend in netter Gesellschaft verbringen. Nicht mehr, nicht weniger!“

„Schon klar.“ Frau Fabky legte ihre Hand auf ihren Unterarm und Johanna fühlte sich durchschaut. „Das dürfen Sie natürlich und um Ihre Kinder kümmere ich mich gern.“

Dann drehte sie auf dem Absatz um, hob zum Abschied noch einmal die Hand und trippelte, auf den Stock gestützt, zurück zu ihrem Haus.

Nachdenklich sah Johanna ihr hinterher. Sie wusste nicht, was sie von den Aussagen ihrer Nachbarin halten sollte. Irgendwie hatte diese schon recht, ein Partner an ihrer Seite wäre traumhaft. Nicht mehr allein schlafen gehen und jemand haben, mit dem man lachen und weinen konnte. Johanna holte tief Luft, wischte sich eine Träne fort und überquerte entschlossen die Straße.

Sie erinnerte sich an das Treffen mit Antony am Strand. Das abendliche Telefonat, das erst so sachlich gewesen war und das dann doch in einen sehr persönlichen Bereich abgeglitten war ... Die Feststellung, dass man sich sympathisch fand. Aus diesem Grund hatte sie der Einladung von Antony letztendlich zugestimmt. Es kribbelte angenehm in der Magengegend und fast war Johanna versucht, daran zu glauben, dass es die Vorfreude auf den Abend war.

Kapitel 21

Antony

„Bitte, *was?*" Antony hielt verwundert inne und musterte das Gesicht von Johanna. Nein, sie schien keine Scherze zu machen, dafür war ihr Blick zu ernst und ihre Lippen zu einem schmalen Strich zusammengekniffen. Er griff nach seinem Weinglas und trank einen Schluck von dem hervorragenden Weißwein, um ein bisschen Zeit zu gewinnen. Der Wein passte hervorragend zu den Fischgerichten, die ihnen soeben serviert worden waren.

„Ja, du hast richtig gehört. Wir haben drei Alpakas geschenkt bekommen. Mehr oder weniger über Nacht und irgendwie wird es mir …" Sie zögerte, schüttelte müde den Kopf und kämpfte sichtlich mit sich. „… zu viel. Die Kinder, der neue Untermieter und dann noch drei Alpakas, bei denen ich keinerlei Ahnung habe, welche Bedürfnisse sie haben."

Von solchen Überraschungsgeschenken hörte er zum ersten Mal. Jetzt verstand er auch, warum sie so unglücklich dreinschaute. In ihm kämpften die widersprüchlichsten Gefühle. Er fand Johanna äußerst sympathisch und schon allein, wenn er in ihre Augen sah, klopfte sein Herz gleich drei Takte schneller. Und doch wollte er sich nicht verlieben. Sein nüchtern denkender Verstand hielt ihn zurück. Zu sehr schmerzte die

Erinnerung an die gescheiterte Beziehung mit seiner Frau. Ein großer Klumpen bildete sich in seinem Magen, als er an das vergangene Telefonat mit ihr dachte. Er nahm einen weiteren Schluck vom Wein und spürte, wie der Alkohol seine entspannende Wirkung entfaltete. Er musste aufpassen und sollte nicht zu viel trinken. Er hob die Hand und gab dem Kellner ein Zeichen, ihnen eine Flasche Wasser zu servieren.

„Kannst du dir das vorstellen? Mein Mieter hat einfach zugestimmt, als die Zirkusfamilie die drei Alpakas dalassen wollte. Ohne mich vorher zu fragen oder zu informieren!" Bei diesen Worten überschlug sich ihre Stimme beinahe und er richtete seine Aufmerksamkeit wieder ausschließlich auf Johanna. „Die Mädchen waren natürlich begeistert und haben Mario in seinem Tun noch bestärkt. Wie unverantwortlich!" Dieses Mal war sie es, die einen kräftigen Schluck vom Wein nahm und ihnen beiden nachschenkte. Dabei zitterten ihre Hände so stark, dass ein paar Tropfen danebengingen.

„Zumindest die ersten Tage lief es noch gut. Doch nun? Nun stehe ich allein vor der Herausforderung, den Tieren gerecht zu werden."

Sie suchte seinen Blick und er glaubte, in ihren grauen Augen zu versinken. Verstohlen strich er sich mit seiner Fingerkuppe über die Lippen. *Wie wohl ein Kuss schmecken würde?*

„Unsere ehemalige Mieterin hatte zwei Haflinger. Da habe ich einiges mitbekommen, was die Bedürfnisse von Pferden angeht. Aber Alpakas? Die fressen Gras und spucken, wenn man ihnen zu nahekommt. Doch mehr weiß ich nicht über sie."

Johanna stockte im Redefluss und stocherte lustlos in den Spaghetti herum. Sie pickte eine einzelne Kaper aus der Soße und steckte sie in den Mund. „Nun ja, sie können auch treten, wie ich erst kürzlich gelernt habe."

Er betrachtete sie eingehender, ein angenehmes Brennen machte sich in seiner Leistengegend bemerkbar und er änderte die Sitzposition. Anders als beim Elternabend hatte sie sich heute Abend viel Mühe mit der Auswahl ihrer Kleidung gegeben. Sie trug eine figurbetonte Stoffhose, dazu ein dezent gemustertes Shirt und ein Blazer in kräftigen Farben, der ihre schönen Augen betonte. Ihm fiel auf, wie zart und zerbrechlich ihre Finger wirkten. Als Verkäuferin müsste sie das Anpacken gewöhnt sein. Die Flut an Aufgaben erdrückte sie sichtlich und machte sich auch im mangelnden Appetit bemerkbar.

„Eigentlich müsste ich mich über Alpakas informieren. Über ihre Bedürfnisse, über so banale Dinge, wie eine Versicherung oder die Schur."

Aufgebracht schob sie den Teller von sich, ihre Hände ballten sich zu Fäusten. „Bei den Pferden von Monja kam der Schmied alle paar Wochen, die Pferde haarten im Frühjahr wie verrückt und ich hatte neben dem vielen Sand auch noch ohne Ende Haare in der Kleidung. Manchmal sogar im Essen, aber Monja brauchte niemals einen Fachmann für die Schur. Sie und die Kinder haben nur stundenlang geputzt. Wann soll ich mich nur darum kümmern?"

Ihre Stimme überschlug sich und die Gäste, die in ihrer Nähe saßen, blickten neugierig auf. Sie schienen nur darauf zu warten, dass sich ein Skandal anbahnte. Nein, soweit würde er es nicht kommen lassen.

„Johanna, wie wäre es …“ Dabei schob er seine Hand über den Tisch und griff nach ihrer. Oh, wie kalt sich ihre Finger anfühlten! Vorsichtig, als ob er ein scheues Reh vor sich hätte, strich er über ihren Handrücken. Ein sanftes, prickelndes Gefühl wanderte von seinen Fingerspitzen über den Arm bis zur Wirbelsäule. Als ihre Hand sich wärmer anfühlte, drückte er sie sanft, und zu seiner Erleichterung spürte er, wie ihre Anspannung nachließ. „… wenn ich mich ein bisschen über Alpakas informiere? So vollkommen anders sollte die Haltung der Tiere doch nicht sein. Schließlich sind es auch nur Säugetiere.“

Fast verschluckte er sich an den Gnocchi und hüstelte verhalten. Dieses Angebot war ihm mehr oder weniger über die Lippen gerutscht und er bereute es im selben Augenblick. Wie leichtsinnig von ihm. Er hatte schließlich genug anderes um die Ohren. Doch als er sah, wie ihre Augen plötzlich aufleuchteten und die Verzweiflung – die wie ein Schleier über ihnen gelegen hatte – schwand, da wusste er, dass er das Richtige tat.

Kapitel 22

Johanna

Der wuchtige Schatten der historischen Windmühle ragte über ihnen auf. Die großen Windmühlenflügel kämpften gegen ihre eisernen Fesseln, die verhinderten, dass sie sich drehten. Hin und wieder hörte sie das quietschende Seufzen der Mühle, wenn ein Windstoß an den Flügeln zerrte.

Die bodentiefen Strahler erleuchteten die Mühle und ließen das alte Holz in aller Pracht glänzen. Müde und gleichzeitig glücklich über die angenehmen Stunden, legte Johanna den Kopf in den Nacken und betrachtete den Sternenhimmel. Sie überlegte, wie lange es her war, dass sie mit ihrem Mann hier zum letzten Mal essen gewesen war. Es traf sie wie ein Blitz, als sie erkannte, dass schon einige Jahre vergangen waren. Seitdem fuhr sie immer nur auf dem Weg von der Arbeit nach Hause an diesem beeindruckenden Gebäude vorbei.

Ein dezentes Räuspern holte sie aus ihren Erinnerungen und sie sah Antony vor sich stehen. Ein dunkler, sympathischer Schatten vor dem großen Mühlengebäude. Der Klassenlehrer ihrer Tochter. Mehrere Minuten standen sie sich gegenüber, genossen die milde Nacht, und den lauen Wind, der die Düfte der angrenzenden Felder mit sich trug.

„Danke für den schönen Abend", sagte Johanna und zerstörte damit den Zauber. Sie lächelte und reichte ihm ihre Hand zum Abschied. Antony erwiderte die Geste und als sich ihre Finger berührten, umarmte er sie spontan und hauchte ihr einen Kuss auf die Wange. Einige Augenblicke erstarrte sie in der Bewegung, doch als sie die Überraschung überwunden hatte, schmiegte sie sich an ihn, froh darüber, dass ihr jemand Halt bot.

Schulter an Schulter stiegen sie die Stufen vom Mühlenberg hinunter zu ihren Fahrzeugen. Schweigend, aber sich immer der Gegenwart des anderen bewusst. Aus dem Restaurant vernahm sie eine Geräuschkulisse aus Lachen und Gesprächen. Dazwischen erklang immer mal wieder das Klirren von Geschirr. Was für ein bezaubernder Abend. Liebend gern hätte sie den Abschied noch weiter hinausgezögert, doch sie musste nach Hause, denn morgen wartete wieder ein anstrengender Arbeitstag auf sie.

„Ich muss jetzt gehen." Ein letztes Mal lächelte sie ihm zu und stieg in ihren Wagen. An der Abzweigung sah sie noch einmal in den Rückspiegel. Noch immer stand Antony da, wo sie sich von ihm verabschiedet hatte und erst, als sie anfuhr, stieg auch er ein.

Leise summte sie vor sich hin, während sie den Abend vor ihrem inneren Auge Revue passieren ließ. Das dunkle Haus, einem freundlichen Wächter gleich, wartete auf sie. Sie stellte ihren Wagen ab und stieg aus. Prüfend sah sie an der Fassade entlang. Nur im Flur ihrer Wohnung brannte Licht, ebenso wie die Laterne am Treppenaufgang.

Im Erdgeschoss, bei Mario herrschte tiefste Dunkelheit. Wahrscheinlich war er früh ins Bett gegangen. Am

Nachmittag hatte er ihr noch beiläufig erzählt, dass er morgen zeitig aufstehen musste, um zur Frühschicht anzutreten.

Müde und gleichzeitig erfüllt von dem zauberhaften Abend lächelte sie kurz darauf dem Bild ihres verstorbenen Mannes zu und stieg dann leise die Treppe hinauf. An den Türen ihrer beiden Mädchen hielt sie inne und lauschte. Es war still, offenbar hatte alles geklappt und Frau Fabky war eine würdige Vertretung gewesen.

Das beschwingte Gefühl, und dieses angenehm warme Kribbeln in ihrem Bauch blieb auch noch bestehen, als sie sich bettfertig machte und zwischen die Federn schlüpfte. Auch als sie ins Reich der Träume glitt, galten ihre Gedanken einmal nicht ihrem verstorbenen Mann, sondern Antony.

***

„Guten Morgen Franka", sagte Johanna und stellte ihrer Tochter einen Becher Kakao auf den Tisch. „Hattet ihr viel Spaß gestern?"

Franka murmelte etwas vor sich hin und rutschte auf ihren Platz. *Wer von ihnen beiden hatte denn eine kurze Nacht gehabt?* Vermutlich hatten sie in der Nacht die Rollen getauscht. Sie fühlte sich fit und energiegeladen, ganz anders als Franka. Ihre blonden Haare waren ungekämmt und sie hatte ungewohnte Ringe unter den Augen. Müde griff Franka nach ihrem Kakao und trank einen großen Schluck. Verwundert sah Johanna ihre Tochter an.

„Ihr habt euch doch einen Film angesehen, oder?" Zustimmendes Nicken erfolgte, der Becher schwebte weiterhin vor ihrem Gesicht. „Und den Rest von der Quiche gegessen?"

Keine Antwort. Der Kakao war im Augenblick eindeutig besser. Zumindest schien es so, denn vom Gesicht ihrer Tochter sah sie nur die Augen, eine große Falte dazwischen und den Becher.

„Habt ihr die Hausaufgaben gemacht?" Diese Sache hätte sie wohl lieber nicht erwähnt. Die Falte zwischen den Augen ihrer Tochter wurde immer tiefer und der Becher landete mit einem lauten Knall auf den Tisch. So laut, dass Johanna zusammenzuckte und befürchtete, dass der Becher einen Sprung bekommen hatte.

„Nein, habe ich nicht. Ich hasse Französisch!"

„Genug jetzt!" So früh am Morgen hasste sie Streit. *Was ging nur in ihrer Tochter vor?* „Deine Hausaufgaben gehören mit zu deinen täglichen Pflichten und ich möchte ab jetzt, dass du sie mir zeigst, bevor du irgendwohin gehst. Verstehen wir uns?"

Entschlossen stemmte Johanna die Fäuste in die Seiten und sah ihre Tochter mit einem ernsten Blick an. „Unabhängig davon, ob ich mal unterwegs bin oder nicht, die Hausaufgaben werden erledigt. Und nun ..." Sie reichte Franka die gefüllte Brotdose. „Gib mir bitte dein Heft."

Mit hängenden Schultern erhob sie sich. Mit schleppenden Schritten, als ob sie achtzig und nicht dreizehn war, ging Franka in den Flur. Dort hörte Johanna sie überdeutlich in ihrer Schultasche kramen.

„Hier", mehr sagte Franka nicht, als sie zurückkehrte. Johanna schlug das Heft auf, nahm sich einen Kugelschreiber und schrieb eine Notiz hinein.

„Für heute bist du noch einmal entschuldigt." Sie klappte das Heft zu und reichte es ihr. „Ein wichtiger Arzttermin hat dich an der Erledigung gehindert." Ein freudiges Aufleuchten erschien in Frankas Gesicht. „Aber wir setzen uns heute Abend zusammen und lernen. In Ordnung?"

Das erleichterte Gemurmel von Franka bekam sie nicht mehr mit, da eine gut gelaunte Mila hereinstürmte.

Kapitel 23

Antony

Wissenswertes über Alpakas. Das wäre doch gelacht, wenn er Johanna nicht bei der Sammlung an Informationen helfen konnte! Antony setzte sich an seinen Arbeitsplatz und startete den Rechner. Den Stapel an Hausarbeiten, den er eigentlich heute hatte korrigieren wollen, ignorierte er lieber. Morgen Nachmittag war noch früh genug.

Während sein digitaler Helfer losstiefelte und ihm nach ein paar Augenblicken signalisierte, dass er startklar sei, öffnete er sich eine Flasche Flens. Das Ploppen durchbrach die Stille seiner Wohnung und nach dem ersten, erfrischenden Schluck tippte er den Suchbegriff *Alpaka Haltung* ein.

*****

Keine Ahnung, wie lange er vor dem Rechner gesessen hatte. Sein Rücken schmerzte jedenfalls und aus der einen Flasche Bier waren drei geworden. Aber Antony war zufrieden. Sein Drucker ratterte mehrere Minuten lang und warf eine Seite an Informationen nach der anderen heraus.

Er nahm die Seiten, faltete sie ordentlich zusammen und steckte sie in einen Umschlag. Diesen würde er gleich morgen früh Franka geben. *Oder ob er noch rasch nach Kalifornien fahren sollte?* Doch als er auf die Uhr sah, entschied er sich anders. Für einen spontanen Besuch war es einfach schon zu spät.

Er reckte sich und rieb sich die müden Augen. Das lange Sitzen am Computer hatte seine Spuren hinterlassen. Eine kleine Jogging-Runde wäre jetzt genau das Richtige. Und so schnappte er sich seine Laufschuhe und startete in die beginnende Dämmerung.

*****

„Guten Morgen Franka." Er trat bemüht lässig auf seine Schülerin zu. Diese hielt in der Bewegung inne und musterte ihn verwundert. Ein Hauch Argwohn lag in ihrem Blick. „Nein, ich will nicht wissen, ob du die Hausaufgaben gemacht hast." Er schüttelte den Kopf und wich einem Schüler aus, der mit eiligen Bewegungen auf seinen Platz stürmte und seine Mappe auf den Tisch legte. „Ich habe hier nur ein paar Unterlagen für deine Mutter zusammengestellt, die sie dringend benötigt. Bist du so nett und gibst sie ihr von mir?"

Diese Verwunderung in ihrem Blick. Mal keine Ermahnung, mal keine Aufforderung still zu sein und zuzuhören. Franka schüttelte den Kopf, griff nach ihrer Wasserflasche und trank einen großen Schluck.

Antony ließ sie gewähren und legte den Umschlag auf den Tisch. „Sei bitte so gut und gib ihn ihr heute Mittag. Ich kann doch auf dich zählen, oder?"

Ihre Blicke kreuzten sich, dann nickte Franka zustimmend und Antony ging zum Pult hinüber, um mit der Unterrichtsstunde zu beginnen.

Kapitel 24

Johanna

Ein brauner Schatten huschte vorbei. Moment mal. Johanna stockte in der Bewegung und stellte den Wäschekorb auf dem Küchentisch ab. *Seit wann hatte sie Kaninchen im Garten?* Dort hatte sie regelmäßig größere und kleinere Tiere zu Besuch, aber weder Rehe noch Kaninchen zählten zu den typischen Gästen. Wenn sie es nicht besser wüsste, dann hätte sie auf ein Alpaka gewettet. Garantiert hatte sie sich getäuscht! Sie schüttelte den Kopf, nahm den Korb wieder auf und marschierte ins Wohnzimmer.

Im Vorbeigehen streifte ein kleiner, liebevoller Blick das Foto ihres Mannes, dann setzte sie sich auf das Sofa und griff nach dem Handy. Mit ein bisschen Musik würde alles gleich viel leichter gehen. Endlich hatte sie mal einen freien Nachmittag und den wollte sie mit all den Kleinigkeiten verbringen, die so oft im Laufe des Tages liegen blieben.

Die ersten Takte von ABBAs *Waterloo* erklangen und sie summte leise mit. Wäschestück um Wäschestück wanderte durch ihre Hände, um wenig später sauber gefaltet auf dem Wohnzimmertisch zu liegen. Kleidungsstücke ihrer Kinder, von denen sie wusste, dass sie inzwischen viel zu klein waren, sortierte sie gleichzeitig aus und legte sie auf einen anderen Stapel.

„*Waterloo, I was defeated* …" Nein, sie sang nicht unbedingt so schön wie Agnetha oder Ann-Frid, aber Johanna hatte ihren Spaß und nur das zählte.

„Mama! Mama! Wo bist du?" Aufgeregt rief Mila nach ihr. Dabei hörte sie die eiligen Schritte ihrer Tochter in der ganzen Wohnung. „Mama, die Alpakas!"

„Mila, ich bin hier." Mit einem Handgriff schaltete sie die Musik aus und legte das gerade zusammengefaltete T-Shirt zur Seite. „Ich bin im Wohnzimmer, Wäsche erledigen."

Aufgeregt stürmte Mila ins Wohnzimmer. Die Tür knallte ungebremst gegen die Wand und Putz rieselte zu Boden. Das Gesicht ihrer Tochter war gerötet und aufgeregt blickte sie sich im Raum um, während sie nach Luft schnappte. Erleichterung trat in ihr Gesicht, als sie ihre Mutter entdeckte.

„Die Alpakas sind von der Weide ausgebrochen." Bei diesen Worten hüpfte sie unruhig von einem Bein auf das andere. „Ich habe es eben vom Fenster aus gesehen. Es war eindeutig Caramel, der über die Einfahrt lief."

„Du irrst dich." Dennoch stand Johanna lieber auf, denn sie dachte dabei an den braunen Schatten, den sie vorhin beobachtet hatte. Ein ungutes Gefühl beschlich sie. Mila gehörte nicht zu den Kindern, die sich eine Story ausdachten. „Ich war heute Morgen dort und habe das Wasser aufgefüllt. Da war noch alles in Ordnung."

Abgesehen vielleicht von den drei Zaunpfosten, die noch immer schief dastanden. Und hatte sie den Strom vom Weidegerät wieder eingeschaltet? Egal, erst einmal musste sie sich vergewissern, ob es überhaupt stimmte, was Mila erzählte. Schließlich gab es immer noch die Option, dass sie sich täuschte.

„Du musst mir glauben, Mama." Mit wenigen Schritten erreichte Mila die Terrassentür. Ihre Tochter blickte sie so verzweifelt an, dass Johanna darauf verzichtete, sich Schuhe anzuziehen. Nur auf Strümpfen folgte sie ihrer Tochter auf die Terrasse. Was sie dort sah, ließ ihr den Atem stocken. Zwischen den Erdbeeren stand tatsächlich Caramel, hatte den Kopf gesenkt und untersuchte neugierig die Pflanzen. Gerade verschwanden die ersten zarten Blätter in seinem Maul.

„Wo sind die anderen? Hoffentlich noch auf der Weide." Johanna hielt sich an der steinernen Brüstung fest. Das kühle Material erdete sie und half ihr, ruhig zu bleiben. Ganz bewusst atmete sie tief ein und aus. Als Erstes musste sie sich einen Überblick verschaffen. Besorgt ließ Johanna ihren Blick schweifen und zählte bis zehn. Abenteuerlustige Alpakas, das hatte ihr gerade noch gefehlt. Wie gut, dass sie den Antrag auf die Haftpflichtversicherung gestern abgeschickt hatte.

„Leider nein." An Milas gelassener Art war eine Nachrichtensprecherin verloren gegangen, wie Johanna mit einem Seufzen feststellte. „Dort hinten, siehst du sie?" Dabei stellte sich ihre Tochter auf die Zehenspitzen und deutete die Kiesauffahrt entlang bis zur Straße.

Johanna brauchte ein Weilchen, dann erkannte sie das hellgraue Fell von Salt zwischen dem zarten Grün der Bäume. Er lief seelenruhig über den Grasstreifen, der parallel zur Landstraße verlief und hatte seinen Kopf hocherhoben. Mit gezierten Schritten trappelte er in Richtung Schönberger Strand. Währenddessen spielten seine Ohren aufmerksam hin und her.

Anders Pepper. Der hübsch gescheckte Hengst stand am Straßenrand und schien zu überlegen. Sonst war er immer derjenige, der jede Gelegenheit nutzte, um Schabernack anzustellen.

Oh nein! Was sollte sie jetzt nur tun? Ratlos stand sie da und blickte abwechselnd von ihrer Tochter zu den Alpakas. Fieberhaft überlegte sie. Auf jeden Fall brauchten sie Hilfe, und zwar umso schneller, umso besser.

Sie holte tief Luft. Ihr erster, grober Plan wartete auf die Ausführung und dafür brauchte sie nicht nur ihre Tochter.

„Mila, sei so gut, renn zum Schuppen und hole die Halfter." Johanna deutete zu dem windschiefen Gebäude, wo sie einen Teil der Ausrüstung wusste. Gleichzeitig strebte sie durch die Wohnung nach draußen. Während sie die Treppe hinuntereilte, hoffte sie inständig, dass ihre Tochter verstand, woran sie dachte.

„Ich versuche als Erstes, Caramel einzufangen!", rief sie über die Schulter, kaum dass sie draußen auf der Einfahrt stand. Ihre große Sorge galt erst einmal dem Alpaka-Hengst, der langsam weiterwanderte und interessiert an einem Büschel Vergissmeinnicht schnupperte. „Ich will unbedingt verhindern, dass er den anderen folgt."

„Verstanden." Mila flitzte los, überholte sie von hinten und rannte weiter. Im ersten Augenblick wunderte sich Johanna darüber, dass ihre Tochter einen großen Bogen schlug und fast bis an die Grenze ihres Grundstücks lief. Doch dann verstand sie. So verhinderte Mila, dass Caramel durch ihre Anwesenheit aufgeschreckt wurde.

„Und bring bitte die Futterschüsseln und das Mineralfutter mit." Das perfekte Lockmittel. Mehr als einmal hatte Johanna beobachtet, wie gern sie dieses Futter fraßen. Mit erhobenem Daumen signalisierte Mila ihr, dass sie sie verstanden hatte. Sobald sie Caramel eingefangen hatten, brauchten sie Hilfe. Und zwar von allen, die Zeit hatten. Ob sie vielleicht Frau Fabky bitten könnten? Nein, diese – eigentlich so verlockende Überlegung - schob sie gleich wieder zur Seite. Die alte Dame war zwar noch einigermaßen fit, aber Alpakas einfangen? Das wollte sie ihr lieber nicht zumuten.

Wen konnte sie stattdessen fragen? Die Reserviertheit ihrer vierbeinigen Mitbewohner kostete sie beim täglichen Umgang stets viel Kraft und Johanna verstand wahrlich nicht, warum es so viele Fans dieser Kameliden gab.

Die Steine piekten böse bei jedem Schritt, doch sie biss entschlossen die Zähne zusammen. Jetzt bloß keine Schwäche zeigen. Trotz der Dringlichkeit versuchte sie so entspannt wie möglich zu bleiben und den Atem fließen zu lassen. Gerade Caramel war in dieser Beziehung ausgesprochen sensibel. Doch augenblicklich schienen die üppig wachsenden Erdbeerpflanzen sein Interesse geweckt zu haben. Neugierig schnupperte er an den Pflanzen.

Nur noch ein winziges Stück. Mit jedem Schritt kam sie dem Ausreißer näher. Sie musste nur noch die Hand ausstrecken, dann könnte sie das hellbraune Fell berühren, aber sie riss sich zusammen.

„Hey Caramel, was machst du nur?" Mila, die die Reaktionen der sensiblen Tiere ebenfalls sehr gut kannte, reichte ihr das Halfter im Zeitlupentempo. „Ich würde sagen, du gehörst auf die Weide und nicht zwischen die Erdbeeren meiner Mutter.“

Noch während Mila mit dem Alpaka sprach, sah sie wie Caramel nacheinander drei, vier Blüten abzupfte. Johanna ballte die Hände zu Fäusten und spürte, wie sich die Fingernägel in ihre Haut gruben. Nein, nicht ihre Erdbeeren, die sie jedes Jahr hegte und pflegte und die ihr regelmäßig eine kleine Ernte einbrachten!

Mila raschelte mit der Schüssel, in der die Pellets lagen, und der Ausreißer hob interessiert den Kopf. Die Ablenkung sorgte dafür, dass Johanna sich nach einem weiteren Schritt neben Caramel stellen konnte.

Begeistert versenkte er den Kopf in der Schüssel und begann die Mineralien zu fressen. Jetzt nur noch das Halfter über die Nase bekommen. Flüchtig dachte Johanna an all die Tricks, die Monja bei ihren Pferden angewandt hatte. Doch diese halfen ihr bei den Alpakas überhaupt nichts. Leider! Also stellte sie sich neben die Schulter und griff beherzt zu. Danach schummelte sie das Halfter zwischen die Nase und dem Schüsselboden und zog es langsam hoch. Als die Schüssel leergefressen war, schaffte sie es, zu ihrer großen Freude, das Halfter zu schließen.

Geschafft! Sie unterdrückte einen Jubelschrei, zeitgleich spürte sie aber die Erleichterung, die sie wie ein warmes Gefühl durchflutete. Caramel war ausgesprochen schüchtern und wenn sie ihn sicher geschnappt hatte, sollte das Einfangen der beiden anderen ein Kinderspiel sein. Glücklich strich sie über den Hals des Tieres. Wie immer verzauberte sie dieses weiche Fell und ein Teil der Anspannung fiel von ihr ab.

Sie zupfte am Halfter und Caramel folgte ihr artig bis zum Schuppen. Dort gab es ebenfalls ein Erinnerungsstück von Monja. Einen Anbindebalken mit vier Ringen. Noch ehe Caramel ahnte, wie ihm geschah, hatte Johanna ihn dort festgebunden. Als er den Widerstand spürte, blickte er sie durch seine langen Wimpern vorwurfsvoll an. Doch jetzt hatte sie keine Zeit, sich um die Befindlichkeiten eines Alpaka-Hengstes zu kümmern.

„Danke Mila." Johanna drückte ihre Tochter an sich und wuschelte ihr durchs Haar. „Das hast du super hingekriegt. Einen der Ausbrecher haben wir sicher."

„Einen, Mama. Was ist mit den anderen?" Dabei deutete Mila auf die verlassene Weide, auf der das Gatter im Wind schwankte. Langsam kam Johanna der Verdacht, dass sie heute Morgen beim Verlassen der Wiese vergessen hatte die Kette wieder vorzuhängen. Eine Nachlässigkeit, die sich nun rächte. „Wir müssen noch Salt und Pepper finden."

„Leider." Johanna zuckte mit den Schultern und ihr Hochgefühl verflog. Dafür überwog die Scham, dass sie das Tor so vollkommen vergessen hatte. Flüchtig blitzte der Gedanke in ihr auf, dass sie ja eigentlich noch mal hatte zurückkehren wollen, um mit einer Bürste das Tränkebecken auszuwaschen. „Das wird spannend. Hoffen wir nur, dass die beiden nicht zu weit weggelaufen sind und keinen Schaden anrichten." Fahrlässigkeit wurde halt leider nicht versichert. Sie streifte sich die Haare aus dem Gesicht, die sich bei ihrer Verfolgungsjagd aus dem Dutt gelöst hatten und sah sich um. „Wo ist eigentlich Franka? Wir brauchen ihre Unterstützung, und zwar dringend."

Da ihre Füße von dem ungewohnten Kontakt mit den Steinen immer stärker schmerzten, schlich Johanna zurück zur Treppe und setzte sich. Sie musste sich als Erstes Schuhe anziehen und weitere Hilfe organisieren. Mila, die die Futterschüsseln und die Halfter der beiden anderen Ausreißer trug, stand vor ihr und musterte die Hausfassade, so als ob sie dort die Antwort auf all ihre Fragen fände.

„Franka ist nicht zu Hause." Bevor Johanna etwas sagen konnte, verdrehte Mila die Augen. Sie schien zu ahnen, was sie als Nächstes fragen wollte. „Nein, ich weiß nicht, wo sie ist. Ihre Schultasche ist in ihrem Zimmer, aber sie ist nicht da und gesagt hat sie mir auch nichts. Sie ist direkt nach dem Mittagessen fortgeschlichen."

„So ein Mist." In Johanna machte sich Ratlosigkeit breit. Franka war zwar schon groß und verantwortungsbewusst, doch dass sie ständig unterwegs war, ohne sich bei ihr abzumelden, das gefiel ihr nicht. Überhaupt nicht, wenn sie ehrlich war. „Und was ist mit Mario?"

Dieses Mal war das Schulterzucken eher vielsagend und Johanna brauchte nicht weiter nachzufragen. Mario war verhindert, wie so oft in letzter Zeit. Genervt verdrehte sie die Augen. Von dem großartigen Versprechen, ihr zu helfen, war nicht viel übrig geblieben.

„Okay, dann sind wir auf uns alleingestellt." Entschlossen erhob sich Johanna und stieg die Stufen hoch. „Ich ziehe mir rasch Schuhe an, hole mein Handy und dann machen wir uns auf die Suche."

„Ja Mama, wir schaffen das schon." Milas Augen funkelten unternehmungslustig. Für sie war die Suche ein einziger großer Spaß. Wenig später strebten sie Schulter an Schulter die Auffahrt entlang.

„Pepper war in Richtung Kalifornien unterwegs, richtig?" Zustimmend nickte ihre Tochter und gemeinsam bogen sie nach rechts ab.

Eine Hoffnung hatte Johanna noch. Während sie mit Mila am Straßenrand entlanglief und nach den beiden Alpakas Ausschau hielt, holte sie ihr Handy aus der Hosentasche. Hoffentlich hatte er Zeit! Fieberhaft flogen ihre Finger über das Display, doch der Sperrbildschirm verschwand nicht. Stattdessen verlangte er weiterhin die Eingabe ihres Pins.

Stehenbleiben. Einmal tief durchatmen! Die umherhuschenden Gedanken fokussieren und es einfach ein weiteres Mal versuchen. Dieses Mal schaffte sie es, das Handy zu entsperren und die vertraute Nummer anzutippen.

„Pepper ist dort hinten. Siehst du ihn? Er ist bei den Salzwiesen und besucht gerade die Wasserbüffel." Mila zupfte an ihrem Arm und aufgeregt hüpfend deutete sie in die entsprechende Richtung. „Soll ich versuchen, ob ich ihn einfangen kann?"

„Nein." Sie schüttelte den Kopf und hoffte inständig, dass Mila sie verstand. Mit aller Macht drückte sie ihr Mobiltelefon ans Ohr. Es tutete und tutete und endlich vernahm sie eine vertraute Stimme.

„Hallo, Antony. Bist du zufällig zu Hause?" Unsicher darüber, ob er sie überhaupt verstand, nuschelte sie ihren Hilferuf ins Handy. „Die Alpakas sind ausgebrochen! Salt ist verschwunden und ich weiß nicht wohin. Kannst du bitte kommen und uns helfen?"

„Johanna?" Die vertraute Stimme, die sie umhüllende Wärme und der Klang sorgten dafür, dass sie sich sofort besser fühlte. Die Verantwortung, sich nicht allein um das Chaos kümmern zu müssen, fiel von ihr ab. „Ich komme sofort. Hast du eine Ahnung, wo wir suchen müssen?"

Wir. Schon allein dieses Wort zu hören, tat ihr so gut und sie atmete erleichtert auf. „Ja, aber nur ganz grob. Wir haben gesehen, wie Salt zielstrebig nach Kalifornien reingelaufen ist. Vielleicht will er, wie alle anderen auch, zum Strand."

Sie hörte am anderen Ende der Leitung wie Antony über ihren Witz lachte. Während er ihr versprach, sofort loszufahren, stoppte ein SUV mit Hamburger Kennzeichen vor ihnen. Die Seitenscheibe wurde heruntergelassen und eine junge Frau fragte sie, ob sie vielleicht ...

Das Stichwort *Alpaka* reichte ihr und Johanna nickte dankend, während Mila all die Details aufnahm, die sie brauchten, um den Ausreißer finden zu können.

„Antony, kurze Info von einem Ehepaar. Sie haben Salt gesehen, wie er sich an den Rabatten der Promenade bedient hat. Jetzt soll er weitergelaufen sein, den Deich hoch und in Richtung Marina."

„Alles klar. Bis gleich." Er beendete das Gespräch und Johanna steckte ihr Handy in die hintere Hosentasche.

Einen letzten Blick gönnte sie Pepper, der mit seinem hellen, weißlichen Fell zwischen den dunklen Wasserbüffeln unübersehbar war. Er schien sich in der Gesellschaft dieser Tiere wohlzufühlen und Johanna war sich sicher, ihn dort auch später wiederzufinden.

„Mama, guck mal." Wie gut, dass sie Mila als Unterstützung hatte. Ihre Tochter hielt jeweils links und rechts ein Fahrrad und schob sie auf sie zu.

„Mit vielen Grüßen von Frau Fabky. Sie hat gesehen, dass wir ein Problem haben und mir die Räder angeboten." Mila zuckte mit den Schultern und drückte ihr das größere der beiden Drahtesel in die Hand. „Ich denke, so sind wir etwas schneller unterwegs."

„Das ist perfekt."

Auch wenn ihr Rad eine arge Rostlaube war, hatten die Reifen Luft und nach einem kurzen Check der Bremsen stieg Johanna auf. Die ersten Meter kämpfte sie mit dem Gleichgewicht und in Schlangenlinien fuhr sie über den Korshagener Redder. Dann hatte sie ihren Rhythmus gefunden und trat kräftig in die Pedale. Der Fahrtwind strich über ihr Gesicht und kühlte es angenehm.

„Los, schnappen wir uns Salt!", brüllte Mila, trat kräftig in die Pedale und fuhr so schnell, wie sie konnte, den Verweilengrund entlang. Etwas langsamer folgte ihr Johanna, beeindruckt darüber, wie energiegeladen ein Kind sein konnte.

Es gehörte wohl zu den Gesetzmäßigkeiten am Meer, dass man ununterbrochen Gegenwind hatte. Egal, in welche Richtung man fuhr. Rückenwind gehörte - zumindest für sie – zu den Fabeln, die man abends am Lagerfeuer erzählte. Mit aller Kraft trat Johanna in die Pedale, doch der stetige Wind hinderte sie daran, mehr als im Schritttempo voranzukommen. Schon nach ein paar Minuten rann ihr der Schweiß über den Rücken und sie wünschte sich ihr Auto herbei. Der Deich, den sie am Ende der Straße erahnen konnte, schien noch unendlich weit. Ebenso wie ihre Tochter, die sich von so ein *bisschen* Wind nicht beeindrucken ließ.

Doch schon bald erkannte Johanna den Vorteil, den sie als Radfahrerin hatte. Den Fußgänger am Wegesrand verstand sie mühelos, als er sie stoppte und etwas von Alpakas nuschelte. Als Johanna zustimmend nickte, grinste er nur vergnügt und deutete geradeaus. Also weiterhin Mila folgen.

Gleich hinter dem Hotel sah sie ihre Tochter nach links abbiegen. Ein paar Urlauber, die träumend den Deichweg entlang schlenderten, schreckte sie mit lautem Glockengebimmel auf. Selbst auf diese Entfernung hin verstand sie den kurzen Disput und Milas fröhliches „Entschuldigung!"

Immerhin, zwischen den Häusern in der ersten Reihe und dem Deich war der Wind nicht mehr so heftig und Johanna schaffte es, zu ihrer wartenden Tochter aufzuschließen.

Nein, sie wartete doch nicht auf sie. Da hatte Johanna sich getäuscht, wie sie wenig später erschrocken feststellte. Vielmehr stand Mila vor Elise, die den Kiosk unmittelbar am Deich betrieb und nicht nur Postkarten, sondern auch Kaffee, Sonnencreme und all die anderen Dinge verkaufte, die man als Urlauber am Strand so benötigte, und die man garantiert immer zu Hause vergaß.

Elise stand mit in den Hüften gestemmten Händen da, und schüttelte den Kopf. Ihre blonden Haare, von Wind und Wetter zerzaust, hatte sie mit einem bunten Tuch gebändigt. Sie trug, wie so oft eine blaue Latzhose und bequeme Sneaker. Ihr sonst so gutmütiges Gesicht war gerötet und eine steile Falte zierte ihre Stirn. Schon allein bei dem Anblick wurde es Johanna ganz anders. Ihre Bremsen quietschen lautstark, als sie unmittelbar vor Elise stoppte und nicht nur sie verzog schmerzhaft das Gesicht.

„Ihr und eure Alpakas! Komische Viecher. Die kommen hier einfach so vorbei und schmeißen meine Kartenständer um."

Elise übertrieb gerne einmal. Doch als Johanna den Stangenwald sah, der sich vor ihr erstreckte, verstand sie den Ärger nur zu gut. Die fünf Ständer, die eigentlich die Ware präsentierten, lagen kreuz und quer auf dem Boden, einem übergroßen Mikado gleich. Dazwischen befanden sich unzählige geknickte Ansichtskarten und mehrere zerfledderte Zeitungen. Ein ganzer Satz mit dem Motiv *Idyll am Meer* verteilte sich, dank des beständigen Windes schon in alle Richtungen.

„Sorry, das war keine Absicht. Unsere neuen Mitbewohner sind einfach abgehauen. Aber ich komme natürlich für den Schaden auf." Johanna legte entschuldigend die Hände aneinander und sah zu ihrer Erleichterung, dass Mila bereits dabei war, die Ständer wieder aufzurichten und die unbeschädigten Artikel einzusortieren.

„Lass gut sein." Elise stoppte Mila und deutete zur Deichkrone. „Euer Ausbrecher ist wichtiger, fangt ihn lieber wieder ein, bevor er in Dänemark landet."

Mit ihren Bedenken hatte Elisa nicht ganz unrecht und so ließ Johanna ihr Rad bei ihr stehen und stieg den Deich hoch. Salt, der ihre Annäherung sehr wohl bemerkte, wanderte ein Stück weiter oben entlang, dann als ob ihn das Wasser lockte, fiel er in einen lockeren Trab und flitzte den Hang hinunter. Johanna, mehr oder weniger elegant, folgte ihm und fluchte wie ein Rohrspatz.

Einen Vorteil hatte der Strand. Salt konnte nur nach links oder rechts laufen und es gab auf der ganzen Strecke nichts, was er kaputtmachen könnte. *Doch wie sollten sie seiner habhaft werden?*

Am Fuß des Deiches blieb Johanna stehen und musterte die kleinen Dünen, den Strandhafer und den goldgelben Sand. Von ihrem vierbeinigen Mitbewohner keine Spur. Sie stiefelte durch die Düne, suchte am Boden nach Hinweisen, in welche Richtung Salt gelaufen war. Vielleicht trieb ihn die Sehnsucht ja zurück nach Hause. Nein, garantiert nicht! Dessen war sich Johanna mehr als sicher.

Sie stand mitten im Dünenabschnitt und sah nur den zartblauen Himmel und den gräulichen Strandhafer. Ein gnadenloses Seitenstechen machte jedes Fortkommen unmöglich und so hob sie notgedrungen die Arme in die Luft und atmete gleichmäßig ein und aus. Gleichzeitig scannte sie mit den Augen jeden Winkel des Bereichs, der vor ihr lag. Salt mit seinem hellgrauen Fell, das nur hin und wieder ein paar schwarze Punkte aufwies, verschwand regelrecht in der Landschaft. Und so manches Mal wünschte sie sich ein Fernglas herbei, um ungewöhnliche Schattenwürfe genauer untersuchen zu können. Würden sich nicht ein paar aufgeregte Strandbesucher melden, würde es ein langes und aufwendiges Suchspiel werden.

Warum nur war die DLRG noch nicht vor Ort? Das Team der Wasserrettung würde ihr garantiert bei der Suche helfen. Doch so spät im Frühjahr gab es noch keine bewachten Strandabschnitte und so war sie auf sich allein gestellt. Nun ja, ein leichtes Lächeln huschte über ihre Lippen. Ganz allein war sie nicht. Zumindest ein paar zuverlässige Helfer hatte sie, die sie unterstützten.

„Mama, wo bist du?" Die helle Stimme von Mila erklang. Fast hätte Johanna sie bei dem sanften Rauschen des Wassers nicht gehört. „Ich habe ihn gefunden. Er ist am Strand."

Am Strand! Das Wissen, dass sie ihren Ausbrecher wieder im Blick hatten, verlieh Johanna neue Energie. Sie stapfte durch den Sand und genoss das leichte Kitzeln der langen Halme des Strandhafers. Am Saum des Strands angekommen brauchte sie nur kurz, um ihre übermütig hüpfende Tochter auszumachen. Etwas weiter, näher am Wasser sah sie Salt. Er stand in der Brandung, den Kopf erhoben, sah er mit dunklen, glänzenden Augen in die Ferne. Sein kleines Puschelschwänzchen zuckte und seine dicken Füße wurden sporadisch von der Brandung umspült.

Was für ein witziges Bild. Wäre es nicht ihr Alpaka, sondern ein gut gemachter Werbeclip, würde sie jetzt im Sessel sitzen und die gelungene Aufführung bewundern. Doch so? So taten sich ihr unzählige Fragen auf.

„Können Alpakas schwimmen?" *Konnte jemand hier Gedanken lesen?* Verblüfft wand Johanna den Blick von ihrem untreuen Vierbeiner ab und sah nach links. Dort befand sich, wie sie schon bei der dunklen Stimme vermutet hatte, Antony. Mila und er standen gut hundert Meter entfernt von Salt und ihre Tochter redete aufgeregt auf Antony ein. Abwechselnd deutete sie auf Salt und auf sie. Johanna konnte nur vermuten, dass ihre Tochter einen Plan ausheckte.

„Können Alpakas schwimmen?" Über das Tosen der Gischt hinweg rief ihr Antony erneut diese Frage zu. Sie wusste es nicht, denn so viel Zeit für Recherche hatte sie bis jetzt noch nicht gehabt.

„Keine Ahnung." Sie hob fragend die Arme in die Höhe, doch er verstand sie auch so. Mila und er gingen langsam auf Salt zu. Johanna hingegen prüfte kurz die Lage am Strand. Der Wind hatte aufgefrischt, dunkle Regenwolken zogen über den weitgestreckten Horizont. Der Wetterumschwung sorgte dafür, dass nur noch wenige Besucher unterwegs waren. Ein Vorteil für sie. Inzwischen hatten Antony und Mila einen Bogen um Salt geschlagen, sodass er nun von drei Seiten eingekesselt wurde. Doch das Alpaka schien sich darum gar nicht zu kümmern. Er ging bedächtig einen weiteren Schritt ins Wasser, sodass die dicken Sohlen aller vier Füße vom Wasser umspült wurden. Johannas Herz sank eine ganze Etage tiefer. Alpakas konnten garantiert schwimmen und wenn sie Pech hatte, sah sie in wenigen Augenblicken einen Vierbeiner im Wasser, der dem Sonnenuntergang entgegenschwamm.

Nein! Energisch schüttelte sie ihren Kopf. Alpakas lebten im Hochland, einer Wüste aus Gras und Gestrüpp. So, als ob Salt wüsste, welche Sorgen sie plagten, blieb er stehen und senkte den Kopf. Probeweise trank er ein paar Schlucke und legte die Ohren an. Mehrere Tropfen rannen über seine Lippen. Dann knickte er mit den Vorderbeinen ein und vor lauter Schreck blieb Johanna die Luft weg. Die Hinterbeine folgten und kurz darauf lag er im Wasser. Einzelne Wellen umspülten seinen Rücken, während er nun abwechselnd nach links und rechts blickte.

Erst jetzt schien er zu bemerken, dass er nicht allein war, sondern sich ihm mehrere Menschen näherten.

„Mila, hast du das Halfter mitgenommen?" So gut es ging, bemühte sich Johanna darum, ruhig und entspannt zu sprechen. Auf keinen Fall sollte Salt bemerken, wie nervös sie war.

„Leider nein." Entschuldigend hob Mila die Hände. „Ist alles an der Straße liegen geblieben."

Wütend ballte Johanna ihre Hände zu Fäusten. *Warum hatte sie nicht daran gedacht?* Die Antwort kam ihr im gleichen Augenblick. Sie hatten den Ausreißer nicht aus den Augen verlieren wollen. Deshalb.

„Kein Problem!", rief Antony, ihr Retter in letzter Sekunde. „Wenn es ein einfaches Seil auch tut?"

Bei diesen Worten hielt er ein vielleicht fingerdickes Tau in den Händen, wie man es gern beim Segeln verwendete.

„Besser als nichts." Zu dritt umzingelten sie Salt immer weiter und schließlich stand Johanna direkt neben seinem Kopf. Ob es nun die ungewohnte Nähe zu Menschen war, oder es ihm langsam schlicht und einfach zu kalt wurde, wusste Johanna nicht. Ein letztes Mal stupste er sein Maul ins Wasser, anschließend erhob er sich und in dicken Bächen rann das Wasser aus seinem Fell.

„Hier", hauchte Antony und reichte ihr das Tau. Johanna, nun ein bisschen geübter mit dem Einfangen von Alpakas, legte es ihm um den Hals und band einen Knoten. Geschafft! Salt ging heute garantiert nicht mehr auf Reisen.

***

Noch immer geduldig wartend, stand Caramel unter den Apfelbäumen und drehte sich, soweit es der Strick zuließ, zu Mila um. Seine Ohren tanzten auf und ab. Mal lagen sie für den Bruchteil einer Sekunde am Kopf an, dann wurden sie wieder gespitzt und es schien so, als ob er die Umgebung genau überprüfen würde. Offenbar hatte er die Wartezeit gut überstanden und Johanna schlüpfte ein verhaltener Seufzer über die Lippen.

„Hallo Caramel." Mila strich dem Alpaka über den Hals und löste den Strick. Überraschend willig folgte er ihr, wie Johanna feststellte. *Vielleicht freute er sich ja darauf, wieder zurück auf die Weide zu dürfen?*

Mila lief mit Caramel voraus über ihre Zufahrt und Johanna folgte den beiden. Sie hielt Salt sicher an seinem improvisierten Halfter fest. Neben ihr befand sich Antony, der sich aufmerksam umsah. Erschöpft, aber zufrieden marschierten sie zur einsam daliegenden Weide.

„Hast du schon einmal daran gedacht, Alpaka-Wanderungen anzubieten?", erkundigte sich Antony bei ihr und Johanna hob überrascht den Kopf. Sie brauchte mehrere Atemzüge, bis sie verstand, was er sie gefragt hatte. „Ich bin bei meinen Recherchen auf viele interessante Projekte gestoßen. Und jetzt stelle gerade ich selbst fest, wie entspannend es ist."

„Nein, bis jetzt hatte ich noch nicht die Ruhe, um mir deine Unterlagen anzusehen." Sie deutete entschuldigend erst auf die Tiere und dann auf ihre Tochter. „Es sind zwar immer nur ein paar Minuten, aber meistens bin ich abends einfach nur noch müde und möchte ins Bett."

Sie stoppten kurz an der Durchgangsstraße und als kein Fahrzeug kam, überquerten sie diese mit flottem Schritt. Überrascht sah Johanna, dass das Gatter zur Weide jetzt geschlossen war und die Kette locker darum hing.

„Pepper ist wieder da!" Mila, mit Salt am Strick, spurtete zur Weide. Das Alpaka folgte ihr mit leicht schwankenden Schritten, aber deutlich langsamer. „Unser Dream-Team ist komplett", rief sie und mit überschäumender Lebensfreude fiel sie Caramel um den Hals, was dieser mit angelegten Ohren und einem hochgerissenen Kopf quittierte. *Gleich wird er spucken*, schoss es Johanna durch den Kopf.

Doch nichts passierte und sie entdeckte nun auch den Dritten ihrer Ausreißer. Er hatte bis eben in der Hütte gelegen und erhob sich nun langsam. Neugierig kam er Schritt für Schritt auf sie zu. Ihm folgte – ebenfalls sehr verhalten – Franka, wie Johanna verblüfft feststellte. Damit hatte sie nun nicht gerechnet.

Wie schön. Ein Felsbrocken fiel von ihrem Herzen. Nun waren sie alle wieder vereint.

Innerhalb kürzester Zeit standen die Alpakas auf der Weide und Johanna schloss ihre Älteste in die Arme.

„Schön, dass du Pepper Gesellschaft geleistet hast. Das war echt klasse von dir", sagte Johanna und nahm den Duft nach frisch gemähtem Gras wahr. Nach ein paar Augenblicken löste sich Franka aus der Umarmung und berichtete aufgeregt, wie Herr Frederic mit Pepper am Strick zu ihr gekommen sei. Spontan nahm sich Johanna vor, dem Landwirt in den nächsten Tagen eine Flasche Rotwein als Dank vorbeizubringen. Während ihre Älteste erzählte, blickte sie abwechselnd zwischen ihrer Mutter und Antony hin und her.

Dieser schien die Skepsis von Franka nicht zu bemerken oder zumindest tat er so. Er beobachtete konzentriert Mila und hörte ihren Erläuterungen zu, während diese Caramel das Halfter abnahm und den Unterstand inspizierte.

Offenbar lag ihrer älteren Tochter eine Frage auf dem Herzen und Johanna ahnte auch schon was. Bevor Franka lospolterte, und nachher etwas Falsches sagte, ergriff Johanna hastig das Wort.

„Ist das nicht klasse? Herr Ellmar hat uns beim Einfangen von Salt geholfen. Er ist runter zum Strand galoppiert und hat ein Bad in der Ostsee genommen." Währenddessen versuchte sie, den Knoten vom Strick zu lösen, doch es gelang ihr nicht. Sie war einfach zu ungeschickt. *War das Tau zwischenzeitlich aufgequollen und der Knoten zu fest? Oder lag es einfach nur daran, dass sie ständig zu Antony hinüber blickte?*

Ungefragt schob sich Franka dazwischen und äußerst dankbar überließ sie ihr die Aufgabe. Sie wollte einfach nur noch nach Hause und den Tag entspannt ausklingen lassen. Alpaka-Abenteuer hatte sie für heute genug gehabt. Und wenn sie sich ihre Töchter so ansah, dann erging es ihnen ähnlich.

Eins, zwei, drei. Johanna zählte noch einmal die dunklen Flecken auf der Weide. Ja, es waren alle drei Alpakas wieder wohlbehalten da und ruhten sich aus. Sehr zu ihrer Erleichterung war die abenteuerliche Reise ohne Verletzungen oder größere Schäden abgelaufen.

Dennoch konnte sie auf eine Wiederholung sehr gut verzichten.

„Was für ein Glück," murmelte Johanna und überprüfte ein letztes Mal die Kette und das dazugehörige Schloss. Die Weide selbst bei kurzer Abwesenheit abzuschließen, würde sie nie wieder vergessen.

„Lasst uns gehen." Johanna nahm ihre beiden Kinder liebevoll in den Arm. Etwas abseits stand Antony. Er stützte die Unterarme auf dem Gatter ab und beobachtete die Tiere. Ununterbrochen murmelte er etwas vor sich hin.

„Kommst du noch mit rein?" Sie ging zu Antony und legte ihre Hand auf seine Schulter, deutete einladend zu ihrem Haus hinüber. „Möchtest du vielleicht noch einen Tee?"

Für einen kurzen Moment hatte Johanna das Gefühl, dass Antony sie nicht gehört hatte. Doch dann drehte er sich um und trotz der hereinbrechenden Dämmerung erkannte sie, wie er sie erfreut ansah und seine dunklen Augen aufleuchteten.

„Ein Tee wäre wunderbar." Er drehte sich um und für einen kurzen Augenblick rechnete Johanna damit, dass er seine Hand auf ihre Schulter legen würde. Sie verspürte einen kleinen, enttäuschenden Stich, als er es nicht tat. „Das wäre der perfekte Abschluss nach diesem Tag."

Seite an Seite liefen sie über den Trampelpfad, jeder in seine Gedanken versunken. Die Mädchen eilten ihnen voraus und Mila redete ununterbrochen auf ihre Schwester ein. Offenbar erzählte sie dieser in allen Details, was sie heute Nachmittag verpasst hatte.

Siedend heiß durchfuhr Johanna die Erkenntnis, dass Franka nichts von ihrer sich anbahnenden Freundschaft zu Antony wusste. *Wie würde sie wohl darauf reagieren?*

Das Gesicht ihrer Tochter glich einer steinernen Statue, als sie mitbekam, dass Antony genauso selbstverständlich, wie sie, die Schuhe auszog. Ihr Atem ging flach und nachdem sie sich einen Apfel aus der Küche geholt hatte, verschwand sie wortlos nach oben. Nachdenklich sah sie ihrer Tochter hinterher. Zu gerne hätte sie gewusst, wo diese den ganzen Nachmittag über gewesen war. Doch im Augenblick hatte sie das Gefühl, dass es nur einen weiteren Protest gegeben hätte, daher ließ sie Franka lieber ziehen.

***

„Danke nochmals für deine Hilfe." Verlegen stand Johanna im Flur und starrte abwechselnd vom Bild ihres Mannes zu dem Mann, der vor ihr stand. Sie versuchte, ihre Gefühle zu sortieren. Einen Augenblick überwog der Schmerz der Erinnerung, dann wieder meldete sich dieses wunderschöne Herzklopfen, wenn sie Antony anblickte. „Wer weiß, wie lange wir gebraucht hätten, wenn du nicht ..."

„Na ja, jetzt übertreibst du aber." Er hüstelte und strich sich eine Strähne aus dem Gesicht. „Es ist doch selbstverständlich, dass man hilft, wenn Not am Mann ist."

Er nickte ihr zum Abschied noch einmal zu, wickelte das salzige und feuchte Tau zum unzähligen Male auf und öffnete schließlich die Haustür. Gerade als er die erste Stufe hinunterstieg, fiel ihr etwas ein.

„Stopp Antony. Wie kommst du denn nach Hause?" Sie legte ihm ihre Hand auf die Schulter und hinderte ihn so daran, weiterzugehen. „Wo steht dein Auto? Du bist uns doch von Wisch aus entgegengekommen oder irre ich mich?"

„Nein, das stimmt." Seine Stimme klang so einfühlsam und warm, dass Johanna ein sanfter Schauer über den Rücken lief. Eine Reaktion ihres Körpers, die sie schon lange nicht mehr gespürt hatte. „Aber ich kann laufen. So spät ist es noch nicht."

„Kommt gar nicht infrage." Entschlossen griff sie nach ihrem Autoschlüssel und rief in den Flur hinein, dass sie noch einmal kurz unterwegs sei. Zumindest von Mila kam eine gebrummte Antwort. „Ich fahre dich rasch."

„Danke." Schulter an Schulter stiegen sie die Treppe hinunter und jede kleine, noch so unbeabsichtigte Berührung sorgte dafür, dass ein Prickeln durch ihren Körper lief. Ein schönes, angenehmes Gefühl. Doch Johanna wusste nicht, wie sie das Ganze werten sollte. Verstohlen blickte sie zu ihm hinüber. Er zeigte mit keiner Reaktion, wie es ihm erging.

Ihr Wagen sprang, ohne zu murren an, und Johanna lenkte ihn geschickt durch die verlassen daliegenden Straßen. Nur vereinzelt sah sie Urlauber auf dem Weg in ihre Unterkunft. Das Schweigen zwischen ihnen wurde von einem Countrysong untermalt, der aus ihrem altersschwachen Radio kam. Beschwingt tippte sie mit dem Zeigefinger im Rhythmus auf das Lenkrad.

Endlich, nach einer weiteren Abbiegung, kam der Parkplatz in Sicht und sie bremste direkt vor der Zufahrt. Nur noch drei einsame Fahrzeuge standen dort und warteten auf ihre Abholung.

„Da sind wir. Danke nochmals für deine Hilfe." Sie drehte sich zu ihm und er beugte sich zu ihr hinüber. Es fühlte sich so gut an, ihn an ihrer Seite zu wissen, und fast hätte sie ihn umarmt und geküsst. Doch sie beherrschte sich und genoss einfach nur diesen Moment.

„Keine Ursache, es hat mir viel Spaß gemacht, als Alpaka-Bändiger zu arbeiten." Er kam ein weiteres Stück näher und streichelte mit seiner Linken über ihr Gesicht. Eine sanfte und äußerst zarte Berührung, die Johanna aus tiefstem Herzen genoss. „Wenn ich darf, komme ich demnächst vorbei und wir machen Pläne, womit sich die Alpakas ihren Lebensunterhalt verdienen können." Er öffnete die Tür, das Licht im Fahrzeug ging an und die kurzen Sekunden Intimität verflogen. Ein leeres Gefühl blieb in ihr zurück.

„Sehr gerne." Zum Abschied winkte sie Antony noch einmal zu und freute sich schon jetzt, ihn bald wiederzusehen. Auf dem Heimweg drehte sie ihr Radio voll auf.

***

„Guten Morgen." Frohgelaunt und offenbar frisch geduscht kam Mario durch die Küchentür. Er hielt eine Tüte frisch gebackener Brötchen in der Hand und strebte auf den Tisch zu. Johanna stockte in der Bewegung, denn mit diesem Besuch hatte sie überhaupt nicht gerechnet. *Sollte dies seine Art der Entschuldigung sein? Brötchen für ein gemeinsames Samstagvormittag-Frühstück?* Sie krauste die Nase und zählte bis zehn. Bei Gelegenheit würde sie das Gespräch mit ihm suchen und ein paar Punkte klären. Doch jetzt war ihr nicht danach, zuerst musste sie herausfinden, was für Probleme Franka hatte, denn ihre Tochter ging immer vor.

„Gibt es Kaffee?" Mario setzte sich an den Küchentisch und sah erwartungsvoll in die Runde. Mila, die gerade die Teller verteilte, holte sofort Besteck für den Gast und deckte ungerührt weiter den Tisch. Derweil suchte Johanna die Köstlichkeiten zusammen, die im Kühlschrank lagen.

„Du hast etwas verpasst. Die Alpakas waren unterwegs." Während sich Mila mit ihrem Untermieter unterhielt und ihm alles bis ins kleinste Detail erzählte, kam Franka hereingeschlichen. Wie Johanna mühelos erkannte, hatte diese zerzaustes Haar, dunkle Augenringe und die Kleidung sah irgendwie aus, als ob sie darin geschlafen hätte. Mit müden Bewegungen setzte sie sich zu ihnen und brummte nur kurz etwas zur Begrüßung.

Mario griff derweil fröhlich zu und belegte sein Brötchen dick mit Aufschnitt und Gurkenscheiben. Mit wachsender Begeisterung lauschte er Mila. *Bereute er es etwa jetzt, nicht mit von der Partie gewesen zu sein?*

„Guten Morgen, meine Große." Johanna ging währenddessen zu ihrer Tochter und hauchte ihr einen Kuss auf den Scheitel. „Möchtest du einen kleinen Schluck Kaffee?"

Als Antwort erhielt sie ein fast nicht sichtbares Nicken und so schenkte sie ihrer Tochter etwas von dem Heißgetränk ein und verlängerte es mit reichlich Wasser.

„Danke", murmelte Franka, trank den Kaffee in großen Schlucken aus und nahm sich anschließend etwas von dem Obst, das ihr Johanna hinüberschob. Während sie aß, hörte sie gespannt lauschend ihrer Schwester zu und lachte ebenfalls herzhaft, als Mila erzählte, wie Salt in der Ostsee gebadet hatte. Ein Stein purzelte Johanna vom Herzen, offenbar ging es Franka wieder besser.

So setzte sie sich dazu und genoss das Frühstück. Und jetzt, wo die Tiere wieder sicher auf der Weide standen, konnte auch Johanna über die gestrige Panne lachen.

„Ich gehe später noch zu Elise und kümmere mich um den entstandenen Schaden", meinte Johanna und trank den letzten Schluck Kaffee. „Einkaufen muss ich auch noch. Franka …", sagte sie und blickte zu ihrer Tochter, „… möchtest du mich vielleicht begleiten und mir beim Planen des Mittagessens helfen?"

Franka hob den Kopf, überlegte kurz und nickte dann zustimmend. Wie schön. Johanna freute sich schon darauf, mit ihrer Tochter während der Fahrt entspannt plaudern zu können. Vielleicht erfuhr sie dann ja auch, was diese bedrückte.

Entspannt saßen sie zusammen und Johanna genoss diese seltenen Augenblicke des Zusammenlebens. Oft genug bestimmte die Uhr ihren Tagesablauf.

„Oh, schon so spät." *Hatte er ihre Gedanken gelesen?* Mario schob den Stuhl zurück und hob grüßend die Hand. „Danke für den Kaffee, es hat mir wieder viel

Spaß gemacht bei euch." Er packte die restlichen Brötchen ein, schob den Stuhl unter den Tisch und wollte hinausgehen.

Moment mal! So schnell kam ihr ihr Untermieter nicht davon.

„Mario, du hast doch sicher noch ein paar Minuten, oder?" Johanna richtete sich auf und stellte den Kaffeebecher ab. Verblüfft sah Mario sie an, die Papiertüte raschelte sanft. Auch Mila und Franka hörten auf, sich gegenseitig zu foppen und lauschten. Offenbar waren auch sie neugierig darauf, was Johanna nun plante. „Kannst du dich zusammen mit Mila um die Alpakas kümmern? Das wäre super, du sagst ja selbst, es ist nicht viel Arbeit."

„Äh, ja." Mit dieser Frage hatte sie Mario eindeutig auf dem falschen Fuß erwischt. Sein Gesicht wechselte von rot zu weiß und wieder zurück. „Aber ich habe keine Ahnung, was ich tun soll."

„Ich zeige dir alles." Begeistert über den Plan ihrer Mutter sprang Mila auf und zog Mario mit sich. Die Tüte mit den Brötchen raschelte noch einmal kurz, dann zerplatzte sie und der Inhalt purzelte zu Boden.

***

„Mama, hast du mal Zeit für mich, oder vielmehr für die Alpakas?"

In Gummistiefeln und der geliebten Stalljacke kam Mila in die Küche und blieb direkt beim Herd stehen.

„Warum? Was ist denn?" Johanna, die Frankas Lieblingsessen, nämlich eine große Portion Fischstäbchen briet, hielt in der Bewegung inne.

„Ich habe doch mit Mario nach den Alpakas gesehen." Zustimmend nickte Johanna und wartete darauf, dass ihre Tochter weitererzählte. „Während Salt sein Mineralfutter gefressen hat, habe ich mir sein Fell einmal genauer angesehen."

„Warum? Einfach nur so, oder weil es so kuschelig ist?" Die Bratpfanne schob Johanna lieber vom Herd und schaltete ihn aus. Bevor sie sich weiter um das Essen kümmerte, wollte sie wissen, was für Mila gerade so wichtig war.

„Ja, kuschelig ist es. Wenn ich dürfte, würde ich Salt glatt mit ins Bett nehmen. Das wäre was." Ihre Tochter lächelte verschmitzt. Dabei lag schon eine stattliche Sammlung an Stofftieren auf ihrem Bett und diese durften ihr jede Nacht Gesellschaft leisten. Wie Mila unter diesen Umständen gut schlief, war ihr stets ein Rätsel. Ein großes sogar. „Nein, deshalb komme ich jetzt nicht zu dir. Ich habe so kleine, krabbelnde Tierchen bei ihm beobachtet, so ganz, ganz winzige."

Parasiten bei Alpakas? Möglich war vieles und so nickte sie und nahm sich vor, heute Nachmittag einmal nach ihren Flauschkugeln zu gucken.

„Das ist blöd. Nach dem Essen gehen wir mal zusammen rüber und kontrollieren das Fell. Notfalls muss der Tierarzt kommen." Sie drehte sich wieder zum Herd um und schaltete ihn ein. „Wie hat sich Mario geschlagen?"

„Frag nicht." Mila zog ihre Jacke aus, warf sie nachlässig über den Stuhl und entledigte sich genauso tiefenentspannt ihrer Stiefel. Zum Glück war die Weide gerade einigermaßen trocken und außer ein paar winzigen Krümeln Dreck blieb ihre Küche sauber. „Er hat einen Eimer Wasser geschleppt und an drei Zaunpfosten gerüttelt. Danach hat er gesagt, dass er leider losmuss."

Sie schnappte sich ihre Sachen und verschwand in den Flur. Johanna sah ihr nach. Wieso wunderte sie sich nicht darüber, dass die Versprechen von Mario nur heiße Luft gewesen waren?

***

Salt guckte nicht gerade begeistert, als Johanna ihn mit einem entschlossenen Satz am Hals packte und ihm das Halfter überzog. Seine Ohren wanderten nach hinten und sein Blick war mehr als ungnädig.

„Hallo Salt." Mit einer Hand hielt sie den Strick, mit der anderen wuschelte sie ihm durch das Fell. Inzwischen verstand sie sehr gut, warum die Wolle der Alpakas so begehrt war. Es fühlte sich einfach unheimlich flauschig an und lud zum Kuscheln ein. „Tut mir leid Kumpel, aber ein paar Minuten wirst du dich gedulden müssen, dann darfst du wieder zu deinen Freunden."

Mila, die neben ihr stand, nahm den Strick, sodass sie sich entspannt die Haut und Wolle ansehen konnte. Minutenlang untersuchte sie das Fell gründlich, immer in der gespannten Aufregung, etwas krabbeln zu sehen. Doch zu ihrer Erleichterung gab es nichts, was sie an ein winziges, blutsaugendes Monstrum erinnerte.

„Du kannst Salt wieder laufen lassen." Johanna wuschelte ihm noch einmal durch das Fell und entfernte einen einzelnen Strohhalm. Er tanzte durch die Luft, vom beständigen Wind angetrieben und landete dann weit entfernt im Gras. „Ich habe jetzt nichts Verdächtiges entdeckt. Dennoch sollten wir ein bisschen darauf achten und die drei immer mal wieder kontrollieren. Man weiß nie."

***

Eine angenehme Ruhe lag über dem Haus, die Kinder befanden sich in ihren Betten und schliefen. Aus der Einliegerwohnung hörte sie nur sporadisch Musik.

Johanna schaltete das Standlicht im Wohnzimmer ein und das Deckenlicht aus. Eine dezente, angenehme Hintergrundbeleuchtung. Perfekt für einen entspannten Abend. Sie hatte sich einen Tee gekocht und zusammen mit einer Tüte Chips kuschelte sie sich auf das Sofa. Nun endlich wollte sie sich die Ausdrucke vornehmen und ein bisschen mehr über Alpakas und ihre Bedürfnisse lernen.

Antony hatte sich intensiv mit dem Thema beschäftigt und ihr neben den doppelseitig bedruckten Blättern auch einige handschriftliche Anmerkungen dazugeschrieben. Seite für Seite las sie die Hinweise. Das Papier raschelte leise beim Umblättern und der Tee wurde kalt.

Erst als sie davon einen Schluck nahm, fiel es ihr auf. Selten hatte sie eine so spannende und lehrreiche Lektüre gehabt. Nun verstand sie so manches besser und wusste, worauf sie in Zukunft achten musste. Sie blickte auf die Uhr, noch war es nicht zu spät und so griff sie nach dem Telefonhörer. Vielleicht erreichte sie Antony ja und konnte ihm für seine Unterstützung

danken, und eventuell konnte sie ein weiteres Treffen
mit ihm vereinbaren.

Kapitel 25

Johanna

„Ist das Ihre Tochter?" Ein Mann, der Johanna spontan an einen Schrank mit Bart erinnerte, stand vor ihrer Tür. Überrascht trat sie einen Schritt zurück und schnappte nach Luft. „Kennen Sie sie?"

Der Hüne schob Franka ein Stück vor sich her und erst jetzt registrierte Johanna ihre Tochter, die unglaublich klein und unscheinbar aussah, als sie neben ihm stand. Ihr Gesicht war gräulich verfärbt, sie hatte die Schultern vorgezogen und zitterte am ganzen Körper. So wie sie aussah, wollte sie jeden Augenblick im nächsten Mäuseloch verschwinden.

„Seit Wochen treibt sie sich bei mir auf dem Campingplatz herum und steckt ihre Nase in alles, was nicht abgeschlossen ist." Er strich sich mit der Rechten durch seinen Bart und Johanna entdeckte ein paar Tattoos auf seinem kräftigen Unterarm. „Erst dachte ich, dass sie ein Kind von Urlaubern ist. Doch irgendwann habe ich mich gewundert, weil kein Elternpaar wochenlang Urlaub hat. Und dann ..." Er legte wieder beide Hände auf ihre Schultern und schob sie über die Schwelle. „... dann habe ich sie auf frischer Tat ertappt, wie sie in einen Wohnwagen eingestiegen ist."

Schlagartig gaben die Knie von Johanna nach und sie musste sich am Türrahmen anlehnen. Ihr wurde jetzt einiges klar und Scham stieg in ihr auf. *Wie hatte sie als Mutter nur so versagen können?* Dabei hatte sie noch am Wochenende gedacht, dass sie mit ihrer Tochter über alles gesprochen und auch alles geklärt hatte. *Wie hatte sie sich nur so täuschen können?*

„Kommen Sie doch rein, bitte." Sie trat von der Tür zur Seite und deutete in die Küche. „Sie kommen genau im richtigen Augenblick. Ich muss erst in einer Stunde arbeiten."

Zusammen mit Franka gingen sie in die Küche. Dabei wurde ihre Tochter von Minute zu Minute kleiner. Unsicher sah Johanna sich um. *Ob sie dem Herrn etwas zu trinken anbieten sollte?* Gleichzeitig kam ihr in den Sinn, dass es bestimmt äußerst unglücklich war, dass sie ständig unterwegs und arbeiten war. Unsicher nestelte sie am Saum ihrer Strickjacke.

„Darf ich Ihnen etwas zu trinken anbieten?" Sie deutete auf den Küchentisch, wo Mila ihre Schulsachen ausgebreitet hatte, um sich auf ein Referat vorzubereiten. Die Pappe mit ihren Zeichnungen und Beschriftungen nahm fast den ganzen Küchentisch ein. Dazwischen, befanden sich, locker verstreut, Papierschnipsel und Buntstifte. „Wollen Sie sich nicht setzen?"

So schnell es ging, räumte sie den Tisch ab, hob ein paar Schnipsel vom Boden auf und legte das Arbeitsmaterial auf die Anrichte. „Ihr Besuch kommt ein bisschen überraschend."

Ein tiefes Gebrumme erklang als Antwort und Johanna fühlte sich in diesem Augenblick genauso schlecht wie ihre Tochter. Nur damit ihre Hände etwas zu tun hatten, schaltete sie die Kaffeemaschine ein und holte ein paar Becher aus dem Schrank. Franka stellte sie ein Glas mit Mineralwasser hin.

Mittlerweile hatte sich ihre Tochter hingesetzt, den Kopf auf ihre Arme gelegt und rührte sich nicht. Während der Kaffee durchlief, stellte Johanna eine Schale mit Keksen auf den Tisch. Vor lauter Aufregung zitterten ihre Hände. Ihr unbekannter Besuch stand schweigend und mit grimmiger Miene mitten in der Küche.

„Bitte setzen Sie sich doch." Einladend deutete sie auf den freien Stuhl und hoffte auf irgendeine positive Reaktion. „Der Kaffee ist gleich fertig und dann möchte ich gerne erfahren, was genau passiert ist."

„Danke, ich bleibe lieber stehen." Er wanderte durch die Küche und betrachtete interessiert die Skizzen von Mila.

Mit der Kaffeekanne in der Hand stand Johanna da, wartete einen Augenblick und füllte dann die zwei Becher bis zum Rand. Sie reichte ihrem unerwarteten Gast einen davon.

Ein unangenehmes, bedrohliches Schweigen breitete sich aus und sorgenvoll blickte Johanna von ihrer Tochter zu dem Gast. Ihre Finger klebten regelrecht am Becher und nur flüchtig registrierte sie, wie sie anfingen zu brennen. Der Kaffee war eindeutig zu heiß. Sie stellte ihn auf den Tisch, nahm ihre Hände vom Becher und pustete verstohlen in ihre Handflächen.

„Also, erst einmal muss ich sagen, dass es mir leidtut. Ich erziehe meine Töchter zu anständigen und ehrlichen Erwachsenen und ich bin darüber schockiert, was Sie mir gerade erzählt haben."

Tröstend legte sie ihre Hand auf die Schulter ihrer Tochter und drückte sanft zu. Gleichzeitig suchte sie den Blick ihres Besuchers.

„Schon klar, das behaupten sie alle!" Johanna sackte in sich zusammen. Seine Stimme triefte nur so vor Spott. „Also noch einmal zum Mitschreiben: Ihre Tochter ist seit Tagen ..." Er verstummte, strich sich durch den Bart und schüttelte dann mit gekrauster Stirn den Kopf. „Nein, seit Wochen beobachte ich Ihre Tochter schon bei mir auf dem Campingplatz. Mal bei den Waschräumen, mal auf dem Spielplatz oder im Gespräch mit unseren Gästen."

Langsam wurde Johanna klar, wo sich ihre Tochter seit einiger Zeit herumtrieb. Sie ärgerte sich über sich selbst, dass sie nie nachgehakt hatte, sondern sich mit allgemeinen Erzählungen und den angeblichen Besuchen bei ihren Freundinnen hatte einlullen lassen. Nun war es zu spät.

„Heute lief das Fass dann endgültig über. Als ich auf dem Platz nach dem Rechten sehen wollte, beobachtete ich Franka dabei, wie sie das Fenster von einem Wohnwagen aufklappte und einsteigen wollte."

Plötzlich kam Bewegung in Franka. Der Tisch wackelte und vehement schüttelte sie den Kopf.

„Nein, das stimmt nicht. Das Fenster war schon offen und ich wollte einfach nur reinschauen. Bitte glauben Sie mir doch!"

Ein Häufchen Elend konnte nicht trauriger wirken. Tröstend strich Johanna ihrer Tochter über den Kopf, während sie überlegte und nachrechnete. Ungefähr seit Monjas Auszug ging ihre Tochter unerlaubt auf Tour.

„Einfach nur nachschauen!“ Der Mann lachte auf. „Deshalb auch der Stuhl, auf dem du standest? Und halb im Fenster hingst?“

„Ja, der stand einfach so da.“

„Schon klar, Frollein.“ Er hob den Kopf und sah nun auffordernd zu Johanna. Diese hielt seinem Blick stand und ließ sich nicht einschüchtern. „Also nur damit das klar ist. Ihre Tochter hat mehrfach gegen Recht und Ordnung verstoßen und ich werde mir noch überlegen, ob ich nicht Anzeige erstatte.“

„Keine Anzeige, bitte!“, meldete sich Franka mit piepsiger Stimme zu Wort. Diese Situation ging ihrer Tochter offenbar sehr nahe und das Mitgefühl bei Johanna stieg. Bis jetzt hatte er die Polizei noch nicht eingeschaltet. Vielleicht ließ sich noch etwas regeln.

„Herr …“ Sie hielt kurz inne. *Hatte der Besucher schon seinen Namen genannt?*

„Ich bin Herr Müller, mir gehört der Campingplatz unweit von Holm.“ Er strich sich durch seinen Bart und zwirbelte eine Strähne. Nun erst fiel Johanna auf, dass der Bart akkurat gepflegt und in Form geschnitten war. Seine Augen, bis vor ein paar Minuten noch dunkel vor Wut, wirkten nun weniger grimmig.

„Danke. Also Herr Müller, wie gesagt: mir tut es unendlich leid, dass Franka sich bei Ihnen ungefragt herumtreibt.“ Sie holte kurz Luft, musterte ihre Tochter, deren Schultern ununterbrochen zuckten und sah die Tränen, die auf den Tisch tropften. „Natürlich werde ich dafür sorgen, dass es nie wieder vorkommt, und vielleicht könnten Sie von einer Anzeige absehen?“

Ein dickes unangenehmes Schweigen legte sich über den Raum. Nur unterbrochen vom kurzen Zischen der

Kaffeemaschine. Das Blut in Johannas Ohren rauschte und sie lehnte sich haltsuchend an den Tisch.

„Und wer garantiert mir, dass sie es nicht wieder macht?" Garantieren konnte Johanna natürlich für nichts. Schließlich musste sie alle paar Tagen ungeplant arbeiten und bei ihren unregelmäßigen Einsätzen konnte sie keinerlei Verlässlichkeit bieten.

„Bitte erstatten Sie keine Anzeige! Ich mach das auch nie wieder!" Frankas Stimme bebte und klang so mitgenommen, wie ihre Tochter aussah. Daher glaubte Johanna ihr unbesehen. „Bitte!"

War es die traurige Stimme oder traf hier mal wieder das Sprichwort zu *Raue Schale, weicher Kern*? Herr Müller nahm seinen Kaffeebecher und trank ein paar Schlucke. Wieder wanderte er zu dem Plakat, auf dem Mila mit einem Bleistift verschiedene Skizzen angelegt hatte, und murmelte vor sich hin. Schließlich drehte er sich wieder zu ihr um.

„Okay Franka. Offenbar bereust du wirklich, was du getan hast." Er kratzte sich nachdenklich hinter dem Ohr. „Und du erinnerst mich an meine Tochter. Ich gebe dir noch eine Chance."

Genau in diesem Augenblick kämpfte sich die Sonne durch die Wolken und erhellte ihre Küche. Von Franka kam ein vorsichtiges Seufzen und sie hob ihr Glas an die Lippen.

„Du hast offenbar zu viel Zeit und Energie. Mir fehlt gerade ein Hausmeister, der nach dem Rechten sieht." Unter dem dunklen Bart blitzte nun eine Reihe schneeweißer Zähne auf. „Deshalb mein Vorschlag: Du hilfst mir die nächsten beiden Wochenenden auf dem Campingplatz." Er hob die Hände und zählte auf. „Zum Beispiel die Mülleimer leeren, die Kiesflächen vom Unkraut befreien oder den Zaun anstreichen."

Er trank einen weiteren Schluck Kaffee und stellte den Becher anschließend auf den Tisch. „Wir sehen uns nächsten Mittag gegen vierzehn Uhr. Sag einfach am Empfang Bescheid."

Ob Franka über diese Vereinbarung glücklich war? Im Augenblick konnte Johanna das noch nicht mit Bestimmtheit sagen. Zumindest weinte sie nicht mehr, sondern malte mit den Fingerspitzen kleine Kreise auf den Tisch. Die Tischplatte vor ihr war bereits mit unzähligen fettigen Strichen verschmiert.

„Danke, das ist lieb von Ihnen." Johanna geleitete ihren Besuch vor die Tür. „Franka wird pünktlich da sein!"

Ein letztes, gnädiges Brummen erklang und dann stieg er die wenigen Stufen vom Eingang hinab. Hinter ihm schloss sie die Tür. Sollte sie lachen oder weinen? Mit dem Rücken zur Tür stand Johanna da und fixierte einen Punkt am Ende des Flurs. Mehrfach atmete sie ein und aus und zählte bis hundert. Erst als sie sich beruhigt hatte, kehrte sie zurück in die Küche.

Einem Trauerkloß gleich, saß Franka auf dem Stuhl. Sie hatte sich keinen Zentimeter bewegt und Johanna hörte ihr unterdrücktes Schluchzen, als sie näherkam. Johanna nahm sich einen Stuhl und setzte sich ihr gegenüber.

„Franka, oh Franka. Was hast du dir bei dieser Aktion nur gedacht?" Sie musterte ihre Tochter, doch außer ihrem dichten Haarschopf und den verschränkten Armen, in die sie ihren Kopf gebettet hatte, war nichts zu sehen. Dennoch war Johanna sich sehr sicher, dass Franka ihr aufmerksam zuhörte.

„Wir können froh sein, dass er dich nicht wegen Hausfriedensbruch anzeigt. Ich finde, er hat dir ein faires Angebot gemacht. Du hilfst ein paar Tage auf dem Campingplatz mit. Vielleicht ist es ja ganz lehrreich für dich."

Schweigen. Minutenlanges Schweigen. Außer Frankas Schluchzen und dem Wind, der ums Haus strich, hörte Johanna nichts. „Ich würde vorschlagen, die nächsten Tage bleibst du zu Hause und hilfst mir bei den Alpakas – einverstanden? Egal ob Ausflug oder der Besuch bei einer Freundin, sämtliche Aktivitäten sind für die nächsten Tage gestrichen."

Der Haarschopf wackelte kurz und dieses Zeichen wertete Johanna als Zustimmung. „Alles klar. Ich muss jetzt leider los. Aber wir reden noch einmal in Ruhe darüber."

Da die Zeit drängte, schnappte sie sich ihre Handtasche und rief nur kurz in den Flur, dass sie auf dem Weg zur Arbeit sei.

Kapitel 26

Antony

Johanna hatte angerufen! Sein Festnetzanschluss zeigte gestern Abend einen Anruf von ihr an und als die Erkenntnis zu ihm durchdrang, klopfte sein Herz sofort schneller und ein angenehmes Prickeln lief über seinen Rücken.

Ob er es wollte oder nicht, er empfand etwas für sie. Deutlich mehr, als ihm im Augenblick lieb war. Dennoch griff er nach dem Telefonhörer und betätigte die Wahlwiederholung.

Zwei, drei Mal tutete es und prüfend sah er auf die Uhr. *Ob sie schon schlief?* Nein, mit ein bisschen Glück war sie noch wach und ging an das Telefon.

Während er darauf wartete, dass sie das Gespräch annahm, legte er seine Unterrichtsmaterialien auf den Schreibtisch. Er war so beschäftigt, dass er fast nicht mitbekam, wie sie sich meldete.

„Hallo?" Ihre Stimme klang abgehetzt und müde. „Antony, bist du das?"

„Ja. Ich habe eben gesehen, dass du angerufen hattest, und deshalb habe ich jetzt zurückgerufen." Er hörte, wie sie sich hinsetzte, und vernahm das Rascheln von Stoff. „Gestern ist es bei mir sehr spät geworden. Ich war noch Tennisspielen mit ein paar Kollegen und hinterher haben wir ein paar Bier getrunken."

„Danke für den Rückruf." Sie schwieg, er hörte nur ihren leisen Atem. Dafür deutlich besser wahrnehmbar, das Rascheln von Papier. „Ich wollte dir nur sagen, dass du mir eine große Hilfe mit der Materialsammlung warst. Nun weiß ich schon deutlich mehr über meine vierbeinigen Mitbewohner."

Sie schwieg wieder und Antony erhob sich und wanderte in die Küche. Ob sie noch etwas zu Franka sagen wollte? Nein. Sie lachte kurz auf und berichtete ihm dann vom Parasitenalarm.

„Zum Glück habe ich nichts gefunden. Aber die nächsten Tage werde ich sie immer mal wieder kontrollieren."

So leise wie möglich öffnete er die Kühlschranktür und holte einen Fertigsalat heraus. Das Leben als einsamer Wolf sorgte halt auch dafür, dass man deutlich unregelmäßiger etwas aß, als es gut war.

Entspannt lehnte er sich gegen die Küchenanrichte und plauderte mit Johanna. Erst als sein Telefon-Akku lautstark protestierte, sah er auf die Uhr und erschrak.

„Johanna, lass uns für heute Schluss machen. Ich habe noch nichts gegessen und die Vorbereitungen für den nächsten Tag warten auch noch."

Nach der Verabschiedung nahm er sich den Salat, öffnete ihn und kehrte zurück ins Arbeitszimmer. Während er den an Pappe erinnernden Salat aß, schlug er das erste Arbeitsheft auf und korrigierte es. Doch er konnte nicht verhindern, dass seine Gedanken immer wieder zu Johanna abschweiften.

Kapitel 27

Johanna

„Mila, hast du Franka gesehen?" Johanna trug ein paar robuste Halbschuhe und hielt die Schüsseln mit dem Mineralfutter in den Händen. Eigentlich wollte sie mit Franka zusammen die Alpakas versorgen. Doch Franka kam nicht die Treppe hinuntergepoltert, als sie nach ihr rief. Allgemein war es oben in ihrem Zimmer die ganze Zeit überraschend still gewesen.

„Nein, Mama." Mila legte das Telefon beiseite und erhob sich vom Sofa. „Ich habe bis eben mit Antonia telefoniert. Wir wollen zusammen an den Strand."

Sie zuckte mit den Schultern und sprang die Treppe hoch. Notgedrungen zog Johanna die Schuhe wieder aus, legte die Schüsseln zur Seite und stieg ebenfalls in den ersten Stock hinauf. Nachdem sie angeklopft hatte, trat sie in das Zimmer ihrer Tochter. Der Raum war verlassen, das Bett ordentlich gemacht, eine sandige und feuchte Jeans lag vergessen davor auf dem Boden. Auf dem Schreibtisch erblickte Johanna eine angebrochene Tüte Chips und ein paar Schulbücher. Alles, wie gewohnt.

Nun gut, offenbar hatte Franka andere Vorstellungen vom Nachmittag gehabt als sie. Dabei hatte sie ihr gestern noch hoch und heilig versprochen, nicht auf Tour zu gehen, sondern ihr beim Versorgen der Alpakas zu helfen.

Johanna fluchte leise vor sich hin und nahm sich vor, mit ihrer Ältesten noch ein ernstes Wörtchen zu reden. So ging es nicht weiter! Wütend ballte sie die Hände zu Fäusten. Ihre Tochter war eindeutig zu eigenmächtig.

Notgedrungen machte sie sich allein auf den Weg, um sich um ihre flauschigen Mitbewohner zu kümmern. Ködel einsammeln, das Wasser kontrollieren und den dreien beim Wiederkäuen zusehen. Die Zeit verging wie im Fluge und es war schon spät, als sie endlich wieder nach Hause zurückkehrte.

Der Kies der Auffahrt knirschte, als Mario seinen Wagen auf den Stellplatz parkte. Johanna, die gerade die Haustür aufschließen wollte, stockte mitten in der Bewegung.

„Hallo Johanna." Grüßend ging Mario auf seine Wohnung zu. In seinen Händen hielt er mehrere Taschen mit Einkäufen. Einige Gläser klirrten, als er sie auf den Boden abstellte.

„Hallo Mario, hast du einen Augenblick Zeit für mich?" Kurz entschlossen stieg sie die Stufen wieder hinab. Auch mit ihm wollte sie einmal in Ruhe sprechen ...

Erwartungsvoll sah er sie an, die leicht geöffnete Tür hielt er fest, damit sie nicht weiter aufschwang.

„Wie geht es dir? Alles in Ordnung?", erkundigte sich Johanna.

„Danke, kann nicht klagen." Bei diesen Worten hob er seine Einkäufe auf. „Nur ein bisschen im Stress. Ich habe heute Abend eine Verabredung und soll noch etwas Leckeres mitbringen."

Demonstrativ zeigte er ihr die Taschen und Johanna sah oben zwei Schalen mit Erdbeeren aufleuchten.

„Ich verstehe." Sie zuckte mit den Schultern, irgendwie überraschte sie diese Absage ganz und gar nicht. „Ich bräuchte deine Hilfe bei den Alpakas. Ich habe Heu bestellt und es wäre toll, wenn du mir beim Stapeln helfen könntest. Neue Zaunpfosten müssten auch eingeschlagen werden ..."

Sein wenig begeisterter Gesichtsausdruck sprach Bände. Dennoch bemühte er sich um ein Grinsen, bei dem sie seine Schneidezähne sah, und nickte zustimmend. Allerdings sprach seine verkniffene Augenpartie eine vollkommen andere Sprache.

„Sagst du mir Bescheid? Eine halbe Stunde kann ich sicher abzwacken." Währenddessen stieß er seine Wohnungstür auf. „Aber nun muss ich leider. Bis später."

****

Wo steckte Franka schon wieder? Den ganzen Nachmittag über hatte sich ihre Tochter nicht blicken lassen. Nun nahte die Abendbrotzeit und immer noch wusste Johanna nicht, wo Franka steckte. Notgedrungen nahm sie das Festnetztelefon und rief bei ihrer besten Freundin an. Vergeblich, Nicolas Mutter erklärte ihr gleich, dass sie Franka seit Wochen nicht mehr gesehen hatte. Auch bei den nächsten beiden Anrufen hatte sie keinen Erfolg. Die latente Unruhe, die sie den Nachmittag über gespürt hatte, nahm zu. Langsam wich der Ärger großer Sorge und sie wischte sich ihre schweißnassen Hände an der Hose ab, nachdem sie das Telefon zur Seite gelegt hatte.

Erneut suchte sie das Haus vom Dachboden bis zum Keller ab. Immer in der Hoffnung, dass sie sich einfach nur versteckt hatte, um sie zu ärgern.

In Frankas Zimmer, obwohl sich alles in ihr sträubte, durchsuchte sie den Schreibtisch. Knarzend öffnete sich die oberste Schublade und präsentierte ihr mehrere ältere Schnappschüsse von Peter und Paul, ein paar zerlesene Jugendzeitschriften sowie einen Schreibblock mit kleinen Karikaturen. Gab es vielleicht einen Brief von ihr oder irgendeine hingeschmierte Notiz, die alles erklärte? Sie nahm alles heraus, durchwühlte den Papierstapel. Doch nachdem sie das letzte Blatt zur Seite gelegt hatte, wurde ihr klar, dass sie sich geirrt hatte. Johanna kämpfte mit den Tränen, während sie den Kleiderschrank öffnete. Lag der Rucksack noch hinten im Schrank? Ja, das tat er, ebenso wie der Schlafsack. Flüchtig zählte sie die Jeans und Pullover durch. Es fehlte zumindest auf den ersten Blick nichts.

Sie stieg die Treppe hinunter, sah sich in ihrem Garten und bei den Alpakas um, immer in der Hoffnung, ihre Tochter in einem dunklen Eck zu finden. Doch keine Spur von Franka. Dass sie ihr aus dem Weg ging, konnte sie ja noch verstehen. Aber einfach zu verschwinden, ohne einen Ton zu sagen? Was ging in ihrer Tochter vor? War es die Scham, weil sie beim Einbruch ertappt worden war?

Nachdenklich stand Johanna auf der Außentreppe und bemühte sich, ihre wirbelnden Gedanken zu beruhigen. Versuchte zu verstehen, was in ihrer Tochter vorging. Es schien, als ob Franka in einer Kurzschlussreaktion abgehauen war.

Brennend heiße Tränen stiegen in ihr auf und sie biss sich auf die Faust, um nicht laut aufzuschreien. Jetzt durfte sie auf keinen Fall die Nerven verlieren.

Warum ausgerechnet jetzt? Das bis eben noch freundliche Wetter schlug um. Die Farben der Wolken verwandelten sich von schmutzig-grau in ein bösartiges nachtschwarz. Die dunkle Wand, massiv und bedrohlich, schob sich über den Horizont. Langsam, aber beständig kam die Schlechtwetterfront näher. Besorgt blieb Johanna stehen und sah zum Himmel hinauf. Sie vernahm ein erstes, mahnendes Grollen und beschleunigte ihre Schritte.

Der Wind frischte auf und eine Bö strich über ihre Haut. Sie fröstelte und Johanna bereute es zutiefst, dass sie sich nicht noch eine wärmende Weste überzogen hatte. Doch jetzt hatte sie keine Zeit mehr, umzukehren. Sie musste Franka finden.

Bei dem nahenden Unwetter sollte sie sich auf keinen Fall allein draußen herumtreiben.

Von der inneren Unruhe und Sorge um ihre Tochter angetrieben, beschleunigte sie ihre Schritte, lief die einsam daliegende Landstraße entlang und nach Kalifornien hinein.

Als Erstes bog Johanna nach rechts ab und ließ ihren Blick über das Minigolffeld schweifen. Nein, niemand zu sehen, das Eingangstor war verriegelt. Vorbei ging es am rot geklinkerten Fahrradverleih. Die Räder sicher im Schuppen verwahrt. Einen flüchtigen Blick gönnte sie den farbenfrohen Zeichnungen an der Wand. Noch lief das Saison-Geschäft nicht und so lag der Hof verlassen vor ihr. Einzig ein paar Möwen flogen auf, als sie näherkam.

Das Grollen nahm an Eindringlichkeit zu, die dunkle
Wolkenbank verdeckte inzwischen den Großteil des
Himmels und es kühlte merklich ab. Sie fröstelte und
es war nicht nur das herannahende Unwetter, was dafür sorgte, dass sie fror. Johanna machte sich Sorgen
um ihre Tochter, sehr große Sorgen sogar.

„Franka, wo bist du?" Während sie weiter durch die
geschotterten Straßen von Kalifornien lief und sich
zwischen den gepflegten Einfamilienhäusern und Ferienunterkünften nach ihrer Tochter umsah, fielen die
ersten, dicken Regentropfen.

Den stechenden Blick und das Gefühl, verfolgt zu werden, kannte sie schon von ihren vielen Spaziergängen
durch die Gassen von Kalifornien. Wie jedem Tag saß
der Pirat auf seinem Balkonvorsprung und lachte sie
höhnisch an. Die lebensgroße Puppe sorgte selbst jetzt
noch für Staunen bei ihren Kindern. *Ob er Franka vielleicht beobachtet hatte?* Möglich war es, aber von ihm
würde sie leider keine Antwort erhalten. Dennoch
folgte sie ihrem Gefühl und bog in das nächste Sträßchen ein.

„Suchst du jemanden?" Einer ihrer Kunden, den sie
hin und wieder im Supermarkt antraf, sprach sie an.
Fieberhaft überlegte Johanna. Sie hatten schon manches Schwätzchen gehalten. Doch so sehr sie sich auch
bemühte, heute kam sie nicht auf seinen Namen. Der
Mann schob seine Schiebermütze in den Nacken,
nahm die Zigarre aus dem Mund und formte mehrere
gräuliche Kringel. Der süßliche Duft des Tabaksrauchs

lag für einen Sekundenbruchteil in der Luft, dann hatte ihn der Wind in alle Richtungen zerstreut.

„Ja, ich suche meine Tochter Franka. Sie ist nicht zu Hause und wir machen uns Sorgen." Stichwortartig beschrieb sie ihre Tochter und musterte das glattrasierte Gesicht ihres Gegenübers. Einmal glaubte sie, ein Aufleuchten in seinen dunklen Augen zu sehen.

„Nein, tut mir leid." Er schüttelte seinen Kopf, nahm einen tiefen Zug aus der sanft glimmenden Zigarre. „Sollte ich sie sehen, melde ich mich. Schönen Abend noch."

„Danke." Sie blickte noch einmal zum Himmel, die dunklen Wolken ballten sich wie gefärbte Wattebäusche über ihr. Warum nur hatte sie sich darüber aufgeregt, dass Franka in einen Wohnwagen eingestiegen war? Sich unberechtigterweise auf dem Campingplatz herumtrieb? Warum nur? Wenn sie vielleicht etwas entspannter an die Sache herangegangen wäre ...

Wenn. Alle Vorwürfe waren zu diesem Zeitpunkt überflüssig. Johanna ging in ein leichtes Joggingtempo über. So konnte sie die Straßen ein bisschen schneller absuchen. Im weiten Bogen kehrte sie schließlich am Deich entlang zur Ortsmitte zurück. Vereinzelt standen auf der Wasserseite die ersten Strandkörbe. Nochmals rief Johanna lautstark nach ihrer Tochter.

Der Wind peitschte nun ununterbrochen auf sie ein und der Regen fiel immer dichter. Ihr Pullover wurde innerhalb von Sekundenbruchteilen durchnässt und die Haare hingen ihr wie Spaghetti vom Kopf. Suchend sah Johanna sich um, sie brauchte dringend einen Unterstand, um sich vor dem nahenden Gewitter zu schützen. Das Grollen, bis eben nur eine dezente Begleitmusik, nahm bereits an Intensität zu. Eine Gruppe hochgewachsener Bäume bot sich als Schutz an. Johanna legte einen weiteren Sprint ein und wenig später hörte sie über sich das Rascheln der Blätter und spürte die großen, schweren Tropfen, die sich vereinzelt durch das Grün kämpften.

Sie strich sich mit beiden Händen über das feuchte Gesicht, schob die Haare nach hinten und lehnte sich erschöpft an den Baumstamm. Ein Blitz zischte über den Himmel, Johanna zuckte zusammen und zählte leise mit, bis sie den Donner hörte. Unter den dichten Baumkronen war sie nur bedingt sicher. Sie musste dringend einen geeigneten Unterschlupf finden.

Das Hotel war ihre Rettung. Im Eingangsbereich herrschte ein warmer Lichtschein und durch die Eingangstür kam weder Wind noch Regen. Perfekt. Hier sollte sie es die nächsten Augenblicke aushalten können. Es gab nur noch eine Person, die ihr jetzt helfen konnte.

„Antony, Alarm. Franka ist seit Stunden verschwunden." Erschöpft und kraftlos flüsterte sie die Worte in ihr Handy. „Ich habe alle Orte abgesucht, die mir eingefallen sind, doch von Franka keine Spur und das Gewitter ist gleich da."

Wie zur Bestätigung zischte ein Blitz über den Himmel und fuhr krachend in die Ostsee. Der Donner, der zeitnah folgte, war ohrenbetäubend.

„Wo bist du?" Während Johanna ihren Standort durchgab, zog sie ihren nassen Pulli aus. Zu ihrer großen Erleichterung trug sie darunter noch ein T-Shirt, das einigermaßen trocken war. So gut es ging, rubbelte sie mit dem Pullover ihre nassen Haare ab.

Die Minuten des Wartens schienen sich in die Unendlichkeit zu dehnen. Jedenfalls kam es Johanna so vor. Das Gewitter war rasch vorbeigezogen und jetzt hatte der Himmel seine Schleusen endgültig geöffnet. Der Regen fiel so dicht, dass sie nur eine gräulich-wabernde Wand sah. Die Ferienhäuser, die genau gegenüber des Hotels standen, konnte sie nur erahnen.

Endlich stachen zwei Lichtbalken durch die Dämmerung und ein Fahrzeug hielt vor dem Eingang. Johanna zog den Kopf ein und spurtete los. Von innen öffnete Antony die Beifahrertür ein Stück, sodass sie direkt hineinschlüpfen konnte. Angenehm kuschelige Wärme umfing sie, kaum dass sie saß. Kurzerhand warf sie den nassen Pulli nach hinten auf den Rücksitz. Um rasch wieder warm zu werden, strich sie kräftig über ihre Unterarme.

„Danke, dass du kommst und mir hilfst", keuchte sie. Während Antony langsam anfuhr, schnallte Johanna sich an und strich die regennassen Haare aus dem Gesicht. „Noch immer keine Spur von ihr und ich suche schon seit Ewigkeiten."

In knappen Sätzen erzählte sie ihm, was in den vergangenen Stunden vorgefallen war. Auch den Ärger mit dem Campingplatzbesitzer verschwieg sie nicht.

Im ersten Gang fuhr Antony unterhalb des Deichs in Richtung Schönberger Strand. Offenbar ergänzten sie sich perfekt, wie Johanna mit einem Anflug von Ironie dachte. Diesen Weg hätte sie als Nächstes nämlich auch eingeschlagen.

„Mila ist zu Hause und telefoniert die Liste ihrer Klassenkameraden ab. Immer in der Hoffnung ...“ Sie musste mit ihrer Stimme kämpfen, die zu brechen drohte. „... dass sie dort irgendwo ist und einen Unterschlupf gefunden hat.“

„Möglich“, sagte Antony und ließ den Wagen langsamer rollen, um hinter einen Holzstapel blicken zu können. „Aber so, wie ich Franka kenne und einschätze, hat sie sich einen Unterschlupf gesucht, wo sonst niemand ist.“

„Das stimmt.“ Ein Seufzer kam aus ihrem tiefsten Herzen. Die Selbstzweifel nagten an ihr und sie kam sich wie die personifizierte Rabenmutter vor. „Dann sieht es schlecht aus. Was ist, wenn sie den Bus genommen hat, und nach Kiel gefahren ist?“

„Möglich ist alles“, erwiderte Antony und legte ihr die Hand auf das Knie. Eine im ersten Augenblick etwas ungewohnte, aber wunderschöne Geste. Johanna spürte, wie gut ihr die Berührung tat und ein Teil der Anspannung von ihr abfiel. „Aber es passt einfach nicht zu ihr. Wenn wir sie nicht finden, müssen wir allerdings die Polizei verständigen.“

Zwei Autos fuhren dicht auf und bedrängten sie mit Lichthupe. Antony nahm beide Hände ans Lenkrad, brummte etwas Unverständliches und fuhr an die Seite. Mehr als flott wurden sie überholt und Antony lenkte seinen Wagen zurück auf die Straße.

Der grüne Wall des Deiches begleitete sie auf der Linken, während auf der Rechten die Wohnmobilstellanlage Brasilien erschien und kurz darauf wieder aus ihrem Blickfeld verschwand. Als er sich zu ihr umdrehte, ging ein Kribbeln durch ihren ganzen Körper. Trotz all des Stresses und der Sorgen um ihre Tochter genoss sie seine Nähe.

„Deshalb suchen wir jetzt noch einmal die nähere Umgebung ab und wenn", er deutete auf die Uhr im Wagen, „wir sie in einer Stunde noch nicht gefunden haben, alarmieren wir die Polizei. Einverstanden?"

„Ja, das macht Sinn." Gleichzeitig dachte sie an ihre unglückliche Tochter, die sich so über ihre Aktion geschämt hatte. Fieberhaft überlegte Johanna. *Ob sie vielleicht zu heftig auf den Besuch von Herrn Müller reagiert hatte?*

„Ob ich zu streng zu den Kindern bin? Oder vernachlässige ich sie?" Langsam rollte der Wagen weiter und Johannas Blick streifte die unzähligen Gebäude entlang des Weges, um irgendetwas Verdächtiges zu erkennen. Das schummrige Licht im Wagen und die angenehme Wärme halfen ihr dabei ihre Gedanken auszusprechen. Gedanken, die sie sonst immer in den hintersten Winkel ihres Gewissens schob.

„Nein. Bitte mach dir keine Vorwürfe. Das bringt doch nichts. Du bist eine fürsorgliche Mutter. Du kümmerst dich und bist immer für sie da. Franka durchlebt gerade eine schwere Zeit. Erst stirbt ihr Vater, dann ist mit Monja eine wichtige Bezugsperson verschwunden. Und dann geht auch noch ihre Klassenlehrerin früher in den Mutterschutz als geplant. Das ist sehr viel auf einmal für eine Kinderseele. Besonders bei einem so sensiblen Kind wie Franka."

Er beschleunigte und schaltete in den nächsten Gang.

„Auf jeden Fall werde ich mit meinem Chef sprechen und um regelmäßigere Arbeitszeiten bitten. So kann es nicht weitergehen! Ich muss für meine Kinder da sein, wenn sie aus der Schule kommen."

„Zum Beispiel." Zustimmend nickte er. „Aber das ist jetzt das geringste Problem. Jetzt müssen wir Franka erst mal finden."

Während der Deich entlang der Straße unverändert neben ihnen aufragte, tauchten nun die ersten Strandkörbe auf. Doch die meisten waren mit einem Gitter abgesperrt und hinderten jeden Neugierigen daran, sich darin niederzulassen.

Die Ferienhäuser und Wohnungen vom Schönberger Strand gaben ihnen nun ein Geleit. Der Regen hatte nachgelassen und es nieselte nur noch. Vereinzelt marschierten Hundebesitzer mit ihren Vierbeinern über den Deich. Andere joggten an der Straße entlang. Johanna musterte sie alle und hoffe im Stillen darauf, ihre Tochter zu entdecken. Doch vergeblich.

„Können wir an der Seebrücke einmal stoppen?" Eine Idee schoss Johanna durch den Kopf. „Das ist ein Lieblingsort von ihr."

„Natürlich." An der nächsten Möglichkeit zu parken, stellte Antony seinen Wagen ab und sie liefen Schulter an Schulter über den Platz. War es Zufall oder Absicht? Johanna wusste es nicht, doch seine leichten Berührungen taten ihr gut. Und als sich ihre Fingerspitzen berührten, griff Johanna kurz entschlossen zu. Ihre Hände umschlossen sich und wie zur Bestätigung drückte er ihre Hand einmal sanft. „Wir sollten auch in die Strandkörbe blicken."

Minutenlang durchforsteten sie einen Strandkorb nach dem anderen und befragten jeden dem sie begegneten, ob sie nicht vielleicht … Nein, niemand hatte ein Mädchen gesehen, das Franka ähnelte.

Händchenhaltend strebten sie auf die Seebrücke zu und Johanna genoss seine Nähe mehr, als sie zugeben wollte. Die Bohlen unter ihren Füßen klangen dumpf, als sie darüber liefen. Zusammen mit ein paar anderen Besuchern eroberten sie die gut zweihundertsechzig Meter lange Brücke. Allerdings verweilten sie nicht zwischendurch, um Fotos von der beeindruckenden Kulisse zu machen. Vielmehr sahen sie sich ununterbrochen um.

Erst auf der Plattform, die mitten im Meer aufragte, blieben sie stehen und Johanna kuschelte sich an Antony. Er erwiderte die Geste und legte seine Arme schützend um sie. Minutenlang standen sie da, genossen die Aussicht, den faszinierenden Übergang zwischen Meer und Himmel und die hell erleuchteten Frachtschiffe, die scheinbar unbeweglich auf dem Gewässer trieben. Diese zarte Geste gab ihr Zuversicht und Halt. Aus tiefstem Herzen war sie dankbar darüber, dass Antony zu ihr hielt und ihr keine Vorwürfe machte.

„So schön dieser Ort auch ist, aber hier finden wir sie nicht." Der Wind pfiff um ihre Ohren und im ersten Augenblick verstand sie nicht, was Antony sagte. Fragend zuckte sie mit den Schultern und er wiederholte den Satz. Dieses Mal beugte er sich weit zu ihr hinab und sie konnte jedes Wort verstehen. Sie spürte, wie seine Lippen über ihre Wange strichen. Eine wahrscheinlich unbeabsichtigte Geste und dennoch fühlte sie sich so unfassbar gut an.

Zustimmend nickte Johanna und löste sich unwillig aus der Umarmung. Zuerst mussten sie Franka finden, dann durfte sie Pläne über eine sich möglicherweise anbahnende Beziehung machen.

Den Wind aussperren. Kaum hatte Johanna die Wagentür hinter sich geschlossen, lehnte sie sich im Sitz zurück und atmete einmal tief durch. Noch war nichts verloren. Sie holte ihr Handy hervor und entsperrte es.

„Ich ruf kurz bei Mila an. Vielleicht hat sie ...“

Es tutete und sofort stellte Johanna auf laut. Wenig später hörte sie die Stimme ihrer Jüngsten, die wohl nur auf ihren Anruf gewartet hatte.

„Nein, Mama, ich habe nichts weiter erfahren. Franka ist wie vom Erdboden verschluckt.“ Der Rest ging in Schluchzen unter und Johanna blieb nichts anderes übrig, als ihre Tochter so gut wie möglich zu trösten.

Neben ihr saß Antony und scrollte durch sein Handy. Garantiert war auch er auf der Suche nach weiteren Informationen.

„Mila, wir fahren jetzt nach Hause und wenn wir zurück sind, rufen wir die Polizei an, damit sie uns bei der Suche hilft. Einverstanden? Nur noch ein paar Minuten, dann sind wir wieder da. Versprochen!“

„Ja, Mama. Bis gleich.“ Der Rest ging in einem Schluchzen unter und Johanna beendete das Gespräch. Sie fühlte sich so elend, wie schon lange nicht mehr.

„Fahren wir heim?“, fragte sie Antony und musterte die einsam daliegende Strandpromenade. Die meisten Hundebesitzer waren offenbar schon auf dem Heimweg, ebenso wie all die Jogger und Spaziergänger.

„Ja, wir fahren langsam zurück. Aber vorher sollten wir uns noch den Museumsbahnhof ansehen.“ Antony legte sein Handy in das Fach zwischen den Sitzen. „Er übt auf viele Kinder eine große Faszination aus. Mir ist es erst kürzlich bei einer fünften Klasse aufgefallen, als ich einen Ausflug dorthin gemacht habe."

Er startete den Motor und Johanna wusste sofort, was er meinte. Auch sie war schon mehrfach mit ihren Kindern dort gewesen und Franka hatte danach immer von den Zügen, den unbequemen Sitzen und der ungewöhnlichen Ausstattung geschwärmt.

„Einverstanden."

Die Stille im Wageninneren war angenehm und beruhigend, das leise Brummen des Motors tat das seine dazu. In Johanna stieg die Zuversicht, dass sie Franka in absehbarer Zeit finden würden.

Es war nur ein kurzes Stück, bis Antony den Wagen erneut an einem Seitenstreifen stoppte. Aufmerksam suchend richtete sie sich auf und musterte das Gelände. Links von ihr ragte das Museumsgebäude auf, ein ehemaliger Bahnhof, sowie die langen Reihen mit den historischen Waggons. Die Auswahl der erhaltenen Exponate war beeindruckend. Von einfachen Transportwaggons bis zu Zugabteilen, bei denen man als Passagier mitfahren durfte, fand das Herz eines jeden Zugliebhabers hier sein Lieblingsstück.

Nichts zu sehen. Die Zuversicht, die sie eben noch gespürt hatte, verpuffte, als sie das weitläufige Areal erblickte. Es lag still und verlassen da. Um diese Zeit gab es keine Besucher mehr. Die Waggons standen wie mahnende Wächter da. Johanna hielt es nicht länger auf dem Sitz. Sie stieg aus, schlug die Wagentür heftiger zu als nötig, und marschierte durch den Eingangsbereich. Suchend sah sie sich auf dem Gelände um und resignierte. Dieser Bereich war so riesig und unübersichtlich, da konnte sich ein Dutzend Kinder verstecken und sie würden kein einziges finden. Bevor sich dieser Gedanke in ihr manifestieren konnte, straffte sie die Schultern. Aufgeben kam nicht infrage!

„Franka! Franka, wo bist du?", rief Johanna und blieb stehen. Suchend drehte sie sich einmal um die eigene Achse. Vielleicht bemerkte sie ja eine Bewegung. Stille, nur ein paar Möwen schrien und der Wind pfiff um ihre Ohren. Sie fröstelte in ihrem dünnen T-Shirt, aber das störte sie nicht. Für sie zählte nur ihre Tochter. Sie musste endlich Franka finden. Während sie weiter über das Gelände lief und sich zwischen den aufgereihten Waggons immer wieder bückte, rieb sie sich über die Oberarme. Später, wenn sie wieder zu Hause war, konnte sie sich immer noch aufwärmen.

„Franka, mein Schatz, komm nach Hause. Es ist spät und wir vermissen dich." Lauschend blieb Johanna stehen. Ein paar Meter weiter hörte sie Antony, der ebenfalls nach Franka rief.

Gerade als sie weitergehen wollte, hörte sie ein schwaches *Hier bin ich*. Johanna blieb stehen, und hielt die Luft an. Täuschte sie sich, oder war es wirklich die Stimme ihrer Tochter?

„Franka, Franka, wo bist du?" Sie eilte zwischen den Waggons entlang, ihr Herz klopfte so aufgeregt, dass es schmerzte. Wieder vernahm sie ein *Hier* und dieses Mal war sie sich sicher, dass sie die Stimme ihrer Tochter gehört hatte.

Erleichterung machte sich in ihr breit, sie schienen auf der richtigen Spur zu sein. Sie erlaubte sich ein erstes leises Aufatmen, der Knoten in der Brust löste sich.

„Franka, ich komme!" Sie rannte los, vorbei an einer knallroten Diesellok, zurück zu dem Klinkergebäude, dem ehemaligen Schönberger Bahnhof. Die Rufe ihrer Tochter wurden lauter und deutlicher. Dann endlich sah sie Franka, die sich aus einer Nische am Gebäude erhob und auf sie zueilte. Ohne Zweifel, es war ihre Tochter und ein Seufzer, der aus tiefstem Herzen kam, schlüpfte über ihre Lippen. Die Sorgen, die sie bis eben belastet hatten, schwanden und sie konnte wieder frei und leicht atmen. Endlich hatte sie ihre Tochter wieder!

„Mama!" Mit einem Aufschluchzen lag Franka wenig später in ihren Armen. Sie zitterte am ganzen Körper, ihre Kleidung war durchnässt und schmutzig. „Schön, dass du hier bist."

Sie ließ es zu, dass Johanna sie umarmte und ihre Tränen mit dem T-Shirt trocknete. Minutenlang standen sie da, und Johanna drückte ihre Tochter so fest an sich, als ob sie sie nie wieder loslassen würde. Der Wind strich liebkosend über sie, hatte in diesem Augenblick etwas Tröstliches, beständiges an sich. Erst als Franka sich ein bisschen beruhigt hatte, dirigierte sie ihre Tochter zu dem Wagen. Ihren Arm dabei schützend um sie geschlungen.

„Wir haben dich überall gesucht", sagte Johanna und sah sich aufmerksam um. Ob Antony mitbekommen hatte, dass sie Franka gefunden hatte? Ja, mit weiten Schritten kam er auf sie zu. An seinen Gesichtszügen erkannte sie, dass auch er froh darüber war, Franka gesund wiedergefunden zu haben.

„Schön, dich zu sehen." Ein erleichtertes Grinsen huschte über sein Gesicht und er zeigte Johanna den erhobenen Daumen. „Wollen wir nach Hause fahren?"

„Ja, gern." Sie löste sich aus der mütterlichen Umarmung und drückte Antony spontan an sich. Verblüfft beobachtete Johanna die Szene und rieb sich die Augen. Nein, sie träumte nicht und eine große Steinlawine ging von ihrem Herzen ab. Manchmal hatten auch augenscheinliche Katastrophen etwas Gutes.

***

„Sie schläft." Auf leisen Sohlen betrat Johanna das Wohnzimmer und freute sich darüber, dass ein Teelicht in ihrem Stövchen brannte und es nach leckerem Kräutertee duftete. „Nach all den Abenteuern kein Wunder. Sie muss total erschöpft sein."

„Das freut mich." Antony erhob sich und schenkte ihnen zwei Becher mit Tee ein. „Ich hoffe, das war in Ordnung?" Er deutete auf die Häppchen, die er angerichtet hatte. Er hatte offenbar ihren Kühlschrank geplündert und von Salamibrötchen über Cracker mit Frischkäse lauter Köstlichkeiten vorbereitet. „Nach all der Aufregung musst du etwas essen. Das hast du vorhin vollkommen vergessen und du bist sowieso schon zu dünn."

„Natürlich, das ist eine fantastische Idee. Ich wusste gar nicht, dass meine Küche solche Köstlichkeiten beherbergt."

Erst jetzt bemerkte sie, wie hungrig sie war, und biss in das erste Brot. Das Salzige der Salami vermischte sich mit dem süß-säuerlichen der Gewürzgurke. Einfach nur perfekt. Sie ließ sich in die Polster sinken. Müde und gleichzeitig völlig überdreht.

Langsam aß sie ein Schnittchen nach dem anderen, und als sich Antony vergewissert hatte, dass es ihr schmeckte, setzte er sich neben sie und langte ebenfalls zu. Schweigend und sich dennoch der Nähe des anderen bewusst, saßen sie da. Die Anspannung fiel von ihr ab und sie spürte, wie die Müdigkeit von ihr Besitz ergriff.

Mit einem Aufseufzen lehnte sie sich an Antony und er umarmte sie liebevoll. Sein Atem streifte in regelmäßigen Abständen durch ihre Haare, gab ihr die Gewissheit, nicht allein zu sein. Minutenlang saßen sie da und Johanna genoss die Wärme, die er ausstrahlte und den ganz schwachen Duft nach einem Waschmittel.

„Ich sollte noch …", murmelte sie mit halb geschlossenen Augen und wollte sich wieder aufrichten und sich aus seiner Umarmung lösen. Doch er hielt sie fest und hinderte sie daran, aufzustehen.

„Du musst gar nichts mehr heute. Du gehörst ins Bett. Nicht mehr, nicht weniger."

Erneut hauchte er ihr einen Kuss auf die Wange, und strich eine vorwitzige Strähne aus ihrem Gesicht. „Dein Tag war lang und anstrengend genug. Möchtest du noch Tee?"

Verneinend schüttelte Johanna den Kopf. Er beugte sich vor, und pustete das Teelicht aus. Weiterhin hielt er sie fest und Johanna genoss dieses Gefühl sehr.

„Dann wollen wir mal." Antony stand auf, blinzelte ihr zu und hob sie so überraschend hoch, dass ihr ein überraschender Ausruf über die Lippen schlüpfte. Mit seinen kräftigen Armen umfasste er sie geschickt und Johanna schlang ihren Unterarm um seinen Hals. „Du schläfst oben, oder?"

Zielstrebig und ohne zu zögern, trug er sie die Treppe hinauf. Johanna dirigierte ihn in ihr Zimmer und ließ es zu, dass er sie dort ablegte. Das Bett knarzte sanft unter ihrem Gewicht und sie unterdrückte mit Mühe ein Auflachen.

War es ein Versehen, dass sich ihre Lippen erneut trafen? Dass er sie zärtlich küsste? Dass seine Lippen, die ihren erkundeten und seine Küsse sie an Schmetterlinge mit süß-saurem Geschmack erinnerten? Jedenfalls ließ sie es mit einem erfreut klopfenden Herzen zu, dass er erst ihre Strickjacke, dann ihr T-Shirt und zuletzt ihre Jeans auszog. Anschließend nahm er die Bettdecke und schlug sie zur Seite. Die Müdigkeit, die sie bis eben gefühlt hatte, schwand und machte einem Prickeln am ganzen Körper Platz.

„Madam, das Bett ist gerichtet." Antony nickte ihr zu, das Gesicht ernsthaft, die Miene starr. Doch meinte sie auch in seinem Blick etwas zu erkennen ... „Ich wünsche Ihnen eine angenehme Nacht." Er drehte sich auf dem Absatz um und wollte gehen.

„Stopp, Antony." Sie sprang, so schnell sie konnte, auf und ergriff ihn am Oberarm. Dabei durchfuhr sie ein kurzes elektrisches Zucken, als sie ihn berührte. „Ich möchte nicht, dass du gehst! Ich möchte, dass du heute Nacht bei mir bleibst!"

Mit diesen Worten zog sie ihn zurück zu ihrem Bett und öffnete den Knopf seiner Hose. Sein Blick bis eben noch dunkel und starr, wich einem erfreuten, erwartungsvollen Ausdruck.

„Aber ...", murmelte er und wand sich aus ihrem Griff. Abwehrend hob er die Hände und schüttelte den Kopf. „Du bist erschöpft und verwirrt."

„Nein, das bin ich nicht und ich weiß genau, was ich möchte." Zielstrebig öffnete sie den Reißverschluss seiner Hose und zog sie ein Stück hinunter. Seine hellblauen Boxershorts kamen zum Vorschein. Lautstark atmete er aus, als ihre Finger über seinen Bauch strichen und den Nabel umkreisten. Er beugte sich zu ihr, seine Zunge liebkoste ihr Ohr und er ließ es zu, dass sie ihm sein Shirt auszog. Er strich sanft über ihre Schulter und spielte mit einer ihrer Haarsträhnen.

„Lange genug war ich allein und einsam. Ich möchte das nicht mehr", sagte sie mit einem Aufseufzen.

Die Erinnerungen an ihren verstorbenen Mann kamen auf, die vielen schönen Momente, die sie miteinander erlebt hatten. Ein Anflug von Trauer durchfuhr sie. Doch gleichzeitig wusste sie, dass das Leben weiterging und ihr die Erinnerung niemand nehmen konnte.

„So wie es jetzt ist, ist es perfekt! Niemand weiß, was in ein paar Stunden ist!"

Antony nickte zustimmend und küsste sie sanft auf die Stirn. Mit ihren Fingerspitzen fuhr sie über sein Schlüsselbein, weiter über seinen Oberkörper und zupfte spielerisch an seiner Brustbehaarung.

Neugierig erkundete sie seinen Körper. Und jede ihrer Bewegungen rief eine Reaktion bei ihm hervor, die ihre Lust anstachelte. Sehnsüchtig stöhnte er auf, als sie mit den Fingernägeln über seinen Rücken strich. Er zog sie an sich, seine Hände wanderten zielstrebig weiter hinab und streichelten ihren Po.

Dieses sanfte Feuer in ihrem Unterleib, welches sie so sehnlichst vermisst hatte, flammte immer stärker auf. Dieses vielversprechende Prickeln, das sich in ihrem ganzen Körper ausbreitete. Johanna stöhnte auf, eine

Gänsehaut nach der anderen wanderte über ihren Körper.

Antony öffnete ihren BH, nahm ihre Brüste in beide Hände und massierte sanft ihre Nippel. Gab es noch eine Steigerung? Sehnsüchtig drückte sie sich an ihn, spürte seine warme Haut und die kräftigen Muskeln, während er sich mit seiner Hüfte an ihr rieb.

Deutlich spürte sie seine Erregung und nach einem kurzen Zögern zog sie ihm die Boxershorts aus.

***

Die leisen Atemzüge neben ihr im Bett ... das Rascheln von Bettwäsche ... Nein, sie hatte die heutige Nacht nicht geträumt. Nach all den Aufregungen der letzten Stunden kam sie jetzt langsam wieder zur Ruhe. Sie tastete nach der Hand von Antony und hielt sie fest. Im Halbschlaf erwiderte er ihren Griff und sie versank wieder in das Reich der Träume.

Erst das unmelodische Läuten ihres Weckers holte sie aus ihrem tiefen Schlaf und Johanna rieb sich die Augen. Neben ihr erwachte Antony und an seinem Blick erkannte sie, dass er ein Weilchen brauchte, um sich daran zu erinnern, wo er war.

„Guten Morgen", sagte Johanna, drehte sich halb zu ihm um und hauchte Antony einen Kuss auf die Nasenspitze. „Zeit zum Aufstehen." Sie schwang die Beine aus dem Bett und lief langsam in Richtung Badezimmer. „Möchtest du nach mir?"

Er nickte zustimmend und stand auf. Während er sich anzog, ließ sie ihren Blick über seinen Körper schweifen und ihr gefiel, was sie sah.

„Ja, gerne." Seine Stimme klang rau, als er ihr antwortete, und in seinen Augen lag ein warmer Glanz.

„Prima. Hinterher wecke ich Mila, damit sie pünktlich zur Schule kommt. Franka bleibt heute zu Hause. Ich glaube, nach dem Abenteuer tut es ihr gut, wenn sie etwas länger schlafen kann."

Und ich melde mich auch krank, beschloss Johanna spontan, als sie ins Bad marschierte. Es gab manchmal Wichtigeres! Sie stieg unter die Dusche. Das warme Wasser perlte über ihren Körper und löste die letzten Verspannungen. Ganz zum Schluss brauste sie sich lauwarm ab und genoss dieses Prickeln am ganzen Körper. In ein Badetuch gewickelt, lief sie ins Schlafzimmer. Den verliebten Blick, mit dem Antony sie musterte, genoss sie sehr und zwinkerte ihm übermütig zu.

Als er wenig später aus dem Bad kam, hatte Johanna sich schon einen bequemen Jogginganzug angezogen und die Haare hochgesteckt.

„Möchtest du mit uns frühstücken?" Sie streckte ihre Hand nach ihm aus und umfasste ihn an der Taille. Er drängte sich an sie, küsste sie liebevoll, schüttelte aber anschließend verneinend den Kopf.

„Würde ich gern, aber ich muss nach Hause und meine Sachen holen. Zumindest ich sollte in der Schule erscheinen." Ihm huschte ein schelmisches Grinsen übers Gesicht. „Demnächst aber sehr gern."

Kurz darauf hüpfte er flott die Stufen hinunter und war verschwunden, bevor Johanna noch etwas sagen konnte.

Kapitel 28

Johanna

„Und nun lauf!" Mit sehr viel Elan schlug Franka die Wagentür zu und winkte ihr zum Abschied noch einmal zu. Johanna beobachtete, wie ihre Tochter mit flotten Schritten die Auffahrt zum Campingplatz hinauflief. Nach dem Abenteuer schien sie sich jetzt zumindest ein wenig darauf zu freuen, dass sie gebraucht wurde. Johanna hoffte stark, dass ihr die Arbeit gefiel und es nicht wieder zu Problemen kam.

Vor dem großen Schild, auf dem in verschnörkelter Schrift *Campingparadies* stand, wartete eine hochgewachsene Frau, mit langen, wehenden Haaren. Johanna schätzte sie auf Anfang zwanzig. Offenbar handelte es sich um das Empfangskomitee. Jedenfalls sprach die Frau ihre Tochter an und führte sie sogleich auf das Gelände. Währenddessen deutete sie abwechselnd mal nach links, mal nach rechts, so als ob sie umgehend mit den Erläuterungen anfing.

Nur kurz drehte sich Franka noch einmal zu ihr um und winkte zum Abschied. Das sah vielversprechend aus, daher fuhr Johanna mit leichtem Herzen nach Hause.

Im vorderen Teil ihres Gartens stand neben dem Wagen von Mario ein weiteres Fahrzeug und Johanna musste ziemlich rangieren, um überhaupt noch ein

Plätzchen für ihr Gefährt zu finden. Sie parkte ihr Fahrzeug und stieg aus. Dabei stieg schon die Vorfreude und ihr Herz schlug ein paar Takte schneller. Beschwingt und mit einer kleinen Melodie auf den Lippen lief sie durch den Garten.

Beim Schuppen standen Mila und Antony und hatten die Köpfe zusammengesteckt. Vereinzelt flogen Gesprächsfetzen durch die Luft und Johanna musste schmunzeln, als sie feststellte, dass die beiden über die Schur von Alpakas sprachen. Zwei Fachleute unter sich. Sie freute sich sehr darüber, dass die beiden sich so gut verstanden.

Ein Lächeln huschte über Antonys Gesicht, als er sie erblickte.

„Wir können." Antony deutete auf die Schubkarre, wo der erste Ballen Späne auf seinen Transport zum Unterstand wartete. Mila stand daneben und hielt die neu erworbenen Zaunpfähle.

„Hallo Mama, können wir los?" Sie musterte ihre Mutter prüfend. „Hast du deine Arbeitshandschuhe mitgenommen?"

Als Antwort hob Johanna das Paar frisch erworbener Handschuhe in die Höhe und winkte zustimmend.

„Ja, meinetwegen können wir loslegen", sagte sie und schnappte sich den Rest der Materialien.

***

Mit schmutzigen Fingern und einem leichten Sonnenbrand auf der Nase kam Franka Stunden später nach Hause. Sie sah sehr vergnügt aus und half nach dem Händewaschen auch sofort, den Tisch zu decken.

Dass Antony mit Mila Pläne für Alpakawanderungen schmiedete, nahm sie mit einem Stirnrunzeln zur Kenntnis. Immerhin hatte sie Antony kurz begrüßt, als sie hereingekommen war, und darüber war Johanna schon mal sehr froh. Und auch jetzt schien sie dem Gespräch mit mehr Interesse zu folgen, als sie jemals zugeben würde.

„Und hat es dir Spaß gemacht?" Johanna schaffte es nicht länger, ihre Neugier zu bezähmen. „War Herr Müller noch immer verärgert?"

„Nein, Mama." Franka schnappte sich ein Stück vom kalten Braten und verzehrte ihn mit Genuss. „Er hat eine total coole Tochter. Sie ist sehr nett und kennt sich ganz toll auf dem Platz aus. Abgesehen davon reitet sie ebenfalls sehr gern und demnächst darf ich sie mal begleiten. Ist das nicht toll?"

„Das höre ich richtig gerne. Dann bist du ja dort bestens aufgehoben." Erleichtert nahm sie ihre Älteste in den Arm, drückte sie ganz fest an sich und flüsterte dann, sodass sie niemand anderes hören konnte: „Und wenn du wieder mal Probleme hast, komm zu mir und lauf nicht einfach weg."

Franka verdrehte die Augen und schnappte sich eine weitere Scheibe kalten Braten. Doch am verschmitzten Grinsen erkannte Johanna, dass sie sich beim nächsten Mal garantiert an sie wenden würde.

Kapitel 29

Johanna

Ein wirklich hübscher Campingplatz. Johanna verstand ihre Tochter sofort, als sie mit ihr über den Platz lief. Neugierig sah sie sich um. Sie kannte zwar den Campingplatz bei Holm vom Vorbeifahren, doch besucht hatte sie ihn noch nie. Und nun wollte Franka unbedingt, dass sie ihn einmal mit ihr zusammen besichtigte.

Ein paar locker im Gelände verstreute Kiefern verliehen dem Ganzen ein leicht südländisches Flair. Vielerlei Büsche und Bäume, unterteilten die einzelnen Areale. Dort, wo der Wind dennoch zu stark blies, sorgten halbhohe Palisaden für einen perfekten Windschutz. Die Stellplätze wurden mit kleinen, bunt bemalten Leuchttürmen markiert.

Vor einigen Zelten saßen die Urlauber und sonnten sich. Andere hatten ein Buch vor der Nase oder hörten Musik. Das perfekte Urlaubsfeeling. Johanna überlegte, wann sie das letzte Mal wirklich Zeit für ein Buch gehabt hatte. Lang, lang war es her.

„Schau Mama!" Franka deutete auf ein Blumenbeet mit vielen unterschiedlich bunten Stiefmütterchen. „Das Beet habe ich heute angelegt. Das soll das Meer und den Strand zeigen. Ist das nicht hübsch?"

„Doch, das ist dir wirklich sehr gelungen." Sie umarmte ihre Tochter liebevoll und nickte zustimmend. Mit ein bisschen Fantasie erkannte man, was ihre Tochter damit ausdrücken wollte. Sie freute sich mit ihr darüber, dass ihr die Arbeit auf dem Campingplatz so sehr gefiel. Strafarbeit hin oder her. „Wenn du willst, darfst du dir auch in unserem Garten ein Beet anlegen. Ein bisschen Verschönerung würde ihm nicht schaden."

Das dezente Klingeln von Fahrradglocken erklang und sie machten den Radfahrern Platz. Kaum war die vierköpfige Familie, die in ihren Körben Decken und Sonnenschirme transportierten, an ihnen vorbeigefahren, grüßte Franka sie mit einem fröhlichen *Moin* und eine vielstimmige Antwort erfolgte.

„Nein, kein Bedarf. Aber nun komm." Zielstrebig zog Franka sie weiter mit sich. „Wir müssen zum Büro. Der Chef hat gesagt, dass er mit dir sprechen möchte."

Was war nur so wichtig? Schulterzuckend folgte sie ihrer Tochter über die geschotterten Wege, vorbei an einem großen eingeschossigen Klinkergebäude, auf dem unübersehbar *WC und WASCHRAUM* stand.

„Guck Mama, hier sind nicht nur die Waschräume, sondern die Gäste können hier auch Fahrräder oder Stand-up Boards ausleihen oder auch Wäsche waschen."

Sie zog ihre Mutter zu den Räumlichkeiten und öffnete wie zur Demonstration die erste Tür. Zustimmend nickte Johanna und riskierte einen Blick in die picobello sauberen Duschen. Mit geröteten Wangen und leuchtenden Augen stand Franka in der Tür. Wie schön. Sie freute sich für ihre Tochter, die offenbar mit dieser Arbeit ihre Erfüllung gefunden hatte.

„Und du achtest darauf, dass immer alles seine Ordnung hat?"

„Ganz genau. Wenn Müll herumfliegt, sammele ich ihn ein oder fülle die Waschmittelspender auf. Gestern habe ich geholfen den Beachvolleyball-Platz für die kommende Saison fertig zu machen." Sie deutete vage in eine Richtung und Johanna bemühte sich, etwas zu erkennen. Vermutlich meinte Franka den Bereich, wo ein paar imposante Palmen standen.

„Dieser Campingplatz liegt ja nicht direkt am Strand, deshalb hat der Chef ein bisschen improvisiert und ein paar Lkw-Ladungen Sand hierher liefern lassen."

So langsam schwirrte Johannas Kopf vor lauter Informationen und sie war erleichtert, als sie endlich das nächste Gebäude mit der Aufschrift BÜRO erreichten. Mit viel Elan riss Franka die Tür auf und sie standen in einem großen Raum mit einem Tresen sowie einer Sitzecke. Auf dem Tresen standen die so typischen und unverzichtbaren Dinge, wie ein Bildschirm, unzählige Prospekte und ein Postkartenständer. Dahinter befand sich ein imposantes Foto vom Gelände und eine detailgetreue Landkarte mit den einzelnen Campingarealen. In einer Ecke standen mehrere Schränke, in denen sich vermutlich die Aktenordner mit den Unterlagen befanden.

Neben der Sitzecke gab es eine kleine Snack-Bar mit Keksen und Knabberkram. Die Preisschilder daneben verrieten ihr, dass die Urlauber sich hier für ihren Bedarf eindecken konnten.

„Nimm Platz." Ganz selbstverständlich, so als ob sie es täglich machte, dirigierte Franka sie zu der Sitzecke. „Möchtest du einen Kaffee, Wasser, oder lieber beides?"

„Wenn du so fragst – gern beides." Johanna ließ sich in den Sessel sinken und stellte fest, dass die Polster überraschend bequem waren. Aufmerksam beobachtete sie Franka, die ihr ein Glas Mineralwasser hinstellte und anschließend die Kaffeemaschine startete.

Wenig später standen ein aromatisch duftender Kaffee und ein Wasser vor ihr. Eine Schale mit Keksen folgte.

„Ich bin kurz beim Chef und sage ihm, dass du hier wartest." Mit diesen Worten verschwand sie durch die Tür, die schräg gegenüberlag. Durstig trank Johanna einen Schluck Wasser und nahm sich einen Keks. Gern hätte sie verstanden, was die beiden besprachen, doch die Tür schluckte alle Geräusche.

„Mama, der Chef kommt gleich." Irgendetwas plante ihre Tochter doch. Nur was? Zu gern hätte sie diese gefragt. Doch sie verschwand so schnell nach draußen, dass Johanna nur noch die geschlossene Tür sah.

„Guten Tag Frau Petersen." Die dunkle Stimme von Herrn Müller erklang und Johanna erhob sich. „Schön, dass Sie der Einladung gefolgt sind."

Er deutete auf die Sitzgruppe und Johanna setzte sich wieder. Was wurde hier gespielt? Sie sah zu, wie Herr Müller sich ebenfalls ein Heißgetränk durchlaufen ließ und sich anschließend ihr gegenüber hinsetzte.

„Tut das gut." Er nahm einen Schluck von dem Kaffee und nickte zufrieden. „Sie wissen, dass Sie eine ganz tolle Tochter haben, oder? Am ersten Tag war es noch ein bisschen zäh, doch sie ist aufmerksam und fleißig und hat ein gutes Auge für Details."

Er nahm einen weiteren Schluck Kaffee und nachdem er die Tasse abgestellt hatte, reichte er ihr die Kekse.

„Bitte bedienen Sie sich."

Unsicher darüber, was das Ganze werden sollte, nahm sie sich einen Mandelkeks und biss hinein.

„Hat Franka Ihnen alles gezeigt? Mein Campingplatz ist zwar nicht der größte hier in der Probstei, aber die Urlauber genießen das Persönliche und die Ruhe." Er räusperte sich und deutete auf die Landkarte mit den Stellplätzen. „Hier sehen Sie die einzelnen Areale ..."

Die sich plötzlich öffnende Tür stoppte ihn übergangslos und Herr Müller sprang so schnell vom Sitz auf, dass Johanna erschrak.

Ein älteres Ehepaar, braun gebrannt, jeder mit einer voluminösen Tasche in der Hand, kam herein.

„Hallo Wolfram, wir wollten für heute Nachmittag ein paar Räder mieten. Sind noch welche da?" Die Frau trat näher an den Tresen heran und sah den Inhaber fragend an.

„Ich glaube ja. Heike, warte bitte einen Moment." Er verschwand halb hinter dem Tresen und Johanna hörte, wie er etwas in den Computer eintippte. Wenig später überreichte er ihr zwei Schlüssel. „Ihr kennt euch ja aus. Stellt die Räder am Abend wieder in den Schuppen und schließt sie ab."

„Ich danke dir." Heike nahm die Schlüssel und steckte sie in die Hosentasche. „Du schreibst es auf und wir zahlen bei der Abreise?"

„Natürlich, wie immer." Johanna hörte das vertraute Klappern einer Computertastatur, während die Camper nach einem letzten Gruß verschwanden.

„Das ist das Problem." Er setzte sich wieder zu ihr und deutete mit einer Geste durch den ganzen Raum. „Mein Campingplatz ist inzwischen sehr beliebt. Waren früher nur zwei Drittel der Plätze belegt, sind nun meistens alle vergeben. Sowohl an Dauermieter wie die beiden von gerade eben als auch an Kurzzeiturlauber."

Johanna, die eigentlich gedacht hatte, dass Herr Müller mit ihr über Franka sprechen wollte, zuckte unsicher mit den Schultern. Was interessierten sie schon unternehmerische Probleme?

„Ich verstehe nicht."

„Nun ja. Ein Unternehmen, das wachsen möchte, braucht passende Mitarbeiter."

Das klang logisch und sie nickte zustimmend. Doch was hatte das mit ihrer Anwesenheit hier zu tun?

„Franka hat mir erzählt, dass sie mit Ihrer aktuellen Arbeitssituation unzufrieden sind. Stimmt das?"

Nun langsam verstand Johanna, warum sie hier war und Franka ihr das Areal mit so großer Begeisterung gezeigt hatte. Ablehnend schüttelte sie den Kopf und verschränkte die Arme vor dem Oberkörper.

„Nein, ich kann nicht."

„Warum nicht?" Hatte er mit dieser Absage gerechnet? Zumindest äußerlich blieb Herr Müller gelassen und nur am Zucken seiner Mundwinkel erkannte Johanna, dass ihm das Gespräch Spaß machte. „Wollen Sie weiterhin schwere Kartons schleppen? Sich an den großen Gefrierschränken verkühlen und unregelmäßige Arbeitszeiten haben?"

„Nein, aber …“ Ihre Gedanken rasten und sie fühlte sich gerade vollkommen überfordert. Wie konnten sie nur über ihre Zukunft entscheiden? Am liebsten wäre sie aufgesprungen und fortgerannt. „Ich habe kaum Erfahrung mit der Büroarbeit, den Vorschriften und …“

„Das bekommen wir schon hin. Sie wissen, wie ein Computer funktioniert? Und Ablage ist auch kein Fremdwort für Sie?“ Er klatschte auf seine Oberschenkel, als Johanna widerwillig nickte. „Also, keinen Widerspruch mehr. Ich brauche einfach eine zuverlässige Mitarbeiterin, die von acht bis dreizehn Uhr anwesend ist und sich um die Belange unserer Gäste kümmert. Ich denke, das können Sie, oder?“

Siegesgewiss beugte er sich zu ihr hinüber. Erwartete er nun etwa, dass sie vor Freude aufsprang und zustimmte?

„Wenn das so ist.“ Noch immer fühlte sich Johanna verraten und verkauft. *Warum hatte Franka sie vorher nicht über ihre Pläne informiert?* „Danke für das Angebot, aber ich möchte nicht.“

Mit diesen Worten stand sie auf und ging. Sie fühlte sich erstarrt, wie in dicke Watte gehüllt.

„Mama, hast du ja gesagt?“ Kaum, dass sie die Bürotür hinter sich geschlossen hatte, kam Franka auf sie zu. Eine glückliche und fröhliche Tochter. Eine Tochter, die sie nun enttäuschen musste.

„Nein, warum sollte ich?“ Sie setzte sich auf die unterste Treppenstufe und sah von unten ihre Tochter an. Tiefe Müdigkeit breitete sich in ihr aus, im Augenblick wurde ihr alles zu viel. „Das ist doch etwas vollkommen anderes als mein jetziger Job.“

Das bis eben noch so strahlende Gesicht von Franka verlor schlagartig an Farbe. Fassungslos stand sie da und erste Tränen sammelten sich in ihren Augenwinkeln.

„Das wäre doch perfekt. Feste Arbeitszeiten, ein netter Chef und das alles mehr oder weniger vor der Haustür. Mama!" Die letzten Silben brüllte Franka und brach nun endgültig in Tränen aus.

Johanna erhob sich, legte tröstend eine Hand auf die Schulter ihrer Tochter. Sie wusste nicht, wie ihr geschah. Sie fühlte sich überfordert von einer Entscheidung, die sie nicht treffen wollte.

„Franka." Herr Müller kam aus der Tür und schien sofort zu erfassen, was für ein Drama sich da vor ihm abspielte. „Sei so gut und bring deiner Mutter ein Glas Wasser."

Mit einem zustimmenden Nicken, wenn auch immer noch skeptisch verschwand sie und dafür setzte sich Wolfram Müller neben sie.

„Ich kann verstehen, dass das jetzt alles ein bisschen überfallartig war." Er hustete kurz und grüßte ein paar Jogger, die wohl auf dem Weg zum Strand waren. „Die Idee stammte von Franka und mir gefiel sie."

Johanna holte tief Luft. Sie wollte etwas sagen, doch unbeeindruckt davon, redete er einfach weiter.

„Fakt ist, mir wächst die Arbeit im Büro über den Kopf und gerade auf diesen Kram habe ich keine Lust. Sie müssen nicht perfekt sein und auch nicht zaubern können. Mir ist es nur wichtig, dass jeden Tag jemand im Büro ist für all die großen und kleinen Wünsche, die unsere Gäste haben. Der sie schnell und unkompliziert glücklich machen kann. Der Rest findet sich schon. Da bin ich mir sicher."

Ein frisch gefülltes Glas Wasser, in dem die Kohlensäure noch perlte, kam in ihr Gesichtsfeld und dankbar nahm Johanna es ihrer Tochter ab. Die ersten Schlucke halfen, ihren völlig ausgetrockneten Mund zu befeuchten und ihre Lebensgeister zu wecken.

Johanna hielt das Glas einen Moment länger fest als nötig und überlegte verzweifelt. Dann nickte sie, reichte Herr Müller ihr Glas und stand auf.

„Ich muss sagen, das Angebot hat mich überrascht. Sehr sogar, wenn ich ehrlich bin und noch bin ich zu keiner Entscheidung gekommen. Darüber würde ich gern eine Nacht schlafen. Ist das in Ordnung?"

Zeitgleich nickten Wolfram Müller und Franka.

Kapitel 30

Antony

Der lange Arbeitstag aus Unterricht und Konferenzen lag hinter ihm. Aufseufzend reckte er sich und trank das Glas Wasser leer. Wie immer hatte es an diesem Nachmittag viel zu besprechen gegeben. Endlich Feierabend!

Antony nahm seine Unterlagen, grüßte noch einmal in die Runde und ging zum Lehrerparkplatz. Er hätte sich gefreut, früher Schluss zu machen und zu Johanna fahren zu dürfen. Doch die Konferenzen gingen vor und so hatten sie sich über WhatsApp ein bisschen ausgetauscht, doch das war alles nichts, wenn man sich auf Nähe und ein Gespräch freute.

Es hatte schon etwas vertrautes, heimeliges, als er wenig später ihre Haustür aufschloss und seine Mappe neben das Foto von Johannas verstorbenen Mann legte. Von oben hörte er die beiden Mädchen, die miteinander plapperten und Pläne für den nächsten Tag schmiedeten.

Auf Socken lief er in die Küche, füllte sich einen Becher Tee und ging hinterher ins Wohnzimmer, wo Johanna schon auf ihn wartete. Vor ihr ein Berg aus Wäsche, den sie mit geschickten Händen sortierte und zusammenlegte. Ohne ihre Arbeit zu unterbrechen, informierte sie ihn über das überraschende Stellenangebot am Nachmittag.

„Du hast *was*?" Antony schob den Wäschekorb zur Seite und setzte sich zu ihr aufs Sofa. Er legte seine Hand auf ihr Knie und küsste sie zärtlich. Prompt klopfte sein Herz einige Takte schneller und er sog ihren sinnlichen Duft mit Freude ein. Das Blut sammelte sich eine Etage tiefer und er spürte, wie die Hose langsam eng wurde. „Du hast das Stellenangebot abgelehnt?"

„Nun ja." Johanna legte den Kopf schief und sah ihn an. Das Nachthemd in ihren Händen faltete sie automatisch, ohne auch nur ein einziges Mal hinzusehen. „Ich habe mir Bedenkzeit erbeten. Das Ganze war ein bisschen überfallartig und ich weiß noch nicht, ob mir das Angebot gefällt."

Er nickte verstehend und rückte noch ein Stückchen näher an sie heran und sie lehnte sich seufzend gegen ihn. Manchmal erinnerte sie ihn sehr an ein verschrecktes Reh.

„Ich kann deine Bedenken verstehen. Mir erging es ähnlich, als ich mitten im Schuljahr die Schule gewechselt habe und dann auch noch eine Klasse angeboten bekam."

Er dachte an seine überbordenden Gefühle zurück und die Unsicherheit, wie sich das Ganze beruflich weiterentwickeln würde. „Am liebsten hätte ich alles gleich wieder hingeschmissen. Doch nach ein paar Auf und Abs bereue ich meine Entscheidung nicht mehr. Sonst hätte ich dich niemals kennengelernt."

„Das stimmt." Kurzentschlossen nahm sie ihm den Becher ab, beugte sich zu ihm und küsste ihn. Erst berührten sich ihre Lippen nur zärtlich und ganz sanft, dann ließ sie alle Vorsicht fallen und küsste ihn mit einer Inbrunst, wie er sie schon lange nicht mehr erlebt hatte.

„Ich liebe dich", seufzte sie zwischen einer Atempause und blickte ihm fest in die Augen. „Und ich werde ja sagen."

„Sehr gut." Zärtlich strich er ihr eine Haarsträhne aus dem Gesicht. „Ich werde gleich mal hoch zu Franka gehen und mit ihr etwas besprechen."

„Franka", sagte Antony und setzte sich zu ihr auf den Boden im Kinderzimmer. Nachdenklich spielte Franka mit einem Bleistift und er entdeckte viele winzige Strichzeichnungen, die auf ein ungeahntes Talent hindeuteten. Vielleicht sollte er sich mal nach einem Malkurs für sie umhören? Garantiert würde es ihr viel Spaß bringen.

„Ich weiß, dass du von mir im Unterricht sehr genervt bist." Sie schnaubte kurz durch die Nase, aber er registrierte das zustimmende Nicken von ihr mit einem Schmunzeln. „Sei getröstet, das gehört zum Leben dazu, dass man manche Lehrer nicht mag und andere dagegen sehr. Deshalb möchte ich dir etwas vorschlagen." Er legte seine Hand auf ihre Schulter und sie hob neugierig den Kopf. „Ich liebe deine Mutter und daran lässt sich nichts ändern. In Ordnung? Gleichzeitig möchte ich auch gern zu euch ein tolles Verhältnis haben ..." Er stockte in seiner Rede und beobachtete Franka ganz genau. Ein verhaltenes Nicken und ein unsicherer Blick erfolgte, bevor Antony weiter redete. „Wenn du möchtest, könntest du in die Parallel-Klasse wechseln. Wenn ich es richtig mitbekommen habe, verstehst du dich doch sehr gut mit meiner Kollegin. Deine Freundin Sonja ist auch dort. Ich würde jederzeit zum Direktor gehen und das regeln. Überlege es dir."

„Nein." Das klang sehr entschlossen und als Franka dieses Mal den Kopf hob, sah Antony ein freudiges Aufleuchten in ihren Augen. „Ich möchte in deiner Klasse bleiben. Auch wenn wir immer mal aneinandergeraten. Wer hat schon die Chance, alle Informationen aus erster Hand zu erhalten? Ich!"

Sie umarmte Antony so stürmisch, dass er nach hinten auf den Rücken fiel. Zum Glück lag hinter ihm ein großes, kuscheliges Schafsfell, sodass er weich landete.

Kapitel 31

Johanna

„Und, was hat sie gesagt?" Schon an seinem leichten Gang und den locker schwingenden Händen erkannte sie, dass das Gespräch mit Franka ein voller Erfolg gewesen war.

„Sie möchte die Klasse nicht wechseln, sondern weiterhin bei mir bleiben." Er rieb sich über die Stirn und nahm Johanna fest in die Arme. „Ich bin mal gespannt, wie oft sie mich ärgert und ihre Hausaufgaben nicht macht."

„Nun ja, da hat sie demnächst keine Chance mehr. Schließlich werde ich ab jetzt immer einen Blick darauf haben."

In Zukunft würde es aufwärtsgehen.

„MAMA!" Dieser Schrei! Johanna erschrak bis ins Mark und drehte sich zur Zimmertür um. Waren die Alpakas wieder auf Tour oder warum schrie Mila das ganze Haus zusammen? „Mama schnell!"

Auch Antony hielt inne und zu zweit liefen zur Haustür, wo Mila gerade trampelnd die Stufen hochlief. Käsebleich und mit geweiteten Augen stand sie vor ihnen und Johanna ahnte schon, dass es nicht die Alpakas waren, die für diesen Alarmruf gesorgt hatten.

„Mama, wir brauchen Hilfe! Frau Fabky ist von der Leiter gestürzt und rührt sich nicht mehr."

ENDE

Liebe Leserin, liebe Leser,

vielen Dank für Ihr Interesse an Johanna und ihrer Familie!

Erst während ich diesen Roman schrieb, fiel mir auf, welche Herausforderungen eine alleinerziehende Mutter bewältigen muss. Deshalb widme ich diesen Band allen Müttern, die tagtäglich für ihre Kinder da sind und sich oft genug zwischen Arbeit, Haushalt und all den anderen Herausforderungen *aufteilen* müssen. Irgendetwas kommt immer zu kurz!

Bei diesem Roman habe ich den real existierenden Ort Kalifornien als Schauplatz ausgewählt. Ganz wichtig ist mir zu erwähnen, dass alle Personen frei erfunden sind und nicht in der Realität existieren. Bei den örtlichen Begebenheiten habe ich ein bisschen *Gott* gespielt und die Kuhbrücksau einfach abgeschafft und die Landstraße gleich zur Straße *An der Kuhbrücksau* umgeschrieben. Dort (irgendwo) wohnt Johanna mit ihrer Familie. Auch den Campingplatz bei Holm gibt es nicht wirklich.

Beim Versorgen mit Unterlagen und Informationen hat mir der Tourismusverband sehr geholfen. Bei den Infos zu Lebensgewohnheiten von Alpakas danke ich einer lieben Familie bei mir in der Nachbarschaft. Dort durfte ich diese süßen Flauschkugeln näher kennenlernen. Dennoch gehen alle inhaltlichen Fehler auf meine Kappe.

Dass Alpakas das Meer mögen, habe ich früher nicht gewusst, ein Beitrag im Fernsehen hat mich dazu inspiriert, Salt den Strand von Kalifornien erkunden zu lassen. Auch die Informationen, dass Hunde als vierbeinige Retter im Meer unterwegs sind, verdanke ich einem spannenden Artikel einer Zeitschrift. Was liegt näher, als einen solchen Moment zu nutzen, damit sich Johanna und Antony ein bisschen besser kennenlernen?

Ansonsten danke ich meiner Familie für ihre Unterstützung und meiner Schwester im Herzen dafür, dass es sie gibt. Digital publishers danke ich für die tolle Zusammenarbeit.

Das Schreiben des zweiten Bandes hat bereits begonnen und bestimmt können Sie ihn bald in den Händen halten.

Nina Hayden